L'ÉTRANGLEUR D'ÉDIMBOURG

IAN RANKIN

L'Étrangleur
d'Édimbourg

TRADUIT DE L'ANGLAIS (ÉCOSSE) PAR FRÉDÉRIC GRELLIER

LE LIVRE DE POCHE

Titre original :

KNOTS AND CROSSES

© Ian Rankin, 1987.
© Librairie Générale Française, 2004, pour la traduction française.
ISBN : 978-2-253-09055-7 - 1re publication - LGF

Pour Miranda
sans qui
rien ne mérite d'être fini.

PROLOGUE

1

La gamine poussa un cri. Un seul cri.

Voilà le genre de faux pas qui pouvait tout faire capoter, avant même d'avoir commencé. Les voisins intrigués, la police qu'on appelle pour enquêter. Non, il fallait éviter ça à tout prix. La prochaine fois, il attacherait le bâillon un peu plus serré, juste un peu plus, histoire que ça tienne mieux.

Après, il alla prendre une pelote de ficelle dans le tiroir. Il se servit d'une paire de petits ciseaux à ongles bien pointus, le genre dont se servent toujours les filles, pour en découper un bout d'une quinzaine de centimètres, puis rangea la ficelle et les ciseaux dans le tiroir.

Dehors, le moteur d'une voiture vrombit. Il se dirigea vers la fenêtre, renversant au passage une pile de livres qui traînaient par terre. Mais la voiture avait déjà disparu et il se sourit à lui-même. Il noua le bout de ficelle. Un nœud quelconque, sans rien de particulier. L'enveloppe était prête sur le buffet.

2

On était le 28 avril. Bien entendu, il pleuvait. Foulant une herbe gorgée d'eau, John Rebus se rendait sur la tombe de son père. Ça faisait cinq ans jour pour jour qu'il était mort. Il posa sa couronne rouge et jaune, les couleurs du souvenir, sur le marbre toujours reluisant. Il resta immobile un instant. Il aurait bien dit quelque chose, mais que dire ? Que penser ? Le vieux avait plutôt été un bon père. Point. De toute façon, le paternel lui aurait dit d'économiser sa salive. Il resta donc silencieux, les mains respectueusement croisées dans le dos, les corbeaux ricanant sur les murs tout autour, jusqu'à ce que ses chaussures trempées viennent lui rappeler qu'une voiture bien chauffée l'attendait devant le portail du cimetière.

Il conduisit doucement. Il n'aimait pas revenir dans le Fife, où le bon vieux temps avait été tout sauf ça, où les coquilles vides des maisons désertes étaient peuplées de fantômes, où quelques rares boutiques baissaient leur rideau chaque soir. Ces rideaux métalliques faits pour que les voyous y taguent leurs noms. Pour Rebus, c'était l'horreur absolue. Un paysage à ce point absent. Plus que jamais, ça puait l'abus, la négligence, la vie totalement gâchée.

Il parcourut les douze kilomètres jusqu'à la mer,

COMPTOIR DU LIVRE
726 RUE ST — JEAN
TÉL 524 — 5910
MERC I
#TPS 111706 396
#TVQ 1006199282

REG 05-30-2013   12:30

000014

LIVRE USAGE $5.99
TPS $0.30
TOTAL $6.29

1 No

où habitait toujours son frère Michael. La pluie se calma alors qu'il arrivait sur la côte grise comme un squelette. Les roues projetaient l'eau accumulée dans des centaines de nids-de-poules. Il se demanda pourquoi dans le coin on ne réparait jamais les routes, alors qu'à Edimbourg on ne faisait qu'aggraver les choses en retapant trop souvent la chaussée. Et surtout quelle folie l'avait pris de se trimballer jusqu'ici, juste parce que c'était l'anniversaire de la mort du paternel... Il essaya de fixer ses pensées sur autre chose, et se mit à fantasmer sur sa prochaine cigarette.

A travers le crachin, Rebus aperçut une gamine qui avait à peu près le même âge que sa fille, en train de marcher dans l'herbe sur le bas-côté. Il ralentit, l'observa dans son rétroviseur en la dépassant et s'arrêta. Il lui fit signe d'approcher. Sa respiration saccadée était visible dans l'air calme et froid ; ses cheveux sombres lui tombaient sur le front comme des queues de rat. Elle le regarda avec appréhension.

— Tu vas où comme ça, petite ?

— A Kirkcaldy.

— Tu veux que je t'y dépose ?

Elle fit non de la tête, ses boucles projetant des gouttelettes.

— Ma mère m'a dit de jamais monter dans la voiture d'un inconnu.

— Eh bien ta mère a parfaitement raison, dit Rebus en souriant. J'ai une fille qui doit avoir environ ton âge et je lui dis exactement la même chose. Mais là il pleut, et je suis policier, alors tu peux me faire confiance. Tu sais, t'as encore un bon bout de chemin.

Elle jeta un coup d'œil de part et d'autre de la route silencieuse, puis secoua de nouveau la tête.

— Bon, fit Rebus. Mais fais bien attention, ta mère a parfaitement raison.

Il remonta sa vitre et démarra ; dans son rétroviseur il vit qu'elle le regardait s'éloigner. Futée, la gamine ! C'était réconfortant de savoir que certains parents avaient encore le sens de leurs responsabilités. Si seulement on pouvait en dire autant de son ex-femme... La façon dont elle élevait leur fille était vraiment honteuse. D'ailleurs, Michael lui non plus ne tenait pas la bride assez serrée à sa propre fille. A qui la faute ?

Son frère habitait dans une maison tout ce qu'il y a de plus bourgeois. Suivant les traces de leur père, il était devenu hypnotiseur de cabaret. Et apparemment il était très bon, d'après ce que Rebus avait pu entendre. Il n'avait jamais demandé à son frère comment il s'y prenait, tout comme il n'avait jamais montré aucun intérêt ni aucune curiosité pour les numéros de leur père. Et cette indifférence continuait d'intriguer Michael ; Rebus avait remarqué qu'il lui tendait souvent la perche avec des allusions par-ci par-là sur l'authenticité de ses propres numéros.

Mais John Rebus avait d'autres chats à fouetter. Ça durait depuis quinze ans qu'il était dans la police. Quinze ans déjà ! En fin de compte, ça ne lui avait rapporté qu'une bonne dose d'apitoiement sur soi et un mariage raté, avec une gamine innocente tiraillée entre eux. De quoi être écœuré plutôt que triste. Pour sa part, Michael était heureux en ménage, avec deux enfants et une belle maison comme Rebus ne pourrait jamais s'en offrir. Il tenait la vedette dans les hôtels, les night-clubs et même les théâtres jusqu'à Newcastle et Wick. Il lui arrivait de se faire six cents livres en une soirée. Affligeant ! Il avait une belle voiture, de jolies fringues, et lui n'était pas assez con pour se traîner dans un cimetière du Fife sous une pluie battante par une putain de journée d'avril comme on n'en avait pas vu d'aussi pourrie depuis des années. Non, Michael était trop intelligent pour ça. Et trop bête.

— John ! Ça alors ! Qu'est-ce qui se passe ? J'veux dire... ça fait plaisir de te voir. Pourquoi t'as pas appelé pour m'avertir que tu venais ? Entre, je t'en prie.

Exactement l'accueil auquel Rebus s'attendait. De la surprise embarrassée, comme s'il était douloureux de se voir rappeler qu'on avait encore de la famille en vie. Rebus nota aussi l'emploi du terme « avertir » là où « dire » aurait suffi. Quand on est flic, on remarque ce genre de détail.

Michael Rebus se précipita dans le salon et baissa le volume de la stéréo qui braillait.

— Viens par ici, John ! Je te sers à boire ? Un café... ou peut-être quelque chose de plus musclé ? Qu'est-ce qui t'amène par ici ?

Rebus s'assit comme il aurait fait chez un inconnu, le dos droit et l'air professionnel. Il observa les boiseries aux murs — une nouveauté — et les photos encadrées de son neveu et de sa nièce.

— Je passais juste dans le coin, dit-il.

Se retournant après leur avoir servi deux verres au

bar, Michael se rappela soudain — ou joua parfaitement celui qui vient de se souvenir.

— Oh, John, ça m'est complètement sorti de la tête. Pourquoi tu ne m'as pas prévenu ? Merde ! Je m'en veux d'avoir oublié l'anniversaire de la mort de papa.

— Alors tant mieux que tu sois hypnotiseur et pas l'Homme à la Mémoire d'Eléphant ! Passe-moi ce verre, veux-tu ? Je vais finir par croire que vous êtes mariés tous les deux.

Pardonné et souriant, Michael lui tendit le verre de whisky.

— C'est ta voiture, dehors ? demanda Rebus en prenant le verre. La grosse BM ?

Toujours souriant, Michael fit oui de la tête.

— Dis-moi, tu ne te refuses rien !

— Chrissie et les gamins n'ont pas non plus à se plaindre. On va agrandir la maison sur l'arrière. Pour installer un jacuzzi ou un sauna. C'est très à la mode, et Chrissie tient beaucoup à garder un temps d'avance.

Rebus but une gorgée de whisky. Un single malt. Rien de bon marché dans cette pièce, mais rien non plus de franchement tentant. Des verroteries, une carafe en cristal sur un plateau en argent, une télé et un magnétoscope, une chaîne hi-fi étonnamment miniaturisée, une lampe en onyx... Rebus se sentait un peu coupable au sujet de cette lampe. C'était le cadeau de mariage que Rhona et lui avaient offert à Michael et Chrissie. Chrissie ne lui adressait même plus la parole. Comment lui en vouloir...

— Chrissie n'est pas là ?

— Elle est sortie faire des courses. Elle a sa voiture, maintenant. Et les enfants sont à l'école. Elle passe les prendre en rentrant. Tu veux rester manger ?

Rebus haussa les épaules.

— Tu es le bienvenu, insista Michael qui n'en pensait rien. Alors, ça se passe comment dans la flicaille ? Tu suis ton petit bonhomme de chemin ?

— La presse parle toujours des quelques types qu'on arrive à pincer. Mais pas de ceux qu'on laisse filer. J'imagine que ça a toujours été pareil.

Rebus remarqua dans la pièce comme une odeur de pomme d'amour et de galerie de jeux vidéos.

— Triste histoire, reprit Michael, ces gamines kidnappées.

— Oui, fit Rebus en hochant la tête. Tout à fait. Mais c'est encore trop tôt pour parler d'enlèvement. On n'a pas reçu de demande de rançon ou quoi que ce soit. Il y a plus de chances que ce soit une banale agression sexuelle.

Michael bondit de son fauteuil.

— Banale ? Tu trouves ça banal ?

— C'est la terminologie qu'on emploie, Michael, c'est tout.

Il haussa de nouveau les épaules et vida son verre.

— Tout de même, John, dit Michael en se rasseyant, on a tous les deux une fille. Et toi, tu prends ça à la légère. Moi, ça me fait peur rien que d'y penser.

Il secoua lentement la tête de droite à gauche — cette façon universelle d'exprimer qu'on partage une souffrance, tout en étant soulagé que le cauchemar soit pour l'instant réservé à d'autres.

— Ça fait peur, répéta-t-il. En plus à Edimbourg.

Je veux dire : on n'imagine jamais que ce genre de chose puisse arriver à Edimbourg, hein ?

— Personne n'a idée de tout ce qui peut se passer à Edimbourg.

— Oui... dit Michael en marquant une hésitation. J'y suis passé pas plus tard que la semaine dernière, pour une représentation dans un hôtel.

— Tu ne m'avais pas dit ça...

Ce fut au tour de Michael de hausser les sourcils.

— Ça t'aurait intéressé ? demanda-t-il.

— Peut-être pas, répondit Rebus avec un sourire. Mais je serais quand même venu.

Michael éclata de rire. Comme on rigole à un anniversaire, ou quand on retrouve de l'argent oublié au fond d'une poche.

— Je vous ressers un whisky, cher monsieur ? demanda-t-il.

— Je commençais à croire que je n'aurais pas droit à une resucée !

Rebus jeta un nouveau coup d'œil autour de lui tandis que Michael retournait au bar.

— Ça marche bien, ton numéro ? demanda-t-il. Eh oui, ça m'intéresse vraiment.

— Ça marche bien, dit Michael. Et même très bien, à vrai dire. On parle même d'une émission de télé. Mais ça, j'y croirai quand je la verrai !

— Génial !

Un nouveau whisky arriva dans la main empressée de Rebus.

— Oui. Et je prépare aussi un nouveau numéro. Assez troublant, dans le genre.

Un large bracelet en or étincela au poignet de

Michael quand celui-ci porta son verre à ses lèvres. Une montre de luxe. Son cadran ne comportait aucun numéro. Plus un objet était cher, songea Rebus, et plus on rabiotait sur la quantité. La chaîne hi-fi miniature, la montre sans chiffres, les chaussettes Dior translucides que Michael avait aux pieds.

Il saisit la perche tendue par son frère.

— Parle-moi de ce numéro.

— Eh bien, dit Michael en se penchant en avant sur son fauteuil, je prends des personnes du public et je les aide à retrouver leurs vies antérieures.

— Leurs vies antérieures ?

Rebus fixait le sol, comme s'il admirait les motifs aux tons verts de la moquette.

— Oui, reprit Michael. La réincarnation, la métempsycose, ce genre de truc. Ce n'est pas à toi que je vais expliquer ces choses, John. Après tout, t'es bien chrétien ?

— Les chrétiens ne croient pas aux vies antérieures, Mickey. Juste à la vie future.

Michael lui lança un regard qui exigeait le silence.

— Désolé, dit Rebus.

— Comme je t'ai dit, la semaine dernière j'ai testé mon numéro pour la première fois en public. Mais ça fait un certain temps que je le rode avec ma clientèle privée.

— Ta clientèle privée ?

— Tout à fait. Des gens qui me payent pour une séance d'hypnothérapie en consultation privée. Pour arrêter de fumer, avoir plus confiance en soi ou arrêter de faire pipi au lit. Certains sont convaincus d'avoir vécu des vies antérieures, et ils me demandent

17

de les hypnotiser pour le prouver. Ne t'inquiète pas. C'est complètement réglo sur le plan financier. Le fisc a droit à sa part.

— Et tu arrives à prouver quelque chose ? Ils ont vraiment eu des vies antérieures ?

Michael laissa courir un doigt sur le bord de son verre vide.

— Tu serais étonné, dit-il.

— Donne-moi un exemple.

Rebus suivait du regard les motifs de la moquette. Les vies antérieures, songea-t-il. Ça alors ! Pour sa part, il avait un passé qui valait bien quelques vies antérieures.

— Bon, dit Michael. Prenons cette soirée que j'ai animée à Edimbourg la semaine dernière. Eh bien, dit-il en se penchant un peu plus en avant sur son fauteuil, j'ai pris quelqu'un du public. Une petite femme d'une quarantaine d'années. Elle était là avec un groupe de collègues. Je n'ai pas eu trop de mal à la mettre sous hypnose, sans doute parce qu'elle avait moins bu que ses copines. Je lui ai dit qu'on allait faire un voyage dans son passé, très, très longtemps avant sa naissance. Je lui ai demandé de penser à son plus ancien souvenir...

La voix de Michael avait pris un ton tout à la fois professionnel et mélodieux. Il écarta les mains devant lui, comme pour jouer avec son auditoire.

Sirotant tranquillement son verre, Rebus se sentait un peu plus détendu. Un souvenir d'enfance lui revint en mémoire. Une partie de foot entre son frère et lui. La boue tiède après une averse de juillet. Leur mère, les manches retroussées, les déshabillant et mettant au bain un enchevêtrement rigolard de bras et de jambes.

— Alors, reprit Michael, elle s'est mise à parler. D'une voix qui n'était pas tout à fait la sienne. C'était vraiment bizarre, John. J'aurais voulu que tu sois là pour voir ça. Le public était tout silencieux. Moi, je n'arrêtais pas de frissonner puis d'avoir des bouffées de chaleur. Et je peux te dire que ça n'avait rien à voir avec le chauffage de l'hôtel. J'avais réussi, vois-tu. A ramener cette femme dans une vie antérieure. Elle avait été religieuse. T'imagines ? Une bonne sœur ! Elle nous a dit qu'elle était seule dans sa cellule. Elle a décrit le couvent, et tout le bazar. Et puis tout à coup voilà qu'elle s'est mise à réciter quelque chose en latin, et quelques personnes de l'assistance se sont même signées. Franchement, j'étais tétanisé. J'avais les cheveux qui se dressaient sur la tête. Je me suis dépêché de la faire sortir d'hypnose, et au début personne n'a applaudi. Et puis, sans doute par soulagement, ses copines se sont mises à rire et à crier bravo, ce qui a rompu la glace. Après le spectacle, j'ai appris que cette femme était une protestante acharnée. J'te dis pas, elle supporte les Rangers[1] ! Et elle m'a soutenu mordicus qu'elle n'avait jamais fait de latin. En tout cas, elle a en elle quelqu'un qui en a fait, ça je peux te le dire !

Rebus souriait.

— C'est une belle histoire, Mickey.

1. La ville de Glasgow a deux équipes de football professionnel : les Rangers, traditionnellement supportés par les protestants, et le Celtic, supporté par les catholiques. *(NdT)*

— C'est la vérité ! insista Michael qui écarta les bras d'un geste implorant. Tu ne me crois pas ?

— Pas sûr.

Michael secoua la tête.

— Tu dois pas être un très bon flic, John. J'ai environ cent cinquante témoins. C'est du béton.

Rebus n'arrivait pas à arracher son regard des motifs de la moquette.

— Beaucoup de gens croient aux vies antérieures, John.

Les vies antérieures... Lui-même croyait à certaines choses... En Dieu, bien sûr... Mais les vies antérieures... Sans prévenir, un visage apparut sur la moquette et se mit à lui crier dessus, prisonnier dans sa cellule. Il laissa échapper son verre.

— John ? T'as un problème ? Bon sang, on dirait que tu viens de voir le...

— Non, non, ça va, dit Rebus qui ramassa le verre et se leva. J'ai juste... Tout va bien. C'est juste...

Il jeta un coup d'œil à sa montre — une montre avec des chiffres.

— Bon, il faut que j'y aille. Je suis de garde ce soir.

Michael sourit vaguement, soulagé que son frère ne s'attarde pas mais honteux de ce sentiment.

— Il faut qu'on se revoie bientôt, dit-il. Mais en terrain neutre.

— Pas de problème, acquiesça Rebus.

Encore une fois, un picotement de pomme d'amour lui effleura les narines. Il se sentait pâle, un peu vacillant, comme s'il s'était trop éloigné de son territoire.

— On se fera ça, dit-il.

Deux ou trois fois par an, à l'occasion d'un mariage ou d'un enterrement, ou quand ils s'appelaient à Noël, ils se promettaient de se revoir. C'était devenu un rituel. Une simple promesse en l'air qui ne leur coûtait rien et qu'il était facile de ne pas tenir.

— Bien sûr, on n'a qu'à se faire ça !

Rebus serra la main de Michael sur le pas de la porte. Dépassant la BMW pour gagner le refuge de sa propre voiture, Rebus songea à cette prétendue ressemblance entre son frère et lui. Il arrivait qu'un oncle ou une tante fasse la remarque, dans la chambre froide d'un établissement de pompes funèbres. « Ah ! Vous êtes tous les deux le portrait craché de votre maman ! » Ça s'arrêtait là. John Rebus savait qu'il avait les cheveux d'un brun légèrement plus clair que son frère, et les yeux d'un vert un peu plus foncé. Malgré tout, ils étaient tellement différents l'un de l'autre que la moindre ressemblance en paraissait foncièrement superficielle. Ils étaient frères, mais sans la moindre fraternité. La fraternité, c'était du passé.

Il fit un salut de la main et démarra. D'ici une heure il arriverait à Edimbourg, et prendrait son service une demi-heure plus tard. Il savait très bien pourquoi il ne se sentirait jamais à l'aise chez son frère. A cause de Chrissie qui ne pouvait pas le sentir. Elle n'en démordrait jamais, elle le tenait pour seul responsable de l'échec de son mariage. Même pas sûr qu'elle ait tort... Il chercha à faire la liste dans sa tête des corvées auxquelles il n'échapperait pas pendant les sept ou huit heures suivantes. Mettre au propre le rapport pour ce cambriolage avec coups et blessures aggravés. Sale histoire. On était déjà en sous-effectifs à la section des affaires criminelles, et ils allaient devoir jongler encore plus avec ces disparitions. Deux gamines, de l'âge de sa fille. Autant ne pas y penser. A l'heure qu'il était, elles étaient sans doute déjà mortes... ou ne demanderaient pas mieux que de l'être. Mon Dieu, ayez pitié d'elles ! A Edimbourg, par-dessus le marché, sa ville qu'il aimait tant.

Un cinglé semait la panique.

Les gens n'osaient plus sortir.

Et ces cris qui lui revenaient en mémoire...

Rebus soupira, ressentant une légère irritation à l'épaule. Après tout, ça ne le concernait pas. Pas encore.

De retour dans son salon, Michael Rebus se resservit un whisky. Il remit le volume de la chaîne au maximum, puis glissa la main sous son fauteuil et, après avoir tâtonné un peu, trouva le cendrier qui était caché là.

PREMIÈRE PARTIE

Il y a des indices partout

Chapitre 1

Sur le perron du commissariat de Great London Road à Edimbourg, John Rebus alluma sa dernière cigarette autorisée de la journée juste avant de pousser la lourde porte et d'entrer.

C'était un vieil immeuble avec un sol en marbre sombre, d'où se dégageait cette splendeur fanée des aristocraties déchues. L'endroit avait du caractère.

Rebus adressa un salut de la main au sergent de faction, qui était en train d'arracher les photos épinglées au panneau d'information pour les remplacer par d'autres. Il gravit le grand escalier en spirale jusqu'à son bureau. Campbell était sur le point de partir.

— Salut, John.

McGregor Campbell, inspecteur adjoint comme Rebus, enfilait son manteau et son chapeau.

— La soirée s'annonce comment, Mac ? Chargée ?

Rebus jeta un coup d'œil aux messages sur son bureau.

— Je sais pas trop, John. Mais je peux te dire qu'ici on a passé une journée de dingues. Il y a une lettre pour toi, du grand homme en personne.

— Ah bon ?...

Rebus semblait préoccupé par une autre lettre qu'il venait de décacheter.

— Eh oui, John. Tiens-toi prêt. Je pense qu'on va te transférer à l'enquête des enlèvements. Bonne chance. Bon, je file au pub. Je veux pas rater la soirée de boxe sur la BBC. Je devrais arriver à temps... dit-il en consultant sa montre. Oui, ça devrait aller. Il y a quelque chose qui ne va pas, John ?

Rebus agita une enveloppe vide.

— Qui a déposé ça, Mac ?

— J'en ai pas la moindre idée, John. Qu'est-ce que c'est ?

— Une nouvelle lettre du plaisantin.

— Ah ouais ?

Campbell vint se coller contre l'épaule de Rebus. Il examina la lettre tapée à la machine.

— On dirait bien que c'est le même type, dit-il.

— T'es sacrément futé de remarquer ça, Mac, vu que c'est exactement le même message.

— Et le bout de ficelle ?

— Il est là lui aussi.

Rebus ramassa un petit bout de ficelle sur son bureau. En son centre était noué un nœud ordinaire.

— Vachement bizarre, dit Campbell en se dirigeant vers la porte. A demain, John.

— Oui, oui... A plus, Mac...

Dès qu'il fut sorti, Rebus le rappela.

— Au fait, Mac..., dit-il avec un sourire. C'est Maxwell qui a gagné le combat par KO.

— Putain, t'es qu'une enflure, Rebus !

Grinçant des dents, Campbell quitta le poste d'un pas rageur.

Encore un de la vieille école, se dit Rebus à lui-même. Bien. Quels sont les ennemis que je pourrais avoir ?

Il examina la lettre une nouvelle fois, puis s'intéressa à l'enveloppe. Celle-ci était vierge, mis à part les lettres mal alignées de son nom, tapées à la machine. Comme pour la précédente, on était venu en personne déposer cette lettre. Vachement bizarre, pour le moins.

Il redescendit au rez-de-chaussée et s'approcha de la réception.

— Jimmy ?

— Oui, John ?

— Ça te dit quelque chose ? demanda Rebus en brandissant l'enveloppe.

— C'est quoi ? demanda le sergent de garde.

Rebus eut l'impression qu'il plissait non seulement le front mais tout le visage. Il n'y avait que quarante ans dans la police pour vous faire ça à un homme — quarante années de questions, d'énigmes et de croix à porter.

— On a dû la glisser sous la porte, John. C'est moi qui l'ai trouvée, juste là, dit-il en pointant vaguement en direction de la porte d'entrée. Il y a un problème ?

— Non, c'est rien. Merci, Jimmy.

Mais Rebus savait très bien que l'arrivée de ce nouveau courrier, quelques jours seulement après la première lettre anonyme, allait le turlupiner toute la nuit. Assis à son bureau, il examina les deux lettres. On s'était servi d'une vieille machine à écrire, sans doute portative. La lettre « S » se plaçait environ un millimètre au-dessus des autres. Du papier bas de gamme, sans filigrane. Un bout de ficelle coupé avec des ciseaux ou un couteau tranchant, avec un nœud au milieu. Un message dactylographié, le même à chaque fois :

IL Y A DES INDICES PARTOUT.

Peut-être bien ; rien à redire là-dessus. C'était le travail d'un petit plaisantin, un genre de canular. Mais pourquoi lui ? Ça n'avait pas de sens.

Le téléphone sonna.

— Inspecteur adjoint Rebus ?

— Lui-même.

— Rebus, commissaire Anderson à l'appareil. Vous avez reçu ma note ?

Anderson. Putain. Juste ce qu'il lui fallait. Un autre plaisantin.

— Tout à fait, commissaire.

Coinçant le combiné sous son menton, il décacheta la lettre sur son bureau.

— Parfait. Pouvez-vous être ici dans vingt minutes ? Le briefing se déroulera dans le bureau des enquêteurs au commissariat de Waverley Road.

— J'y serai.

La tonalité retentit dans l'oreille de Rebus tandis qu'il lisait la note. C'était donc vrai. Officiel. Son transfert à l'enquête sur les enlèvements. Quelle vie de chien ! Il fourgua les lettres, les enveloppes et les bouts de ficelle dans la poche de son blouson et jeta un coup d'œil exaspéré autour de lui. De qui se moquait-on ? A moins d'une intervention divine, il ne serait jamais à Waverley Road d'ici une demi-heure. Et quand était-il censé boucler tout son boulot ? Trois

28

de ses affaires étaient sur le point de passer en jugement, sans compter la demi-douzaine de dossiers qu'il
était grand temps de mettre à jour, avant d'avoir tout
oublié. Ce qui serait plutôt jouissif, à vrai dire. Tout
effacer. Le grand ménage. Il ferma les yeux, les rouvrit. La paperasse était toujours là. Bien réelle. Inutile.
Toujours en cours. Il n'avait pas sitôt bouclé un dossier que deux ou trois autres venaient en prendre la
place. Comment s'appelait cette créature, déjà ?
L'Hydre, non ? C'était contre une hydre qu'il se battait. Chaque fois qu'il coupait une tête, d'autres sur-
gissaient dans le bac des en-cours. Et maintenant,
voilà qu'on lui refilait aussi un rocher à rouler
jusqu'au sommet d'une montagne ! Il leva les yeux
au plafond.

— A la grâce de Dieu... murmura-t-il.

Et il sortit prendre sa voiture.

Chapitre 2

Le Sutherland Bar était un endroit couru pour étancher sa soif. On n'y trouvait aucun juke-box, aucun jeu vidéo, aucun bandit manchot. Le décor était spartiate, le téléviseur avait en général l'image qui tremblait et sautait. Ces dames n'y étaient admises que depuis la fin des années soixante. On y avait, semble-t-il, quelque chose à cacher. La meilleure pinte de bière à la pression de tout Edimbourg. McGregor Campbell porta son énorme verre à ses lèvres, les yeux rivés sur la télé au-dessus du comptoir.

— Qui va gagner ? demanda une voix à ses côtés.

— J'en sais rien, répondit Campbell en se tournant. Ah, salut Jim.

Un type râblé était assis à côté de lui, avec de l'argent à la main, attendant d'être servi. Lui aussi avait le regard fixé sur le petit écran.

— Ça m'a l'air d'un super-combat, dit-il. Je vois bien Mailer l'emporter.

Mac Campbell eut une idée.

— Tu parles, Maxwell va gagner facile ! Les doigts dans le nez. On se fait un petit pari ?

Le type trapu chercha ses cigarettes dans sa poche et décocha un coup d'œil au policier.

— Combien ?

— Cinq livres ? proposa Campbell.

— Tope là. Tom, sers-moi une pinte, s'il te plaît !
Tu reprends quelque chose, Mac ?

— La même chose, merci.

Ils restèrent silencieux un certain temps, occupés
à siroter leur bière et regarder le combat. Quelques
cris contenus se faisaient parfois entendre derrière eux,
quand un coup de poing trouvait sa cible ou était
esquivé.

— Ça a l'air bien parti pour le tien si le combat
n'est pas interrompu avant la fin, dit Campbell qui
commanda une autre tournée.

— Ouais, ben attendons de voir comment ça
tourne. Au fait, comment ça se passe au boulot ?

— Bien. Et toi ?

— Puisque tu me poses la question, en ce moment
j'en bave un max. Ça pour en baver !

Un peu de cendre tomba sur sa cravate. La cigarette ne quittait pas sa bouche quand il parlait, même
si elle vacillait dangereusement par moments.

— T'es toujours en train d'enquêter sur cette histoire de drogue ?

— Pas vraiment. J'ai atterri sur cette affaire d'enlèvements.

— Ah ouais ? Rebus aussi. J'te conseille de pas
lui chercher des poux.

— Dans la presse on cherche des poux à tout le
monde, Mac. Tu connais la chanson.

Mac Campbell avait beau se méfier de Jim Stevens,
il tenait à cette amitié qui lui avait valu, malgré
quelques brouilles, des renseignements utiles pour sa
carrière. Stevens se gardait la plupart des morceaux

juteux, bien évidemment. C'est ce qui donnait des exclusivités. Mais il était toujours partant pour faire des échanges, et Campbell avait généralement l'impression que des ragots et des informations anodines suffisaient aux besoins de Stevens. Ce type collectionnait les informations, sans aucune discrimination ; jamais il ne pourrait se servir de tout ce qu'il stockait. Mais avec les journalistes, on ne savait jamais trop à quoi s'en tenir. En tout cas, Campbell préférait compter Stevens au nombre de ses amis.

— Et ton histoire de drogue, ça donne quoi ?

Jim Stevens haussa ses épaules froissées.

— Pour l'instant vous n'y trouveriez pas grand-chose d'intéressant de toute façon. Mais j'ai pas l'intention de tout laisser tomber, si c'est ce que tu veux savoir. Non, pas question de laisser filer un aussi gros nid de vipères. Je vais garder les yeux ouverts.

La cloche du dernier round retentit. Les deux corps épuisés et en nage se rejoignirent pour ne plus former qu'un enchevêtrement de membres.

— Ça a toujours l'air bien parti pour Mailer, dit Campbell qui trouvait que ça commençait à sentir le roussi.

Ce n'était tout de même pas possible. Rebus ne lui aurait pas fait un coup pareil... Soudain Maxwell, le plus lourd et le moins agile des deux boxeurs, prit un coup dans la figure et chancela en arrière. Une clameur retentit dans le bar où l'on sentait la mise à mort et la victoire prochaine. Campbell fixa le fond de son verre. L'arbitre compta Maxwell debout. C'était terminé. Un coup de tonnerre dans les dernières secondes, à en croire le commentateur. Jim Stevens tendit la main.

Je vais tuer cette enflure de Rebus, songea Campbell. Je jure que je vais le tuer !

Plus tard, autour d'un verre payé avec l'argent de Campbell, Jim Stevens posa quelques questions au sujet de Rebus.

— Alors comme ça, on dirait que je vais enfin faire sa connaissance.

— Peut-être. Peut-être pas. Vu qu'il n'est pas trop copain avec Anderson, il pourrait bien se taper le boulot de merde, derrière un bureau à longueur de journée. Faut bien reconnaître que John Rebus n'est pas copain avec grand monde.

— Ah ouais ?

— Oh, il n'est pas si méchant que ça dans le fond, mais faut sacrément y mettre du sien pour le trouver sympathique.

Fuyant le regard interrogateur de son ami, Campbell observa la cravate du journaliste. La récente couche de cendre ne formait qu'un voile par-dessus des taches beaucoup plus anciennes — d'œuf peut-être, de gras, d'alcool. Les reporters les plus coriaces étaient toujours les plus dépenaillés. Coriace, Stevens l'était. Comme dix ans de journalisme local vous apprenaient à l'être. On racontait qu'il avait refusé plusieurs places dans des journaux londoniens, juste parce qu'il se plaisait à Edimbourg. Ce qu'il aimait le plus dans son métier, c'était la possibilité de mettre au jour les bas-fonds de cette ville — la criminalité, la corruption, les gangs, la drogue. Campbell ne connaissait pas de meilleur enquêteur. Ça expliquait peut-être pourquoi les grands pontes de la police n'appréciaient guère Stevens et ne lui faisaient pas confiance. Preuve qu'il faisait du bon boulot. Campbell vit quelques gouttes de bière dégouliner sur le pantalon de Stevens.

— Ce Rebus, dit le journaliste en s'essuyant la bouche, c'est bien le frangin de l'hypnotiseur ?

— Sans doute. Je ne lui ai jamais posé la question, mais il ne doit pas y avoir des tonnes de gens avec un nom pareil.

— Je me suis fait la même réflexion, dit le journaliste.

Il hocha la tête d'un air pensif, comme si cela confirmait quelque chose de la plus haute importance.

— Et alors ? fit Campbell.

— Oh, rien... c'est juste un truc. Comme ça, tu me dis qu'il n'est pas franchement populaire ?

— Je n'ai pas dit ça exactement. En fait, je le plains plutôt. Ce pauvre gars ne sait plus où donner de la tête. Il s'est même mis à recevoir des lettres anonymes.

— Des lettres anonymes ?

Une volute de fumée enveloppa Stevens qui tirait sur son énième cigarette. Un fin voile bleu flottait entre les deux hommes.

— J'aurais pas dû te dire ça. C'est strictement *off*.

Stevens opina du chef.

— Bien entendu. Non, c'est juste que ça m'intéresse. Mais c'est le genre de chose qui arrive, non ?

— Pas si souvent que ça. Jamais des lettres aussi bizarres que les siennes. Vois-tu, c'est rien d'ordurier. C'est... bizarre.

— T'arrête pas là ! Comment ça, « bizarre » ?

— Eh bien, chacune contient un petit bout de ficelle. Avec un nœud. Et un message qui dit quelque chose du genre « Les indices sont partout ».

— Putain, c'est vrai que c'est bizarre. Vachement étrange, la famille. Un frère hypnotiseur et l'autre qui reçoit des lettres anonymes. Il a été dans l'armée, non ?

— John ? Oui. Comment tu sais ça ?

— Je sais tout, Mac. C'est mon boulot.

— Et ce qui est étonnant, c'est qu'il ne veut jamais en parler.

Encore une fois le journaliste marqua de l'intérêt. Chaque fois que sa curiosité était piquée, il avait les épaules qui tremblaient. Il porta son regard vers la télé.

— Il ne parle jamais de l'armée ?

— Pas un mot. J'ai essayé de l'interroger une ou deux fois.

— Comme je t'ai dit, Mac, elle est plutôt étrange la famille. Allons, vide-moi ce verre ! Il me reste pas mal de ton fric à dépenser.

— T'es un beau salaud, Jim.

— Et fier de l'être !

Le journaliste afficha un sourire — seulement le deuxième de la soirée.

Chapitre 3

— Messieurs, et Mesdames bien entendu, merci de vous être rassemblés ici aussi rapidement. Le QG opérationnel sera basé ici pendant toute la durée de l'enquête. Bien. Comme vous le savez tous...

Le superintendant Wallace s'interrompit au milieu de sa phrase quand la porte de la salle s'ouvrit brusquement, et tous les regards se portèrent sur John Rebus qui entra. L'air gêné, le retardataire parcourut la pièce du regard, adressa en vain un sourire contrit à son supérieur hiérarchique et s'assit sur la chaise la plus proche de la porte.

— Comme je disais... reprit Wallace.

Se massant le front, Rebus observa la salle remplie de policiers.

Il savait ce que ce planqué allait leur sortir, et se passait très bien d'un de ses laïus d'encouragement dont la vieille école avait le secret. La salle était bondée. Beaucoup de policiers avaient la mine fatiguée, comme s'ils bossaient sur l'affaire depuis un certain temps. Les visages les plus frais et attentifs étaient ceux des petits nouveaux, dont certains venaient de commissariats de banlieue. Deux ou trois avaient sorti un cahier et un crayon, se croyant sans doute de retour sur les bancs de l'école. Deux femmes étaient assises au premier rang, les jambes croisées et le regard fixé sur Wallace qu'on n'arrêtait plus et qui paradait devant le tableau noir comme un héros shakespearien dans un mauvais spectacle scolaire.

— Deux meurtres, donc. Oui, on doit malheureusement parler de meurtres...

Un frisson de curiosité parcourut l'assistance.

— ... Le cadavre de Sandra Adams, âgée de onze ans, a été retrouvé ce soir à dix-huit heures sur un terrain vague à proximité de la gare d'Haymarket. Et celui de Mary Andrews à dix-huit heures cinquante dans un jardin ouvrier du district d'Oxgangs. Des équipes ont été dépêchées sur place et dès la fin de notre réunion certains d'entre vous seront désignés pour les rejoindre.

Rebus avait remarqué combien la hiérarchie était respectée. Les inspecteurs aux premiers rangs, les adjoints et les autres au fond. Toujours la hiérarchie, même dans la tourmente d'un meurtre. Le mal britannique. De toute manière, lui-même se retrouvait en bout de file puisqu'il était arrivé en retard. Quelqu'un ne manquerait pas de lui coller un mauvais point dans un coin de son cerveau.

A l'armée, il avait toujours été parmi les meilleurs. Il était dans les paras. Il avait suivi la formation pour entrer dans les SAS et était sorti major de sa promo. On l'avait choisi pour un commando d'élite chargé de missions spéciales. Il avait eu droit à sa médaille et à ses citations. Une époque sympa, et en même temps abominable, avec le stress, les privations, les mensonges et la brutalité. Malgré tout quand il avait quitté l'armée, la police n'avait pas été très chaude pour le prendre. Maintenant, il comprenait que certaines personnes n'avaient pas apprécié que les militaires fassent pression pour lui obtenir son poste. Les mêmes qui depuis n'avaient cessé de lui balancer des peaux de bananes. Il avait su esquiver leurs chausse-trappes et s'était montré à la hauteur. Ici aussi on l'avait gratifié à contrecœur de quelques citations. Mais pas grand-chose côté promotions, ce qui l'avait amené à faire quelques remarques déplacées, des remarques qui lui seraient reprochées *ad vitam aeternam*. Et puis un soir, il s'était permis de gifler un connard qui faisait du foin dans les cellules. Dieu lui était témoin qu'il avait simplement perdu la tête un instant. Encore des emmerdes. Ouais, le monde n'était pas beau, franchement pas beau. Il avait l'impression d'habiter une contrée de l'Ancien Testament, livrée à la barbarie et la vengeance.

— ... Bien entendu, nous aurons plus d'éléments à vous fournir dès demain après les autopsies. Mais, pour le moment, je pense que nous allons en rester là. Je vous laisse entre les mains du commissaire Anderson qui va vous assigner vos tâches jusqu'à nouvel ordre.

Rebus aperçut Jack Morton qui s'était assoupi dans un coin ; si quelqu'un ne le réveillait pas, il allait se mettre à ronfler. Rebus sourit mais son sourire fut de courte durée, anéanti par une voix à l'avant de la salle — la voix d'Anderson. Pour Rebus, c'était le bouquet. Anderson, la cible de ses remarques déplacées. Ecœuré, il y vit un coup du sort. Anderson dirigeait donc l'enquête. C'est lui qui distribuait les tâches. Rebus se dit qu'il ferait mieux de ravaler ses prières.

Peut-être que s'il arrêtait de prier, Dieu finirait par piger et se montrerait un peu moins salaud envers un de ses rares croyants sur cette planète de mécréants.

— Gemmill et Hartley sont affectés au porte-à-porte.

Dieu merci. Il avait échappé à ça. Il n'y avait qu'une chose de pire que le porte-à-porte...

— Et les inspecteurs adjoints Rebus et Morton vont se charger d'éplucher les dossiers de crimes similaires.

... et c'était ça !

Merci, Seigneur ! Merci ! C'est exactement comme ça que je prévoyais de passer ma soirée : me farcir les dossiers de tous les pervers et délinquants sexuels du Centre-Ecosse. Faut croire que vous pouvez vraiment pas sentir mon culot. Vous me prenez pour Job ? C'est ça ?

Mais aucune voix éthérée ne se fit entendre, juste la voix d'Anderson, avec son petit sourire satanique, ses doigts qui tournaient lentement les pages de la liste de service, ses lèvres charnues et humides, sa femme volage, et — comble du comble — son fils qui se prenait pour un poète saltimbanque. Rebus voua aux gémonies ce supérieur collet monté, maigre comme un clou, puis fila un coup de pied à Jack Morton qui se réveilla en grognant et en jurant.

Il y a des soirs comme ça...

Chapitre 4

— Il y a des soirs... soupira Jack Morton.

Il tira avec volupté une bouffée de sa cigarette à filtre, toussa bruyamment, sortit un mouchoir de sa poche et y cracha quelque chose.

— Tiens, tiens... dit-il en inspectant le contenu du mouchoir. Voilà un nouvel indice crucial.

Il avait tout de même l'air tracassé. Rebus sourit.

— Il est temps d'arrêter de fumer, Jack, dit-il.

Ils étaient assis au même bureau où s'empilaient près de cent cinquante dossiers sur des personnes condamnées pour crimes sexuels en Centre-Écosse. Une secrétaire jeune et pimpante, très certainement ravie des heures sup' que lui valait l'enquête, n'arrêtait pas d'en apporter de nouveaux, et Rebus lui lançait un regard noir à chaque fois, en espérant lui faire peur. Si elle revenait encore une fois, il allait se fâcher pour de bon.

— Non, John. C'est cette saloperie de filtre. J'arrive pas à m'y faire, vraiment pas. Après tout, j'emmerde mon médecin...

Ce disant, il retira la cigarette de sa bouche, en arracha le filtre et la replaça, ridiculement raccourcie, entre ses lèvres fines et pâles.

— Ça va mieux. Là, t'as vraiment une clope.

Deux choses ne cessaient de stupéfier Rebus. D'abord, qu'il apprécie Jack Morton et que celui-ci le lui rende. Ensuite, que Morton puisse tirer aussi longuement sur une cigarette et recracher si peu de fumée. Où passait toute cette fumée ? Ça le dépassait.

— Je vois que tu fais abstinence ce soir, John.

— Je me limite à dix par jour, Jack.

Morton secoua la tête d'un air dubitatif.

— Dix, vingt ou trente par jour. Crois-moi, John, au bout du compte ça fait aucune différence. De deux choses l'une : soit tu arrêtes, soit tu fumes. A partir du moment où t'arrives pas à arrêter, autant en fumer le nombre que tu veux. C'est prouvé. J'ai lu ça dans un magazine.

— Ouais, mais on sait bien quel genre de magazines tu lis, Jack.

Morton pouffa, fut pris d'une nouvelle quinte et chercha son mouchoir.

— Putain de boulot, maugréa Rebus en s'emparant du premier dossier de la pile.

Tous deux restèrent silencieux pendant vingt minutes, feuilletant les fantasmes et forfaits des violeurs, exhibitionnistes, pédérastes, pédophiles et autres proxénètes. Rebus avait l'impression d'avoir la bouche remplie de fange. Quelque part, il se retrouvait dans chacun de ces dossiers. Cet autre lui qui se tapissait derrière son moi quotidien. Son Mister Hyde à lui... Robert Louis Stevenson n'était-il pas natif d'Edimbourg ? A sa grande honte, il éprouvait de temps à autre une érection. Jack Morton aussi, à coup sûr.

C'était le lot de ce boulot, tout comme le dégoût, la répugnance et la fascination.

Autour d'eux, le poste était en proie à l'activité nocturne. Des hommes en bras de chemise défilaient devant leur porte, la mine préoccupée. On leur avait attribué un bureau à eux seuls, de peur que leurs pensées ne viennent contaminer les collègues. Rebus se fit la réflexion que son propre bureau du commissariat de Great London Road aurait eu besoin d'une bonne partie du matériel ici présent : un bureau moderne, pas bancal, avec des tiroirs faciles à ouvrir, une armoire à archives du même acabit, un distributeur de boissons dans le couloir... Il y avait même de la moquette alors que lui se contentait d'un lino rouge sang qui rebiquait dangereusement sur les bords. Vraiment, c'était là un cadre fort agréable où traquer les pervers et les assassins.

— On recherche quoi au juste, Jack ?

Morton poussa un grognement, balança une fine chemise marron sur le bureau, regarda Rebus, haussa les épaules et s'alluma une cigarette.

— De la merde, dit-il en prenant un autre dossier.

Rebus ne saurait jamais si c'était là sa réponse.

— Inspecteur Rebus ?

Un jeune agent au visage rasé de près et au cou bourré d'acné se tenait dans l'embrasure de la porte.

— Oui ?

— Un message du patron, inspecteur.

Il tendit un pli bleu à Rebus.

— Bonne nouvelle ? demanda Morton.

— Oh, excellente nouvelle, Jack. Vraiment excellente. Notre patron nous adresse le message confraternel suivant : « Les dossiers ont-ils donné des pistes ? » Point barre.

— Y aura-t-il une réponse, inspecteur ? demanda l'agent.

Rebus chiffonna le billet et le balança dans une corbeille en aluminium flambant neuve.

— Oui, mon gars, mais je doute fort que t'aies envie de la transmettre.

Frottant sa cravate où était tombée un peu de cendre, Jack Morton piqua un fou rire.

Il y a des soirs... Jim Stevens rentrait enfin chez lui, à pied. Il n'avait rien appris d'intéressant depuis sa conversation avec Mac Campbell, et ça faisait tout de même quatre heures. Quand il avait dit à Mac qu'il ne comptait pas laisser tomber son enquête sur les nouvelles ramifications du trafic de drogue à Edimbourg, c'était la stricte vérité. C'était devenu une fixation chez lui, et son patron aurait beau le mettre sur ces meurtres, il poursuivrait son enquête pendant son temps libre. De nuit, quand les rotatives tournaient, dans des bouges de plus en plus sordides, de plus en plus loin du centre-ville. Parce qu'il sentait qu'il était près de ferrer une grosse prise, mais pas encore assez près pour s'adjoindre les forces de l'ordre. Il tenait à bétonner le dossier avant de rameuter la cavalerie.

Et il était conscient des dangers. Le sol menaçait en permanence de s'ouvrir sous ses pas, pour qu'il tombe à la mer d'un quai de Leith par un matin sombre et silencieux, ou qu'on le retrouve bâillonné et ligoté dans un fossé le long d'une autoroute quelque part vers Perth. Tout ça ne lui faisait ni chaud ni froid.

Ce n'était qu'une pensée qui lui traversait l'esprit, à cause de la fatigue et du besoin de se requinquer après l'univers plutôt clinquant et pas franchement reluisant de la toxicomanie à Edimbourg. Tout ça se faisait dans des lotissements s'étendant à perte de vue ou des endroits servant de l'alcool à toute heure, pas dans le strass des discothèques et des bars chic de New Town.

Ce qu'il ne pouvait pas supporter, mais alors vraiment pas, c'était le silence et les cachotteries des gens qui tiraient les ficelles. En plus, ils étaient parfaitement étrangers à cet univers. Lui, il aimait les criminels qui se piquaient au jeu et menaient la grande vie, sans perdre le contact avec la rue. Comme ces gangsters du Glasgow des années cinquante et soixante, qui continuaient d'habiter dans le quartier de Gorbals, y dirigeaient leurs affaires, prêtaient de l'argent sale à leurs voisins, ce qui ne les empêchait pas de balafrer ces mêmes voisins en cas de besoin. Un peu comme des histoires de famille. Rien à voir avec ça. Rien du tout. Aujourd'hui, ce n'était plus pareil, raison de plus pour haïr tout ça.

Par contre, la conversation avec Campbell avait été fructueuse. Pour d'autres raisons. Rebus avait l'air d'un personnage assez louche. Tout comme le frangin. Peut-être étaient-ils de mèche. Si la police était impliquée, le boulot allait être délicat, et d'autant plus jouissif.

Maintenant, il avait besoin d'un coup de pouce, un bon coup de pouce pour faire avancer l'enquête. Ça allait bien finir par payer, avec son flair habituel.

Chapitre 5

A une heure et demie ils firent une pause. La petite cafétéria du bâtiment était encore ouverte à cette heure peu chrétienne. Tandis que dehors se commettait le gros de la délinquance de la journée, ici on était bien au chaud, avec des plats chauds et du café à volonté pour les policiers sur le qui-vive.

— C'est vraiment n'importe quoi, dit Morton en reversant dans sa tasse le café qui avait débordé dans la soucoupe. Anderson est complètement largué.

— Passe-moi une clope, veux-tu ? J'en ai plus.

Rebus se tapota les poches pour le prouver.

— Sacré John ! dit Morton en toussant comme un vieillard et en lui tendant les cigarettes. Toi, t'arrête-ras de fumer le jour où je changerai de slip !

Jack Morton n'était pas vieux, malgré les excès qui le conduisaient rapidement et inexorablement vers ce destin prématuré. Il avait trente-cinq ans, six ans de moins que Rebus. Lui aussi était divorcé ; ses quatre enfants étaient chez leur grand-mère tandis que leur mère s'offrait de vraiment très longues vacances avec son amant du moment. C'est moche, avait-il confié à Rebus qui avait abondé dans son sens, ayant lui-même mauvaise conscience à propos de sa fille.

Ça faisait vingt ans que Morton était dans la police, et contrairement à Rebus, lui avait commencé au bas de l'échelle, se hissant jusqu'à son rang actuel à la seule force du poignet. Il avait raconté l'histoire de sa vie à Rebus un jour où ils étaient partis pêcher à la mouche près de Berwick. Une superbe journée. Tous deux avaient fait de belles prises, et ils s'étaient liés d'amitié. Rebus, par contre, ne s'était pas livré. Morton avait l'impression qu'il s'emprisonnait dans une petite cellule de sa propre construction. Rebus était particulièrement peu loquace sur ses années d'armée. Morton respectait ce silence, il savait que l'armée pouvait faire ça à un homme. Peut-être y avait-il quelques squelettes dans ce placard. Lui-même avait les siens — certaines de ses arrestations les plus remarquées n'avaient pas été conduites dans le strict respect de la procédure. A présent, Morton ne se souciait plus de faire les gros titres avec des interpellations fracassantes. Il faisait le boulot qui lui était demandé, touchait son salaire, pensait de temps en temps à la retraite et aux parties de pêche qui l'attendaient, tout en buvant pour évacuer sa femme et ses enfants de son esprit.

— Sympa comme cantine, dit Rebus en tirant sur sa cigarette, ne sachant trop comment entamer la conversation.

— Ouais. Il m'arrive de passer ici. Je connais un type qui bosse au service informatique. Tu sais, ça rend service d'avoir dans sa manche un de ces mecs qui savent bosser sur un terminal. Ils peuvent te retrouver la trace d'une voiture, un nom ou une adresse, et en un clin d'œil. Et ça ne te coûte qu'un verre de temps en temps.

— Tu devrais leur demander de faire le tri dans nos dossiers.

— Laisse-leur le temps, John. Tous les dossiers finiront par être informatisés. Et après, ils se rendront vite compte qu'ils peuvent se passer des tâcherons de notre espèce. Juste quelques inspecteurs et des consoles informatiques.

— A bon entendeur, salut, soupira Rebus.

— C'est le progrès, John. On en serait où, autrement ? Toujours à jouer à la devinette, la pipe au bec et la loupe à la main.

— T'as sans doute raison, Jack. Mais n'oublie pas ce que dit le patron : « Donnez-moi une douzaine de types solides et renvoyez vos machines à leurs chers inventeurs. »

Tandis qu'il parlait, Rebus parcourut la salle du regard. Il remarqua qu'une des deux femmes présentes au briefing était assise seule à une table.

— De toute manière, reprit-il, on aura toujours notre place, Jack. La société pourrait pas se passer de nous. Un ordinateur ça manque d'intuition, là-dessus on les bat à plate couture.

— Peut-être bien... je sais pas trop. Bon, on ferait bien d'y retourner, hein ?

Morton consulta sa montre, vida sa tasse et s'écarta de la table.

— Vas-y, Jack. Je te rejoins dans une minute. J'ai une intuition à vérifier.

— Ça vous dérange si je m'assois ?

Un nouveau café à la main, Rebus prit la chaise en face de la jeune femme, qui était plongée dans un journal. Il remarqua le titre racoleur en première page — quelqu'un avait laissé filtrer des informations à la presse locale.

— Pas du tout, répondit-elle sans détacher les yeux de son journal.

Rebus se sourit à lui-même et s'assit. Il sirota son café lavasse — de l'instantané.

— Vous êtes occupée ?

— Oui. Et vous, vous n'avez rien à faire ? Votre ami est reparti depuis quelques minutes.

Bien envoyé. Rien à dire. Très bien envoyé. Rebus commençait à se sentir vaguement mal à l'aise. Il ne pouvait pas supporter les nanas casse-couilles, et celle-ci avait tout l'air d'en être.

— Oui, c'est vrai, mais lui il adore en baver. On travaille sur les dossiers de crimes similaires. Moi, je suis prêt à tout pour différer un tel plaisir.

Elle releva enfin la tête, piquée. Devait-elle le prendre pour elle ?

— C'est donc ça que je suis ? Une manœuvre dilatoire ?

Rebus sourit et haussa les épaules.

— Vous voyez autre chose ?

Ce fut à son tour à elle de sourire. Elle referma le journal et le plia deux fois. Le posant devant elle sur la table en formica, elle tapota le titre.

— On dirait que la presse parle de nous, dit-elle.

Rebus tourna le journal vers lui.

DOUBLE MEURTRE POUR LES DISPARUES D'ÉDIMBOURG

48

— C'est vraiment une affaire atroce, soupira-t-il. Vraiment atroce. Et les journaux n'arrangent rien.

— Oui, mais d'ici quelques heures on aura le résultat des autopsies et ça nous donnera peut-être quelques éléments à exploiter.

— J'espère bien, surtout si ça me permet d'être débarrassé de ces fichus dossiers.

— Moi qui croyais que les *mecs* dans la police prenaient leur pied à lire ce genre de truc !

Rebus écarta les mains, un geste qu'il semblait avoir emprunté à Michael.

— Vous nous avez percés à jour ! Ça fait longtemps que vous êtes dans la police ?

Rebus lui donnait trente ans, à un ou deux ans près. Elle avait d'épais cheveux châtains coupés court et un nez long et droit comme une piste de ski. Elle ne portait pas d'alliance, mais de nos jours ça ne voulait plus rien dire.

— Suffisamment longtemps, répondit-elle.

— Quelque part je savais que vous alliez répondre ça.

Elle souriait toujours. Pas du genre casse-couilles, tout compte fait.

— Dans ce cas, vous êtes plus intelligent que je ne pensais.

— Vous seriez surprise.

Découragé, il se dit que la partie était mal engagée. Ça jouait en milieu de terrain, une rencontre amicale plutôt qu'un match de coupe. Il consulta ostensiblement sa montre.

— Il est temps que j'y retourne...

Elle reprit son journal.

— Vous faites quelque chose ce week-end ?
demanda-t-elle.

John Rebus se rassit.

Chapitre 6

Il quitta le commissariat à quatre heures du matin. Les oiseaux faisaient de leur mieux pour convaincre tout le monde que c'était l'aube, mais personne ne s'y trompait. Il faisait encore nuit et le fond de l'air était frais. Rebus décida de ne pas prendre sa voiture et de rentrer à pied. Une distance de trois kilomètres et demi. Il avait besoin de sentir l'air froid et humide, avant-coureur d'une averse matinale. Il inspira longuement pour essayer de se détendre et d'oublier, mais ces dossiers lui accaparaient l'esprit, et des bribes de faits et de chiffres, des horreurs pas plus longues qu'un paragraphe, vinrent le hanter tandis qu'il marchait.

Comment pouvait-on commettre une agression sexuelle contre une fillette de huit semaines... La baby-sitter avait calmement reconnu les faits, expliquant qu'elle avait fait ça « pour s'amuser ».

... Violer une grand-mère devant ses deux petits-enfants, et donner un bonbon aux gosses avant de partir. Un acte prémédité, commis par un célibataire de cinquante ans.

... Inscrire le nom d'un gang sur les seins d'une gosse de douze ans avec une cigarette incandescente, et l'abandonner pour morte dans une cabane en feu. Jamais pris.

Et maintenant le plus surprenant : enlever deux gamines et les étrangler, sans les avoir abusées sexuellement. Ce qui constituait une perversion en soi, pour reprendre les mots d'Anderson ; et bizarrement Rebus comprenait ce qu'il voulait dire. Leur mort n'en était que plus arbitraire, gratuite — et plus terrifiante.

Au moins, ils n'étaient pas aux prises avec un maniaque sexuel, pas pour l'instant. Ce qui leur compliquait la tâche, convenait Rebus, parce que désormais ils étaient confrontés à un *serial killer*, quelqu'un qui frappait au hasard, sans fournir d'indices, pour entrer dans les annales plutôt que par pulsion. Toute la question était de savoir s'il s'arrêterait à deux. Ça paraissait peu probable.

La mort par strangulation. Une fin atroce : se débattre, plonger vers le néant en gesticulant des jambes, paniquer, chercher frénétiquement à inspirer, et selon toute vraisemblance avec le tueur dans le dos, ce qui vous laissait seul face à une terreur totalement anonyme, mourir sans savoir ni qui ni pourquoi. Dans les SAS, on vous enseignait différentes méthodes pour tuer. Rebus savait ce qu'on éprouvait avec un garrot autour de son cou, quand on était obligé de s'en remettre à la sagesse de l'adversaire. Une fin atroce.

Edimbourg somnolait, comme elle somnolait depuis des siècles. On trouvait bien quelques fantômes dans les passages pavés et les cages d'escaliers tortueuses des immeubles d'Old Town. Mais c'étaient là des fantômes des Lumières, éduqués et respectueux. Pas le genre à surgir des ténèbres, une cordelette à la main.

Rebus s'arrêta et jeta un coup d'œil à la ronde. De toute façon, on était le matin, les âmes pieuses étaient blotties au fond de leur lit, comme lui, John Rebus, pauvre mortel de chair et de sang, ne tarderait pas à l'être.

A proximité de son appartement, il passa devant une épicerie ; sur le trottoir étaient empilées des palettes de bouteilles de lait et de petits pains. Le propriétaire s'était plaint à Rebus de petits vols occasionnels, mais refusait de porter plainte. Le magasin était aussi désert que la rue, la solitude du moment à peine troublée par un taxi roulant au loin sur des pavés et la persistance des gazouillis matinaux. Rebus regarda autour de lui, s'attardant sur les nombreuses fenêtres aux rideaux fermés, puis arracha prestement six petits pains, les fourgua dans la poche de son manteau et s'éloigna un peu trop vivement. Marquant une hésitation, il revint sur la pointe des pieds vers le magasin — l'assassin revenant sur les lieux du crime, le chien retournant à son vomi. Rebus n'avait jamais vu un chien faire ça, mais puisque saint Pierre le disait...

Après un nouveau coup d'œil à la ronde, il subtilisa une bouteille de lait sur une des palettes et s'éclipsa en sifflotant un air en silence.

Rien de meilleur pour le petit déjeuner que des petits pains volés avec du beurre et de la confiture, et une mug de café au lait. Rien de meilleur qu'un péché véniel.

Il renifla dans la cage d'escalier de son immeuble et repéra une légère odeur de matou — une vraie plaie ! Retenant son souffle, il gravit les deux étages puis fouilla dans sa poche sous les petits pains écrasés, extrayant avec peine la clé de l'appartement.

Il faisait froid dans l'appartement et ça sentait l'humidité. Il vérifia le chauffage central et comme de bien entendu la veilleuse s'était éteinte. Pestant, il la ralluma, mit le chauffage au maximum et passa dans le salon.

Les bibelots de Rhona avaient disparu des étagères, de la bibliothèque et de la cheminée, mais leur place était déjà en grande partie occupée par ceux de Rebus : des factures, du courrier attendant d'être ouvert, des traces de canettes de bière bon marché, quelques livres jamais lus. Rebus collectionnait les livres qu'il n'avait pas le temps de lire. A une époque, il lisait les livres qu'il achetait. Mais à présent le temps lui manquait tellement. Il fallait aussi reconnaître qu'il était devenu plus difficile, qu'il ne se forçait plus à lire un livre jusqu'au bout, que celui-ci lui plaise ou non. Maintenant, quand ça n'accrochait pas il dépassait rarement la page dix.

Ça c'était pour les bouquins du salon. Les livres destinés à être lus avaient tendance à se retrouver dans la chambre, alignés par terre en rangées comme des patients dans la salle d'attente d'un médecin. Un de ces jours, il prendrait des vacances, se louerait un cottage dans les Highlands ou sur la côte du Fife, et il emporterait avec lui tous ces livres attendant d'être lus ou relus, tout ce savoir sous une couverture qu'il suffisait de rabattre. *Crime et Châtiment* était son livre préféré ; il le reprenait au moins une fois par an. Si seulement les meurtriers contemporains avaient pu faire preuve d'un peu plus de conscience morale...

Mais non, le tueur d'aujourd'hui se vantait de ses crimes auprès de ses potes, puis il allait faire une partie de billard au pub, mettant de la craie au bout de sa queue avec calme et confiance, sachant parfaitement dans quel ordre les boules allaient rentrer...

Et pendant ce temps-là, les policiers se morfondaient dans leur voiture, maudissant les contraintes de la procédure et déplorant les abysses de la criminalité. Le crime était présent partout. C'était le cœur même de la vie, son énergie et ses tripes — tricher, louvoyer, esquiver l'autorité, tuer. Plus on gravissait les échelons du crime et plus on se refaisait subtilement une légitimité, jusqu'au point où seule une poignée d'avocats était capable de démonter votre système, mais il y avait toujours moyen d'acheter ces gens-là, qui ne demandaient pas mieux. Ce vieux filou de Dostoïevski l'avait compris, lui. Qu'on le prenne par un bout ou par l'autre, le bâton était toujours brûlant.

Mais ce pauvre Fiodor était mort, et lui n'était pas invité à une soirée ce week-end, contrairement à John Rebus. Le plus souvent il déclinait ce genre d'invitation, parce que cela l'obligeait à épousseter ses souliers, repasser sa chemise, défroisser son costume des grands jours, prendre un bain et mettre de l'eau de Cologne. Sans parler de se montrer affable, boire et être de bonne humeur, discuter avec des inconnus sans en avoir la moindre envie, et sans être payé pour. Autrement dit, il ne supportait pas de devoir se comporter en animal social comme les autres. Mais il avait accepté l'invitation que Cathy Jackson lui avait adressée dans la cafétéria du commissariat de Waverley Road. Et comment !

Sifflotant de contentement, il alla se préparer un petit déjeuner dans la cuisine et l'emporta dans la chambre. C'était son rituel après une garde de nuit. Il se déshabilla, se mit au lit, posa l'assiette avec les petits pains en équilibre sur sa poitrine et plongea le nez dans un bouquin. Rien de sensationnel, une histoire d'enlèvement. Rhona était partie avec le lit mais lui avait laissé le matelas, alors il pouvait facilement attraper sa mug de café par terre, ou se débarrasser d'un livre pour en prendre un autre.

Il ne tarda pas à s'endormir, la lampe allumée, alors que des voitures commençaient à défiler sous sa fenêtre.

Pour une fois le réveil fit son office et il s'arracha à son matelas comme de la limaille attirée par un aimant. Il avait poussé sa couette à l'écart ; étouffant de chaleur et en nage, il se rappela soudain que le chauffage fonctionnait encore à plein tube. Se levant pour aller baisser le thermostat, il se pencha au passage pour ramasser le courrier. Une des lettres n'était ni timbrée ni affranchie. Elle ne comportait que son nom tapé à la machine. Son estomac rempli d'une bouillie de petits pains et de beurre se contracta violemment. Il déchira l'enveloppe et en sortit une simple feuille.

POUR CEUX QUI LISENT ENTRE LES SIGNES.

Comme ça, ce dingue savait où il habitait. Résigné, il vérifia le contenu de l'enveloppe, s'attendant à y trouver le bout de ficelle noué, mais celle-ci contenait à la place deux allumettes accrochées ensemble avec du fil, en forme de croix.

DEUXIÈME PARTIE

Pour ceux qui lisent entre les signes

Chapitre 7

Le chaos organisé : voilà qui décrivait bien les bureaux du journal. Le chaos organisé à grande échelle. Stevens fouina parmi les feuilles dans son bac à courrier, à la recherche d'un article. L'avait-il rangé ailleurs... Il ouvrit un des gros tiroirs de son bureau mais le referma aussitôt, de peur que le fatras ne s'en échappe. Prenant sur lui, il inspira profondément et le rouvrit. Il plongea la main dans la paperasse, comme s'il risquait de se faire mordre. Effectivement, une grosse pince se détacha brusquement d'un dossier et le mordit au pouce. Il referma rageusement le tiroir en maudissant sa rédaction, la profession journalistique et les arbres pourvoyeurs de papier, la cigarette vacillant entre ses lèvres. Fais chier ! Il se cala contre son dossier et ferma les yeux à cause de la fumée qui piquait. Onze heures du matin et son bureau était déjà enveloppé dans un nuage bleuté, comme si on était sur le plateau de *Brigadoon* pendant le tournage d'une scène de marécages. Il prit une feuille tapée à la machine, la retourna et se mit à griffonner au dos avec un petit crayon fauché chez un bookmaker.

X (gros bonnet ?) livre à Rebus M. Et le flic, quel était son rôle ? Réponse : peut-être un rôle majeur, peut-être aucun.

Il s'interrompit, retira le mégot de sa bouche et s'en servit pour allumer la cigarette suivante.

Maintenant, des lettres anonymes. Menaces ? Messages codés ?

Stevens avait du mal à croire que John Rebus puisse ignorer l'implication de son frère dans le trafic de drogue en Ecosse, et il y avait toutes les chances pour que lui-même soit aussi dans le coup. Peut-être avait-il lancé l'enquête sur une fausse piste pour protéger ce frère de chair et de sang ? Ça ferait un sacré papier quand ça éclaterait, mais Stevens savait qu'à partir de maintenant il marchait sur des œufs. Personne ne lèverait le petit doigt pour l'aider à coincer un flic, et si qui que ce soit avait vent de son enquête, ça irait très mal pour lui. Il avait deux précautions à prendre : vérifier sa police d'assurance-vie et ne souffler mot de tout ceci à personne.

— Jim !

Le rédac-chef lui fit signe de le rejoindre dans la chambre de torture. Il s'arracha à son fauteuil comme si celui-ci était vivant, défroissa sa cravate mauve et rose et se dirigea vers ce qui promettait d'être une engueulade.

— Oui, Tom ?

— T'es pas censé être à la conférence de presse ?

— Y a largement le temps, Tom.

— T'emmènes quel photographe ?

— Qu'est-ce que ça peut foutre ? Putain, je ferais tout aussi bien d'emmener mon appareil. Ces jeunes mecs connaissent pas les ficelles, Tom. Je peux avoir Andy Fleming ?

— Pas question, Jim. Il couvre la visite royale.

— Quelle visite royale ?

Tom Jameson parut sur le point de se relever — du jamais-vu — mais se contenta de redresser le dos et les épaules, et fixa son reporter vedette d'un air soupçonneux.

— Dis-moi, Jim, t'es bien journaliste ? Rassure-moi, t'as pas pris une retraite anticipée ou t'es pas devenu ermite ? Il y a des cas de démences séniles, dans ta famille ?

— Ecoute-moi, Tom. Si la famille royale commet un crime, je serai le premier sur les lieux, sinon, en ce qui me concerne ces gens-là n'existent pas. Sauf dans mes cauchemars, en tout cas.

Jameson consulta ostensiblement sa montre.

— C'est bon, je file.

Sur ce, Stevens tourna sur ses talons avec une rapidité étonnante et sortit du bureau, ignorant les beuglements de son patron qui voulait savoir lequel des photographes disponibles il souhaitait emmener avec lui.

Peu importait. Il n'avait jamais rencontré le moindre policier photogénique. Mais, alors qu'il sortait du bâtiment, il se souvint qui était l'officier de liaison sur cette enquête, et révisa son jugement en souriant.

— « Il y a des indices partout pour ceux qui savent lire entre les signes »... C'est du charabia, hein John ?

Morton était au volant. Tous deux se rendaient à Haymarket. Encore un de ces après-midi de pluie asséné par le vent, une de ces pluies fines et glaciales, le genre qui vous pénètre les os jusqu'à la moelle. La ville faisait grise mine depuis le matin, à tel point qu'à midi les voitures roulaient déjà avec leurs phares allumés. La journée idéale pour travailler en extérieur.

— Je ne sais pas trop, Jack. Le deuxième message semble relié au premier, comme s'il y avait un lien logique.

— Alors espérons qu'il va t'en envoyer d'autres, ce qui rendra peut-être les choses plus claires.

— Peut-être. Moi, je préférerais qu'il arrête carrément ces conneries. C'est pas très agréable d'avoir un plaisantin qui sait où tu bosses et où t'habites.

— T'es dans l'annuaire ?

— Non. Je suis sur liste rouge.

— Ça fait une piste en moins. Alors comment sait-il où t'habites ?

— Il ou elle, fit remarquer Rebus en rangeant les lettres dans sa poche. Que veux-tu que j'en sache ?

Il alluma deux cigarettes et en passa une à Morton après en avoir arraché le filtre.

— Merci, fit celui-ci en plaçant la minuscule cigarette au coin de la bouche.

La pluie était en train de se calmer.

— Ça va être inondé à Glasgow... maugréa Morton.

Tous deux avaient de petits yeux à cause du manque de sommeil, mais l'enquête les tenait maintenant, aussi se rendaient-ils, l'esprit engourdi, vers le triste cœur des opérations. On avait installé un baraquement en préfabriqué sur le terrain vague, près de l'endroit où on avait retrouvé un des cadavres, pour coordonner l'enquête de voisinage. Il faudrait aussi interroger la famille et les amis. Rebus prévoyait une journée très fastidieuse.

— Ce qui m'inquiète, fit remarquer Morton, c'est que si les deux meurtres sont liés, on a sans doute affaire à quelqu'un qui ne connaissait ni l'une ni l'autre des deux gamines. Bonjour le boulot !

Rebus opina du chef. Malgré tout, les deux gamines connaissaient peut-être leur meurtrier, on ne pouvait pas entièrement l'exclure. Autre possibilité : un individu inspirant confiance de par son métier. Sinon, les deux victimes, qui avaient presque douze ans et n'étaient pas idiotes, se seraient forcément débattues au moment de l'enlèvement. Or, aucun témoin ne s'était présenté pour rapporter quoi que ce soit de ce genre. Vraiment bizarre.

La pluie avait cessé quand ils arrivèrent au local exigu du poste opérationnel. L'inspecteur qui dirigeait les opérations sur le terrain leur remit des listes de noms et d'adresses. Rebus se félicitait d'avoir quitté le QG, d'être loin d'Anderson avec son obsession pour la paperasse. Le vrai boulot, c'était ici qu'on le faisait. On établissait des contacts personnels, et le moindre faux pas de la part d'un suspect pouvait faire pencher l'enquête dans un sens ou dans l'autre.

— Ça vous dérange, inspecteur, si je vous demande qui nous a proposés, mon collègue et moi, pour ce boulot en particulier ?

Clignant des yeux, l'inspecteur dévisagea Rebus.

— Oui, Rebus, ça me dérange. De toute manière, ça ne fait aucune différence, hein ? Toutes les tâches de cette enquête sont aussi importantes et vitales les unes que les autres. Autant s'en souvenir.

— Bien, inspecteur, dit Rebus.

— Ça doit vous faire l'impression de travailler dans une boîte à chaussures, inspecteur, fit remarquer Morton en jetant un coup d'œil au réduit.

— Oui, mon garçon, je suis dans la boîte à chaussures. Mais les godasses, c'est vous, alors au boulot !

Plutôt sympa pour un inspecteur, songea Rebus en empochant sa liste. Il avait la langue juste assez bien pendue pour lui plaire.

— Soyez tranquille, on n'en a pas pour très longtemps.

Il espérait que l'inspecteur avait noté la pointe d'ironie dans sa voix.

— Le dernier revenu est un pédé ! lança Morton.

On allait donc faire ça dans les règles. Pourtant, cette affaire semblait déroger aux règles habituelles. Anderson les lançait à la poursuite des traditionnels suspects — la famille, l'entourage, les casiers judiciaires. Au QG, on avait dû contacter les associations comme le Paedophile Information Exchange. Rebus espérait bien qu'Anderson se taperait son lot d'appels fantaisistes. En général, ça ne manquait pas — ceux qui appelaient pour avouer, les médiums qui proposaient d'entrer en contact avec la victime, ceux qui vous faisaient flairer de fausses pistes. Rien que des gens en proie à d'anciens remords ou à leurs fantasmes d'aujourd'hui. Comme nous tous, peut-être bien.

A sa première maison, Rebus tambourina à la porte et attendit. Une petite vieille vint ouvrir. Elle était pieds nus et ne sentait pas très bon. Sur ses épaules décharnées, elle portait un cardigan composé à dix pour cent de laine et à quatre-vingt-dix pour cent de trous.

— Qu'est-ce que c'est ?

— La police, madame. C'est à propos du meurtre.

— Hein ? Quoi qu'c'est-y, j'y en veux point. Fichez le camp où c'est-y qu'j'appelle la police !

— Les meurtres ! cria Rebus. Je suis policier. Je suis venu vous poser quelques questions.

— Hein ?

Elle recula un peu pour mieux le regarder, et Rebus aurait juré apercevoir dans ses pupilles noires le vague scintillement d'une intelligence perdue.

— Quels meurt'es ? dit-elle.

Il y a des jours...

Pour arranger les choses la pluie reprit, de bonnes giclées cinglantes qui lui fouettaient le cou et le visage et s'infiltraient dans ses chaussures. Comme l'autre jour sur la tombe du vieux... C'était seulement la veille. Il pouvait s'en passer des choses, en vingt-quatre heures, et rien que pour sa pomme.

A dix-neuf heures, Rebus avait vu six des quatorze personnes sur sa liste. Il retourna à la boîte à chaussures du PC, les pieds en capilotade et l'estomac rempli de thé, en manque de quelque chose de plus fort.

Jack Morton s'attarda sur le terrain vague et contempla la vaste étendue de terre argileuse jonchée de briques et de détritus — un paradis pour les gamins.

— Tu parles d'un endroit pour mourir...

— Elle n'est pas morte ici, Jack. Souviens-toi des conclusions du légiste.

— Enfin, tu comprends ce que je veux dire.

Oui, Rebus comprenait ce qu'il voulait dire.

— Au fait, reprit Morton, c'est toi le pédé.

— Ça s'arrose, dit Rebus.

Ils passèrent la soirée à boire dans quelques-uns des bars les plus glauques d'Edimbourg, là où les touristes ne mettent jamais les pieds. Ils tentèrent d'écarter l'enquête de leur esprit mais c'était impossible. C'était toujours comme ça, une grosse enquête, ça vous prenait physiquement et psychologiquement, ça vous consumait et on s'y plongeait avec d'autant plus d'acharnement. Chaque meurtre vous donnait une poussée d'adrénaline, ce qui permettait de tenir au-delà du point de non-retour.

— Il est temps que je rentre à l'appart, dit Rebus.

— Oh, t'as bien le temps d'en prendre une dernière.

Jack Morton se fraya un chemin jusqu'au comptoir, son verre vide à la main. L'esprit brumeux, Rebus repensa à son mystérieux correspondant. Il soupçonnait Rhona, même si ce n'était pas son style. Et même sa fille Sammy, qui aurait pu vouloir se venger tardivement d'un père qui l'avait écartée de sa vie. La famille et l'entourage constituaient toujours, au moins dans un premier temps, les principaux suspects. Mais ça pouvait tout aussi bien être n'importe qui, toute personne connaissant son travail et son domicile. Une autre possibilité ne pouvait être écartée : quelqu'un du service. Comme toujours, la question à mille dollars était « pourquoi ? ».

— Et voilà deux jolies pintes gratis, offertes par la maison.

— Bel esprit civique, fit Rebus.

— Moi j'appelle ça l'esprit éthylique ! pouffa Morton.

Il rigola de sa plaisanterie et essuya la mousse sur sa lèvre supérieure. Il remarqua que Rebus gardait son sérieux.

— A quoi tu penses, John ?

— C'est forcément un tueur en série, dit Rebus. Auquel cas on n'a pas fini d'entendre parler de notre lascar.

Morton reposa son verre ; la soif lui avait passé.

— Ces gamines n'allaient pas dans la même école, poursuivit Rebus. Elles ne venaient pas du même quartier, n'avaient pas les mêmes goûts, ni les mêmes amis, ni la même religion, mais elles ont été tuées par le même assassin, de la même manière, et sans aucun abus d'aucune sorte. On a affaire à un dingue qui peut se trouver n'importe où.

Une bagarre venait d'éclater près du bar, apparemment à cause d'une partie de dominos qui avait mal tourné. Un verre se fracassa par terre et le silence se fit dans le bar, ce qui sembla calmer les esprits. Un des types fut escorté dehors par ceux qui l'avaient soutenu dans le différend. L'autre resta avachi contre le comptoir, marmonnant quelque chose à une femme à côté de lui.

Morton but une gorgée de bière.

— Dieu merci, on n'est pas en service. Ça te dit un curry ?

*

Morton termina son poulet *vindaloo* et laissa tomber sa fourchette dans l'assiette.

— Faudra que j'en touche un mot aux services sanitaires, dit-il en terminant sa bouchée. Ou à la répression des fraudes. Je sais pas ce que c'était, mais c'était pas du poulet.

Ils étaient dans un petit restaurant indien près de la gare d'Haymarket — éclairage violet, papier tontisse rouge, flot incessant de cithare.

— T'avais l'air de te régaler, dit Rebus en vidant son demi.

— Oui, je me suis régalé, mais c'était pas du poulet.

— Mais si tu t'es régalé, t'as aucune raison de te plaindre.

Assis en biais, les jambes tendues devant lui et un bras accoudé sur le dossier, Rebus en était à son énième cigarette de la journée.

Morton se pencha gauchement vers son partenaire.

— John, y a toujours une bonne raison de se plaindre, surtout si ça permet de faire sauter la douloureuse !

Il adressa un clin d'œil à Rebus, se cala contre son dossier, rota et plongea la main dans sa poche pour y prendre une cigarette.

— Merde, fit-il.

Rebus voulut compter combien de cigarettes lui-même avait fumées dans la journée, mais son cerveau lui fit comprendre qu'il ferait mieux de ne pas se livrer à ce genre de calcul.

— Je me demande ce que notre meurtrier peut bien être en train de faire à cet instant précis, dit-il.

— En train de terminer un curry ? suggéra Morton. Le problème, John, c'est qu'on peut très bien avoir affaire à un monsieur-tout-le-monde. Un type normal, marié, père de famille, un mec bosseur comme on en trouve partout en banlieue. Mais, derrière les apparences, un cinglé pur et simple.

— Rien n'est jamais simple avec ce genre de bonhomme.

— C'est vrai.

— Mais tu pourrais bien avoir raison. Tu veux dire que c'est un peu... un peu comme Docteur Jekyll et Mister Hyde ?

— Exact.

Morton fit tomber sa cendre sur la table déjà tachée de bière et de sauce au curry. Il fixait son assiette, comme étonné qu'elle soit vide.

— Docteur Jekyll et Mister Hyde, reprit-il. C'est tout à fait ça. J'vais te dire, John, moi ces types-là je te les foutrais en tôle pour mille ans. Mille ans à l'isolement dans une cellule de la taille d'une boîte à chaussures, si ça ne tenait qu'à moi

Rebus fixait le papier peint. Il pensait à cette époque où lui-même s'était retrouvé en quartier d'isolement, quand on avait cherché à le faire craquer dans les SAS. Une mise à l'épreuve des plus terribles — le silence et les soupirs, la faim et la crasse. Non, il ne tenait pas à connaître ça de nouveau. Pourtant, on ne l'avait pas vaincu. Pas entièrement. D'autres n'avaient pas eu cette chance.

Emprisonné dans sa cellule, ce visage en train de crier...

Laissez-moi sortir ! Laissez-moi sortir !

Laissez-moi sortir !

— Tu te sens pas bien, John ? Si t'as envie de vomir, les toilettes sont par là-bas, derrière la cuisine. Fais-moi une faveur : au passage, essaye de voir ce que c'est qu'ils découpent et balancent dans leur casserole...

Rebus se dirigea vers les toilettes avec cette démarche excessivement précautionneuse de celui qui a trop bu, et pourtant il n'avait pas l'impression d'avoir beaucoup bu... en tout cas, pas tant que ça. Des effluves de curry, de désinfectant et de merde lui emplirent les narines. Il se débarbouilla. Non, il n'allait pas vomir. Et ce n'était pas la boisson, vu qu'il avait ressenti les mêmes frissons chez Michael, la même frayeur passagère. Que lui arrivait-il ? Il avait l'impression d'avoir les entrailles qui durcissaient comme du ciment, le ralentissaient et permettaient à son passé de le rattraper. Ça ressemblait un peu à ce coup de déprime qu'il attendait un jour ou l'autre, mais non, ça n'avait rien d'une dépression, c'était rien du tout. C'était terminé.

— Je te dépose, John ?

— Non merci. Je vais marcher. M'éclaircir les idées.

Ils se quittèrent devant le restaurant. Des collègues de bureau qui avaient fait la fête ensemble se dirigeaient vers la gare d'Haymarket, avec leurs cravates dénouées et leurs parfums trop forts. Haymarket était le dernier arrêt avant l'imposante gare de Waverley en plein centre d'Edimbourg. Rebus se souvint de l'expression « descendre à Haymarket » qui désignait la technique contraceptive du *coïtus interruptus*. Dire qu'il y en avait pour prétendre que les habitants d'Edimbourg étaient des gens austères ! Dans cette chère ville, on s'étranglait... de rire ! Rebus essuya son front en nage. Il se sentait encore un peu faible et s'appuya contre un réverbère. Il savait vaguement d'où ça venait. Tout son être rejetait son passé, comme si ses organes vitaux rejetaient un cœur greffé. Il avait remisé les horreurs de cette période d'entraînement si loin au fond de son cerveau que le moindre écho devait en être combattu vigoureusement. Pourtant, c'était dans cet isolement qu'il avait découvert l'amitié, la fraternité, la camaraderie — on peut appeler ça comme on veut. Et il en avait appris sur lui-même beaucoup plus que la majorité des gens n'en apprendront jamais. Il avait appris tellement de choses.

On n'avait pas réussi à le briser. Il était sorti vainqueur de ces stages d'entraînement. Et puis la dépression nerveuse lui était tombée dessus.

Suffit. Il se mit à marcher, et pour s'apaiser il pensa à son jour de repos du lendemain. Il passerait la journée à lire et à dormir, puis il se ferait tout beau pour la soirée de Cathy Jackson.

Et le surlendemain, dimanche, il devait passer la journée avec sa fille, ce qui n'était pas si fréquent. Peut-être serait-ce l'occasion de découvrir qui se cachait derrière ces lettres anonymes.

Chapitre 8

La gamine se réveilla avec un goût salé dans la bouche. Elle se sentait fatiguée et engourdie, et se demanda où elle était. Elle s'était endormie dans la voiture. Avant de manger le morceau de barre chocolatée qu'il lui avait proposé, elle n'avait pas du tout envie de dormir. Maintenant elle était réveillée, mais elle ne se trouvait pas chez elle dans sa chambre. Ici, il y avait des photos sur les murs, des photos en couleur découpées dans des magazines. On y voyait des soldats à la mine farouche, des jeunes filles et des femmes. Elle regarda de plus près des polaroïds rassemblés sur un des murs. Elle se reconnut sur une des photos, endormie sur le lit, les bras écartés. Elle ouvrit la bouche et laissa échapper un cri étouffé.

Dans le salon, il l'entendit qui bougeait tandis qu'il préparait le garrot.

Cette nuit-là, Rebus fit encore un cauchemar. Un long baiser qui n'en finissait pas fut suivi d'une éjaculation, à la fois dans le rêve et dans la réalité. Il se réveilla dans la foulée et s'essuya. L'haleine du baiser l'enveloppait toujours, comme une aura. Il secoua la tête pour chasser tout ça. Une femme, voilà ce qu'il lui fallait. Se souvenant de la fête à venir, il se déten-

72

dit un peu, mais il avait les lèvres sèches. Il se traîna jusqu'à la cuisine et trouva une bouteille de limonade. Elle était éventée mais ça ferait l'affaire. Mais il se rendit compte qu'il était encore bourré et risquait d'avoir la gueule de bois s'il buvait n'importe quoi. Il se servit trois verres d'eau qu'il avala à contrecœur.

Pour une fois, la veilleuse du chauffage ne s'était pas éteinte. Une sorte de bon présage. Se recouchant, il pensa même à faire sa prière. Voilà qui surprendrait le Grand Homme là-haut. Il pourrait noter ça dans son Grand Livre : *Rebus s'est souvenu de moi ce soir. Je pourrais bien lui accorder une journée agréable demain.*

Amen.

Chapitre 9

Michael Rebus tenait à sa BMW autant qu'à la vie, peut-être même plus encore. Filant sur l'autoroute, avec les voitures sur sa gauche qui semblaient à peine bouger, il avait la sensation étrange et exaltante que sa voiture était la vie elle-même. Il en pointait l'avant vers l'horizon lumineux et la laissait foncer à pleins gaz vers cet avenir, sans la moindre concession à quiconque ni à quoi que ce soit. C'était tout ce qu'il aimait, le luxe rapide et sans complexes, à portée de main, par la simple pression d'un bouton. Il tapotait les doigts sur le volant gainé de cuir, jouait avec l'autoradio, appuyait sa tête contre l'appui-tête rembourré. Souvent, il rêvait de s'en aller, d'abandonner femme, enfants et maison pour partir seul, juste lui et sa voiture. Filer vers l'horizon, ne jamais s'arrêter sauf pour manger et faire le plein, rouler jusqu'à la mort. Comme ça représentait pour lui une sorte de paradis, il n'avait pas peur de fantasmer là-dessus, vu qu'il ne lui viendrait jamais à l'esprit de mettre en œuvre le paradis.

Quand il s'était acheté sa première voiture, il se réveillait en pleine nuit et écartait les rideaux pour vérifier qu'elle l'attendait toujours dehors. Parfois, il se levait à quatre ou cinq heures du matin et partait quelques heures, sidéré de l'énorme distance qu'on pouvait parcourir en si peu de temps, heureux de se retrouver sur ces routes désertes avec les lapins et les corbeaux pour seule compagnie, la main sur le klaxon pour effrayer les oiseaux qui s'envolaient dans des battements d'ailes. Cette passion pour l'automobile, qui libérait tant de rêves, ne l'avait jamais quitté.

Maintenant, il avait une voiture que les gens admiraient. Parfois, il la garait dans les rues de Kirkcaldy et observait en cachette les passants envieux. Les types les plus jeunes osaient jeter un coup d'œil gourmand à l'intérieur, admirant le cuir et les cadrans comme des animaux dans un zoo. Les plus âgés, certains flanqués de leur femme, se contentaient d'un regard en coin, et quelques-uns allaient jusqu'à cracher par terre juste après, parce que cette belle mécanique représentait ce qu'ils avaient toujours convoité sans pouvoir l'obtenir. Alors que Michael Rebus, lui, avait décroché son rêve et pouvait l'admirer quand ça lui chantait. A Edimbourg, par contre, on n'était jamais sûr d'attirer l'attention. Tout dépendait du quartier. Un jour, il venait de se garer dans George Street quand une Rolls Royce était venue se planter juste derrière lui. Il avait remis le contact, en pétard, se retenant tout juste de cracher. Il avait fini par se mettre devant une discothèque — il savait qu'en se garant devant une boîte ou un resto au volant d'une belle voiture on risquait d'être pris pour le patron des lieux, et cette pensée le réjouissait, effaçant le souvenir de la Rolls, insufflant de nouvelles variantes à son rêve. S'arrêter à un feu rouge pouvait aussi être jouissif, sauf quand un connard de motard venait se mettre derrière lui, ou pire encore à côté. Certaines motos étaient conçues pour une accélération maximum au démarrage. Plus d'une fois il s'était fait battre à plate couture dans une course après un feu rouge. Des épisodes qu'il préférait oublier.

Aujourd'hui, il se gara là où on lui avait dit de se garer : dans le parking sur Calton Hill. Du haut de la colline, il apercevait le Fife derrière son pare-brise, tandis qu'à l'arrière Princes Street se déployait avec des allures de modèle réduit. L'endroit était calme. La saison touristique ne battait pas encore son plein et il faisait froid. Michael savait que ça s'animait le soir : les poursuites en voiture, les jeunes qui demandaient qu'on les emmène faire un tour, les fêtes sur la plage de Queensferry. La communauté gay d'Edimbourg s'y mêlait à ceux qui étaient là par simple curiosité ou pour vaincre la solitude, et de temps à autre un couple rejoignait le cimetière au bas de la colline, la main dans la main. Dès la tombée de la nuit, la partie est de Princes Street devenait un monde en soi, bon à se partager, à se refiler entre copains. Mais pas question pour Michael Rebus de partager sa voiture avec quiconque. Son rêve était une chose fragile.

Il observa le Fife de l'autre côté du Firth of Forth — magnifique à cette distance — jusqu'à ce qu'une voiture ralentisse et vienne se garer à côté de lui. Il se faufila sur le siège passager et baissa son carreau alors que l'autre conducteur baissait le sien.

— Vous avez la marchandise ? demanda Michael.

— Bien sûr, répondit l'homme qui jeta un coup d'œil dans son rétro.

Des gens — une famille au grand complet — venaient d'arriver au sommet de la butte.

— Vaut mieux attendre une minute, décréta le type.

Ils se turent, fixant la vue.

— Aucun problème dans le Fife ?

— Aucun, répondit Michael.

— On raconte que ton frère est passé te voir. C'est exact ?

Le type avait le regard dur, tout comme le reste de son corps. Cela dit, il conduisait un vrai tas de ferraille. Pour l'instant, Michael se sentait en sécurité.

— Oui, mais c'était rien. Juste l'anniversaire de la mort de notre père, c'est tout.

— Il n'est pas au courant ?

— Bien sûr que non ! Vous me prenez pour un con ou quoi ?

Un seul regard suffit à faire taire Michael. Il n'arrivait pas à s'expliquer que cet homme puisse lui inspirer une telle trouille. Il ne pouvait pas supporter ces rendez-vous.

— S'il arrive quoi que ce soit, déclara l'homme, s'il y a le moindre pépin, tu morfleras. Je dis ça très sérieusement. A l'avenir, tiens-toi à l'écart de cette enflure.

— C'est pas de ma faute s'il est passé à l'improviste ! Il n'a même pas appelé pour prévenir. Qu'est-ce que je pouvais y faire ?

Ses mains serraient fort le volant, comme collées dessus.

L'autre jeta un nouveau coup d'œil dans son rétroviseur.

— La voie est libre, dit-il.

Il tendit la main derrière lui. Un petit paquet fut passé par le carreau baissé de Michael. Celui-ci en inspecta le contenu, puis sortit une enveloppe de sa poche et tendit la main vers la clé de contact.

— Au plaisir, monsieur Rebus, dit l'autre en ouvrant l'enveloppe.

— Ouais, fit Michael.

Pas si ça ne tient qu'à moi, songea-t-il. Ce job devenait un peu trop angoissant à son goût. Ces gens avaient l'air au courant de ses moindres faits et gestes. Malgré tout, il savait que la peur se volatilisait toujours, chassée par l'euphorie dès qu'il se débarrassait de la livraison en empochant au passage un joli bénef. C'était ce moment, où la peur se transformait en euphorie, qui le poussait à continuer. Ça faisait comme le plus rapide des démarrages en trombe quand le feu passe au vert. Même mieux.

Jim Stevens regarda Michael Rebus qui repartait au volant de sa voiture ; il avait observé la scène depuis une folie victorienne, la copie grotesque d'un temple grec qui n'avait jamais été achevée. Ça faisait belle lurette qu'il était au courant des agissements de Rebus. Par contre, le contact d'Edimbourg l'intéressait davantage. Un type qu'il ne connaissait pas et n'arrivait pas à identifier, qui avait déjà réussi à le semer par deux fois et y parviendrait encore à coup sûr. Personne ne semblait ou ne voulait connaître ce mystérieux personnage. Ça flairait les emmerdes. Pris d'une soudaine bouffée de vieillesse et d'impuissance, Stevens se contenta de noter le numéro d'immatriculation. McGregor Campbell pourrait peut-être lui filer un coup de main, même s'il fallait faire attention à ne pas dévoiler son jeu à John Rebus. Stevens se sentait pris au piège, au cœur d'un sac de nœuds beaucoup plus compliqué qu'il ne l'avait imaginé.

Frissonnant, il chercha à se convaincre qu'il aimait ça.

Chapitre 10

— Entrez ! Entrez ! Pour les présentations, on verra plus tard...

Des personnes qu'il ne connaissait ni d'Ève ni d'Adam débarrassèrent Rebus de son chapeau, de ses gants et de sa bouteille de vin, et il se retrouva happé dans une de ces soirées bondées, bruyantes et enfumées où il est facile de sourire aux gens mais quasiment impossible de faire connaissance. Il passa de l'entrée dans la cuisine, puis dans le salon par une porte de communication.

On avait poussé les chaises, la table et le canapé contre les murs, et toute la place était occupée par des couples qui se tortillaient en criant. Les types ne portaient pas de cravate ; leurs chemises trempées leur collaient à la peau.

Apparemment, la soirée avait commencé plus tôt qu'il ne pensait.

Il reconnut quelques visages, enjamba deux inspecteurs et se fraya un chemin dans la cohue. A l'autre bout de la pièce, il aperçut une table où s'entassaient les bouteilles et les gobelets en plastique. Ça semblait un bon poste d'observation, et même moins dangereux qu'ailleurs.

80

Tout le problème était de l'atteindre, et ça lui rappela les cours d'assaut à l'armée.

— Salut !

Cathy Jackson, qui avait vaguement l'air d'une poupée de chiffon, lui coupa le chemin une seconde en tournoyant, avant d'être emportée dans les airs par le type costaud — vraiment très costaud — avec qui elle faisait semblant de danser.

— Bonsoir... parvint tout juste à dire Rebus en esquissant une grimace plus qu'un sourire.

Il réussit à gagner le calme relatif du buffet et se servit un scotch et une bière. Une bonne entrée en matière. Il vit alors Cathy Jackson — pour qui il s'était lavé, récuré, briqué, lustré et pomponné — enfoncer sa langue dans la bouche caverneuse de son cavalier. Rebus manqua de faire une syncope. Voilà que sa partenaire le plantait avant que la soirée ait commencé ! Ça lui apprendrait à se montrer optimiste. Que faire ? S'éclipser discrètement ou sortir quelques formules de sa manche pour aborder des gens ?

Un type trapu, qui n'avait rien d'un flic, sortit de la cuisine et s'approcha de la table, la cigarette au bec et deux verres vides à la main.

— Merde alors... grommela-t-il en inspectant les bouteilles. Putain, c'est tristounet tout ça ! Excusez ma grossièreté.

— Ouais, un peu triste.

Voilà, ça y est ! songea Rebus. *J'ai parlé à quelqu'un. La glace est rompue, autant se retirer sur ce succès.*

Mais il ne partit pas. Il observa l'homme se frayer expertement un chemin entre les danseurs, les deux verres bien en sécurité dans ses mains comme de petits animaux. La chaîne hi-fi invisible déversa un autre morceau, les couples reprirent leur danse de guerre. Une femme qui paraissait aussi peu à l'aise que lui joua des coudes pour entrer dans la pièce. Quelqu'un lui indiqua la table où se tenait Rebus. Un peu défraîchie sur les bords, elle devait avoir environ le même âge que lui. Elle portait une robe assez branchée — mais il était mal placé pour parler de la mode, avec son costume qui avait des airs d'enterrement comparé aux autres. Elle avait dû aller récemment chez le coiffeur, peut-être dans l'après-midi. Malgré ses lunettes de secrétaire, elle n'avait rien d'une secrétaire. Rebus n'avait qu'à l'observer, en train de se frayer un chemin jusqu'à lui, pour le deviner. Il lui tendit un *bloody mary* qu'il venait juste de se préparer.

— Ça vous va ? demanda-t-il à tue-tête. J'ai deviné juste ou pas ?

Elle vida le verre d'un trait et reprit son souffle pendant qu'il la resservait.

— Merci ! fit-elle. D'habitude je ne bois pas mais ça fait du bien.

Génial ! songea Rebus sans se départir de son sourire. *Cathy Jackson est tellement éméchée qu'elle en a perdu la tête et toute pudeur, et moi je me retrouve avec une nana qui ne boit pas !*

Mais de telles pensées n'étaient pas dignes de lui, et ne rendaient pas justice à cette femme. Il murmura rapidement un acte de contrition.

— On pourrait se tutoyer... Tu veux danser ? proposa-t-il pour expier sa faute.

82

— Tu plaisantes ?

— Pas du tout... Pourquoi ?

Piqué au vif dans sa fierté masculine, Rebus n'en croyait pas ses oreilles. Cette femme avait le grade d'inspecteur. Mieux que ça, elle était chargée des relations avec la presse dans l'affaire du double meurtre.

— Oh, dit-il, c'est juste que je bosse sur l'enquête, moi aussi.

— Tu sais, John, parti comme on est, on va être obligés de faire appel à tous les flics d'Ecosse. Fais-moi confiance.

— Qu'est-ce que tu veux dire ?

— Une troisième gamine a été enlevée. La mère a signalé sa disparition ce soir.

— Bordel de merde ! Excuse-moi d'être grossier...

Ils avaient dansé et bu, s'étaient séparés puis retrouvés, et semblaient maintenant bien partis pour passer le reste de la soirée comme de bons amis. Ils s'étaient réfugiés dans un couloir, un peu à l'écart du vacarme et de l'agitation de la piste de danse. Au bout du couloir, des gens faisaient la queue devant les seules toilettes de l'appartement, et ça commençait un peu à se chamailler.

Rebus se rendit compte qu'il avait le regard fixé sur les yeux vert émeraude de Gill Templer, derrière ses lunettes à la monture en plastique. Il était tenté de lui dire qu'il n'avait jamais vu d'aussi jolis yeux, mais avait peur qu'elle l'accuse de donner dans le cliché. Il s'en tenait maintenant au jus d'orange, mais avant ça il s'était bien lâché sur le whisky, étant donné que la soirée ne promettait rien de spécial.

— Salut, Gill ! Ça fait un bail...

Rebus reconnut le type trapu qui se planta devant eux dans le couloir ; c'était avec lui qu'il avait échangé quelques mots devant le buffet. L'homme voulut faire la bise à Gill mais rata la cible et se cogna contre le mur.

— T'aurais pas un peu trop bu, Jim ? lui lança-t-elle sèchement.

Il haussa les épaules et regarda Rebus.

— Chacun porte sa croix, hein ?

L'homme lui tendit la main et se présenta.

— Jim Stevens.

— Oh, le journaliste ?

Rebus serra la main tiède et moite.

— Jim, je te présente l'inspecteur adjoint John Rebus, dit Gill.

Rebus remarqua que le journaliste se mettait à rougir et écarquillait les yeux comme un lièvre, mais celui-ci se ressaisit aussitôt, avec talent.

— Enchanté, dit-il. (Il pointa Gill du menton.) Gill et moi, ça fait un bon bout de temps qu'on se connaît.

— N'exagérons rien, Jim !

Il s'esclaffa et jeta un regard en coin à Rebus.

— Elle fait sa timide ! Comme ça, j'apprends qu'une autre gamine s'est fait tuer.

— Jim a ses espions partout.

Stevens tapota son nez rougeaud et sourit à Rebus.

— Partout, répéta-t-il. Et j'ai aussi mes entrées partout !

— Oui, ce sacré Jim a tendance à en faire un peu trop, dit Gill d'un ton tranchant.

Son regard était soudain devenu impénétrable, derrière son voile de verre et de plastique.

— Un nouveau point presse demain, Gill ? demanda Stevens en cherchant dans ses poches un paquet de cigarettes depuis longtemps égaré.

— Oui.

Le journaliste posa la main sur l'épaule de Rebus.

— Un sacré bail, Gill et moi !

Et il s'en alla, les saluant d'un geste de la main sans se soucier qu'ils en fassent autant, trop occupé à chercher ses cigarettes et mémoriser les traits de Rebus.

Gill Templer soupira et s'adossa contre le mur où la bise ratée de Stevens avait atterri.

— Un des meilleurs reporters d'Ecosse, dit-elle d'un ton nonchalant.

— Et ton boulot est de te coltiner ce genre de mec ?

— Il n'est pas si méchant que ça.

Les esprits s'échauffaient dans le salon.

— Eh bien, dit Rebus avec un large sourire, on appelle les flics ou bien est-ce que tu préfères aller dans un petit resto que je connais ?

— Tu ne serais pas en train de me draguer ?

— Peut-être. A toi de me le dire. Après tout, c'est toi qu'as du galon !

— En fait, mon cher adjoint, peu importe. Tu as de la veine parce que j'ai une faim de loup ! Je vais chercher mon manteau.

Content de lui, Rebus se souvint qu'il avait lui

aussi un manteau qui traînait quelque part. Il le trouva dans une chambre, ainsi que ses gants et — merveille ! — sa bouteille de vin. Il la glissa dans sa poche, voyant là un signe adressé par Dieu qu'il allait pouvoir en faire bon usage.

Gill était dans l'autre chambre, en train de fouiller parmi les vêtements entassés sur un lit. Sous les draps on était occupé à s'envoyer en l'air. La pile de vêtements et de couvertures s'agitait et se tortillait comme une amibe géante. Pouffant, Gill finit par trouver son manteau et rejoignit Rebus qui se tenait dans l'embrasure et lui adressa un sourire complice.

— Tchao, Cathy ! cria-t-elle en direction de la chambre. Merci pour la fête !

Un éclat de rire étouffé se fit entendre sous les draps, peut-être en réponse à ses remerciements. Les yeux écarquillés, Rebus sentait ses principes moraux s'effriter comme une biscotte.

Dans le taxi, ils s'assirent à l'écart l'un de l'autre.

— Alors, ça fait longtemps que vous vous connaissez, toi et Stevens ?

— Seulement dans son imagination, répondit-elle, le regard fixé sur la chaussée mouillée au-delà du conducteur. Ce pauvre Jim doit perdre la mémoire. Plus sérieusement, on est sortis ensemble une fois. (Elle brandit un doigt.) Je dis bien une seule fois ! Un vendredi soir, je crois. En tout cas, c'était une belle erreur !

Rebus fut satisfait de cette réponse. Il avait faim. Mais quand ils arrivèrent au restaurant, ils trouvèrent porte close, même pour les habitués, alors ils restèrent dans le taxi et Rebus indiqua l'adresse de son appartement.

— Je fais très bien les sandwichs au bacon, dit-il.

— Quel dommage ! soupira-t-elle. Je suis végétarienne.

— Qu'est-ce qu'ils t'ont fait ces pauvres légumes ?

— Pourquoi faut-il, dit-elle avec une pointe d'acidité dans la voix, que les carnivores tournent toujours ça à la plaisanterie ? C'est pareil avec les mecs et l'égalité des sexes. Faudrait qu'on m'explique.

— C'est parce qu'on a peur d'elles, dit Rebus qui se sentait tout d'un coup parfaitement sobre.

Gill se tourna vers lui mais il était en train de regarder par sa vitre. La faune des ivrognes nocturnes déambulait dans Lothian Road en titubant entre les obstacles, à la recherche d'un verre, d'une femme, du bonheur. Pour certains la quête ne s'arrêtait jamais, toujours à se traîner de pub en boîte, de bar en *take-away*, pour rogner les os sous vide que la vie leur accordait. Lothian Road était le dépotoir d'Edimbourg. Pourtant, on y trouvait aussi l'hôtel Sheraton et l'Usher Hall. Rebus était allé une fois à l'Usher Hall, pour écouter le *Requiem* de Mozart avec Rhona et une foule de prétentieux. C'était tout Edimbourg : une miette de culture parmi les fast-foods. Une messe de requiem et un paquet de chips.

— Alors, comment se portent les Relations Presse par les temps qui courent ?

Ils étaient installés dans le salon où Rebus s'était pressé de faire un peu d'ordre. Son magnétophone Nakamichi, dont il était si fier, diffusait une plaisante musique de jazz ; il s'était fait des cassettes de Stan

Getz et Coleman Hawkins pour les fins de soirées. Il avait trouvé de quoi faire des sandwichs au thon et à la tomate — Gill avait reconnu qu'elle mangeait parfois du poisson. La bouteille de vin était débouchée et il avait préparé un pot de café fraîchement moulu, un luxe d'ordinaire réservé au petit déjeuner du dimanche matin. Il s'était assis en face de son invitée et l'observait qui mangeait. Il se fit soudain la réflexion que Gill était la première femme à venir chez lui depuis le départ de Rhona, puis se souvint vaguement de deux ou trois aventures sans lendemain.

— C'est intéressant, les Relations Presse. Ce n'est pas qu'une perte de temps, tu sais. Ça remplit un rôle utile, à notre époque.

— Ce n'est pas moi qui vais en dire du mal.

Elle le fixa, ne sachant s'il était sérieux.

— Enfin, dit-elle, je connais pas mal de nos collègues pour qui mon boulot n'est qu'une pure perte de temps et un gaspillage des effectifs. Mais, crois-moi, dans une affaire comme celle-ci, où il est absolument crucial d'avoir la presse de notre côté et de pouvoir leur dévoiler les seules informations qu'on souhaite et au moment où on veut, ça nous épargne bien des ennuis.

— Hip, hip, hip, hourra !

— Sois un peu sérieux, espèce d'idiot !

Rebus rigola.

— Mais je suis toujours sérieux ! Flic jusqu'au bout des ongles et toujours à cent cinquante pour cent, c'est tout moi !

Gill Templer le dévisagea de nouveau. Elle avait bien un regard d'inspecteur, qui vous fouillait l'âme, y flairait la culpabilité, la ruse et la motivation, pour chercher là où ça jouait.

— Et en tant qu'officier de liaison, enchaîna Rebus, tu es censée... entretenir des liaisons très étroites avec la presse ?

— Je vois où vous voulez en venir, monsieur l'inspecteur adjoint. Etant votre supérieure hiérarchique, je vous arrête tout de suite !

Rebus lui adressa un rapide salut.

— A vos ordres, inspecteur !

Il alla dans la cuisine et rapporta du café.

— Cette fête était vraiment sinistre, hein ? dit Gill.

— Moi je n'ai jamais été à une soirée plus réussie. Après tout, sans ça je t'aurais peut-être jamais rencontrée !

Cette fois elle éclata de rire, la bouche pleine d'une pâtée de pain, de thon et de tomates.

— Toi t'es vraiment déjanté, comme mec !

Rebus dressa les sourcils, tout sourire. Avait-il perdu son savoir-faire ? Pas du tout ! Un vrai miracle...

Un peu plus tard, elle lui demanda où étaient les toilettes.

— A gauche dans le couloir.

Rebus se leva pour changer de cassette et se fit la réflexion que ses goûts musicaux étaient limités. Gill lui avait cité toutes sortes de groupes dont il n'avait jamais entendu parler.

Quand elle revint, c'était toujours du jazz qui passait, par moments si faible qu'on n'entendait plus rien. Rebus avait regagné son fauteuil.

— C'est quoi cette pièce en face des toilettes, John ?

— Eh bien, dit-il en servant du café, avant c'était la chambre de ma fille, mais maintenant je m'en sers juste pour entasser du bordel.

— Vous vous êtes séparés quand, avec ta femme ?

— Beaucoup trop tard. Je dis ça très sérieusement.

— Ta fille a quel âge ?

Son ton était maintenant maternel, casanier ; plus rien à voir avec la célibataire acerbe ou la carriériste.

— Presque douze ans, répondit-il.

— Presque douze ans... C'est un âge difficile.

— Tous les âges sont difficiles.

Quand le vin fut terminé et qu'il ne resta plus qu'un fond de café dans les mugs, l'un d'eux suggéra d'aller au lit. Ils échangèrent des sourires embarrassés, se firent le serment rituel de ne rien se promettre, et une fois le contrat tacitement conclu, ils allèrent dans la chambre.

Cela ne démarra pas trop mal. Ils n'étaient plus des gamins ; ils avaient joué à ce jeu suffisamment de fois pour ne pas se laisser perturber par les petites maladresses et les excuses gênées. Rebus fut impressionné par l'agilité et l'inventivité de Gill, en espérant qu'elle-même pensait la même chose de lui. Elle incurva sa colonne vertébrale pour venir à sa rencontre, recherchant la fusion absolue impossible à atteindre.

— John...

Elle le poussa.

— Qu'est-ce qu'il y a ?

— Rien... Je vais me retourner.

Il se redressa sur les genoux et elle lui tourna le

dos, ramena ses genoux en avant, plaqua ses doigts comme des griffes sur le mur lisse et attendit.

Rebus marqua un temps d'arrêt et regarda la pièce autour de lui — les livres qu'on distinguait à peine dans la lumière bleutée, les contours du matelas. « Tiens, un futon... » avait-elle dit en se déshabillant rapidement. Il avait souri en silence.

Il était en train de perdre pied...

— Allez, John. Vas-y.

Il se pencha vers elle et reposa son visage sur son dos.

Pendant leur captivité, il avait parlé de livres avec Gordon Reeve. Toutes ces heures interminables passées à lui réciter des choses de mémoire. Enfermés dans ce réduit, avec la torture qui les attendait de l'autre côté de la porte. Mais ils avaient tenu bon. La marque d'une formation d'élite.

— John... Oh, John...

Gill se redressa et tourna la tête vers lui pour qu'il l'embrasse.

Gill... Gordon Reeve... Tous deux attendaient quelque chose de lui, quelque chose qu'il était incapable de leur donner. Malgré la formation, les années d'entraînement et de travail acharné.

— John ?

Mais il était ailleurs, de retour au camp d'entraînement, en train de traverser péniblement un terrain boueux, avec le chef qui lui gueulait d'aller plus vite, de retour dans sa cellule, en train d'observer un cafard se déplacer sur le sol cradingue, de retour dans l'hélicoptère, avec un sac sur la tête, les oreilles pleines des embruns salés de la mer.

Gill se retourna gauchement, préoccupée. Elle vit qu'il avait les yeux chargés de larmes et serra sa tête contre elle.

— Oh, John... Ça n'a aucune importance. Vraiment aucune importance.

Et un peu plus tard :

— Ça ne te plaît pas comme ça ?

Après, ils restèrent allongés côte à côte. Lui s'en voulait, se maudissait d'avoir perdu les pédales et d'être à court de cigarettes. Elle continuait à se montrer tendre, à moitié endormie, lui susurrant quelques bribes de l'histoire de sa vie. Au bout d'un moment, Rebus arrêta de s'en vouloir — après tout, il n'avait aucune raison de se sentir coupable. Par contre, le manque de nicotine le tenaillait. Il se souvint qu'il voyait sa fille Sammy dans six heures, et songea que son ex devinerait intuitivement ce que lui, John Rebus, avait fricoté au cours de ces dernières heures. Elle vous lisait dans le cœur comme une satanée sorcière, et avait eu l'occasion de voir ses crises de larmes de très très près. Ce qui n'avait sans doute pas été étranger à leur séparation.

— Quelle heure est-il, John ?

— Quatre heures... peut-être un peu plus.

Il dégagea son bras qui était glissé sous elle et se leva.

— Tu veux boire quelque chose ? demanda-t-il.

— T'as quoi à me proposer ?

— Je ne sais pas... du café. Ça ne vaut plus trop le coup de s'endormir, mais si tu as sommeil, ne te gêne pas pour moi.

— Non, je veux bien un café...

En entendant son grognement mal articulé, Rebus comprit qu'elle serait endormie avant même qu'il n'atteigne la cuisine.

— OK, dit-il.

Il se prépara un café corsé et sucré, et se vautra dans un des fauteuils du salon. Il alluma le radiateur à gaz et prit un livre. Aujourd'hui, il allait voir Sammy... Il n'arrivait pas à fixer son attention sur l'histoire qu'il avait sous les yeux — un roman d'aventure qu'il ne se souvenait même pas d'avoir commencé. Sammy aurait bientôt douze ans. Elle avait survécu à bien des dangers au fil des ans, mais d'autres l'attendaient. Aux pervers à l'affût, aux vieillards libidineux et autres ados bagarreurs, s'ajouteraient bientôt les garçons de son âge avec leur libido toute neuve, des garçons en qui elle voyait des amis mais qui se transformeraient brusquement en d'énergiques prédateurs. Comment réagirait-elle ? Si elle suivait l'exemple de sa mère, Sammy s'en sortirait admirablement ; elle n'hésiterait pas à mordre l'adversaire et à esquiver si on la coinçait contre les cordes. Ouais, elle apprendrait à survivre sans la protection et les conseils de son père.

De nos jours, les gamins étaient plus endurcis. Il repensa à sa jeunesse. Etant le grand frère de Mickey, il s'était battu pour eux deux, et quand il rentrait à la maison, c'était pour voir son père chouchouter Michael. Une fois, il s'était fait le plus petit possible sur le canapé, en espérant disparaître. Là, ils l'auraient eu mauvaise. Vraiment mauvaise.

A sept heures et demie il se rendit dans la chambre

où ça embaumait — deux tiers sexe, un tiers tanière — et réveilla Gill en l'embrassant.

— C'est l'heure, dit-il. Debout ! J'te fais couler un bain.

Elle sentait bon, comme un bébé qu'on sèche après le bain sur une serviette au coin du feu. Il admira les formes sinueuses de son corps qui se réveillait dans le soleil pâle et délavé. Rien à dire, elle avait un joli corps. Pas vraiment de vergetures. Des jambes pas abîmées. Des cheveux ébouriffés juste ce qu'il fallait pour être séduisants.

Elle devait être au QG à dix heures au plus tard pour s'occuper du prochain communiqué de presse. Pas de répit. L'affaire grossissait comme une tumeur.

Rebus ouvrit les robinets et grimaça en voyant l'anneau de crasse autour de la baignoire. Il avait grand besoin d'une femme de ménage. Peut-être que Gill...

Encore une pensée peu charitable. Pardonnez-moi.

Ce qui lui fit penser qu'il aurait dû aller à l'église. Après tout, on était dimanche et ça faisait des semaines qu'il se promettait de faire l'effort, de se trouver une nouvelle paroisse en ville pour repartir à zéro.

Il ne pouvait pas supporter l'office, ces protestants écossais avec leurs habits du dimanche et leurs manières, plus attachés à communier avec le voisin qu'avec Dieu. Il avait testé sept églises d'obédiences variées à Edimbourg, sans en trouver une seule à son goût. Il avait même essayé de passer deux heures chez lui le dimanche à lire la Bible et prier, mais ça ne marchait pas non plus. Il était pris au piège ; un croyant en marge de sa religion. Dieu ne pouvait-il pas se satisfaire de la simple foi individuelle ? Peut-être, mais pas de la sienne, cette foi qui semblait dépendre de son sentiment d'hypocrisie et de culpabilité chaque fois qu'il péchait, une culpabilité qu'il avait besoin d'expier en public.

— Le bain est prêt, John ?

Elle s'ébouriffa les cheveux, nue et confiante ; elle avait laissé ses lunettes dans la chambre. John Rebus sentit son âme en péril. *On s'en tape !* songea-t-il en l'attrapant par les hanches. La culpabilité attendrait. Elle pouvait toujours attendre.

Après il dut éponger par terre ; la loi d'Archimède sur un corps plongé dans un liquide ayant été prouvée une nouvelle fois de façon empirique. L'eau du bain avait coulé comme du lait et du miel, et Rebus avait manqué de se noyer. Mais il se sentait nettement mieux.

Mon Dieu, murmura-t-il tandis que Gill se rhabillait, *je suis un pauvre pécheur.*

Quand elle ouvrit la porte d'entrée, elle affichait un air sévère et affairé, presque comme si elle venait de passer un quart d'heure pour des raisons professionnelles.

— On peut se revoir ? proposa-t-il.

— On peut, dit-elle en fouillant dans son sac.

Rebus aurait bien voulu savoir pourquoi les femmes faisaient toujours ça, surtout dans les films et les thrillers, après avoir couché avec un type. Soupçonnaient-elles leurs amants de leur faire le sac ?

— Mais ça risque d'être difficile de fixer une date

précise, reprit-elle, avec l'ampleur que prend l'affaire. On promet de rester en contact, OK ?

— OK.

Il espérait qu'elle avait senti la stupeur dans sa voix, la déception du petit garçon à qui on refuse quelque chose.

Ils s'embrassèrent une dernière fois, la bouche un peu crispée, et elle fila. Mais son parfum était encore là, et il le huma profondément en se préparant pour la journée à venir. Il trouva un pantalon et une chemise qui n'empestait pas la cigarette et les enfila lentement, les pieds mouillés, fredonnant un air tout en s'admirant dans la glace de la salle de bains.

Parfois, c'était bon d'être en vie. Parfois.

Chapitre 11

Jim Stevens goba trois cachets d'aspirine qu'il avala avec du jus d'orange. Quelle honte, s'afficher dans un bar de Leith en train de siroter du jus de fruit ! Mais il avait la nausée rien qu'à l'idée de s'enfiler ne serait-ce qu'une demi-pinte de bière épaisse et mousseuse. Il avait trop bu à cette soirée. Trop de mélanges en trop peu de temps.

Leith essayait de se refaire une beauté. Quelque part quelqu'un avait décidé qu'on allait un peu briquer et dépoussiérer le quartier. On y trouvait maintenant des cafés branchés, des bars à vin, des studios pour célibataires fortunés et des delicatessen. Mais ça restait toujours ce vieux port de Leith, avec l'écho de son passé bruyant et grouillant quand le vin de Bordeaux était débarqué par tonneaux et vendu dans les rues sur des haquets tirés par des chevaux. S'il y avait bien une chose dont Leith ne se départirait jamais, c'était de sa mentalité de port, et des troquets propres à tous les ports.

— Jésus-Marie ! tonna une voix dans son dos. Ce bougre boit tout en double, même quand c'est pas de l'alcool !

Un énorme poing, deux fois plus gros que le sien, vint se planter dans le dos de Stevens. Un personnage

97

basané atterrit lourdement sur le tabouret à côté de lui. La main resta fermement plantée là où elle se trouvait.

— Salut, Podeen, dit Stevens.

Il commençait à transpirer dans l'atmosphère pesante du bar et son cœur battait à vive allure — les symptômes d'une bonne gueule de bois. Il sentait l'odeur de l'alcool qui suintait par ses pores.

— Ben alors, mon p'tit James, qu'est-ce que tu fous à boire des trucs pareils ! Garçon, un whisky pour monsieur, et que ça saute ! On va pas le laisser dépérir avec cette boisson de gamin, non mais !

Avec un rugissement, Podeen décolla sa main du dos du journaliste, juste le temps de relâcher la pression, puis lui assena une tape cinglante. Stevens sentit ses entrailles se rebeller.

— On peut faire quelque chose pour toi ? demanda Podeen d'une voix beaucoup plus basse.

Big Podeen avait passé vingt ans dans la marine, et son corps portait les balafres et les estafilades de mille ports. Comment il gagnait sa vie aujourd'hui, Stevens préférait ne pas le savoir. Quelques pubs de Lothian Road et autres bars mal famés de Leith le prenaient comme videur, mais ce n'était là que la partie immergée de l'iceberg. Avec ses doigts incrustés de terre, c'était à se demander si Podeen ne creusait pas à lui seul les tunnels de l'économie souterraine dans le sol pourri qu'il foulait.

— Euh... pas vraiment, Big Man. Non... J'étais en train de réfléchir.

— Qu'on me serve un p'tit déj ! Avec double ration de tout !

C'est tout juste si le barman ne fit pas le salut avant d'aller passer la commande.

— Tu vois, Jimmy, t'es pas le seul à commander des doubles portions !

La main se détacha une nouvelle fois du dos de Stevens. Il grimaça, attendant la claque, mais cette fois le bras retomba sur le bar à côté de lui. Il soupira ostensiblement.

— La soirée a été rude, Jimmy ?

— Si seulement je m'en souvenais !

Il s'était endormi dans une chambre, très tard dans la soirée. Puis un couple avait débarqué et l'avait transporté dans la baignoire. Il y avait dormi deux heures, peut-être bien trois. En se réveillant, il avait des courbatures plein le cou, le dos et les jambes. Il avait bu du café, mais pas assez, le café il n'en avait jamais assez.

Il s'était baladé dans la fraîcheur matinale, avait bavardé avec quelques chauffeurs de taxi chez un marchand de journaux, puis il avait parlé foot avec le portier de nuit aux yeux cernés d'un des grands hôtels de Princes Street, tout en sirotant avec lui du thé sucré dans sa cahute. Mais il savait qu'il finirait par aboutir ici, parce que c'était sa matinée de repos et qu'il reprenait donc l'enquête sur le trafic de drogue, son bébé chéri.

— Est-ce qu'il y a beaucoup de came sur le marché en ce moment, Big ?

— Là, tout dépend c'que tu cherches, Jimmy. J'me suis laissé dire que tu devenais un peu trop curieux. Tu f'rais mieux de t'en tenir à la petite marchandise. Te mêle pas de la grosse came.

— Je dois prendre ça comment : une mise en garde ou une menace ?

Avec sa gueule de bois du dimanche matin, Stevens n'était pas d'humeur à se faire menacer.

— C'est juste une mise en garde amicale. Un ami qui te met en garde.

— Quel ami ?

— Moi, pauvre bougre ! Faut pas être si méfiant. Ecoute. Y a un peu de cannabis, mais pas grand-chose d'autre. Personne ne fait plus passer sa came par Leith. Ils la débarquent sur la côte du Fife ou vers Dundee, là où les mecs des douanes foutent quasiment plus les pieds, et c'est la stricte vérité.

— Je sais bien, Big, je sais. Mais moi, j'te dis qu'il y a des livraisons qui se font dans le coin. Je l'ai vu de mes propres yeux. Je ne sais pas si c'est du lourd, mais j'ai assisté à une transaction très récemment.

— Très récemment ?

— Pas plus tard qu'hier.

— Où ça ?

— Calton Hill.

Big Podeen secoua la tête.

— Alors je suis pas au courant et ça concerne pas des gens que je connais, Jimmy.

Stevens connaissait bien Big Man, et même très bien. Il avait toujours de bons tuyaux à lui fournir, mais seulement parce que d'autres souhaitaient mettre le journaliste au courant. Comme ces infos sur les livraisons de cannabis, que les trafiquants d'héroïne lui transmettaient via Big. Si Stevens sortait un papier, les dealers de cannabis avaient de bonnes chances de se faire pincer. Ce qui dégagerait le terrain et le marché pour l'héro. Très futé. A chacun son stratagème. Les enjeux étaient gros. Mais Stevens lui aussi savait jouer finement. Il comprenait qu'un accord tacite lui interdisait de s'en prendre aux gros bonnets, ce qui aurait voulu dire s'attaquer aux milieux d'affaires, aux bureaucrates, aux fortunes aristocrates, aux nouveaux riches de New Town qui roulaient en Mercedes. Ce qu'on ne tolérerait jamais. On lui balançait donc quelques miettes, de quoi alimenter les rotatives et les conversations de comptoir déplorant le triste état d'Edimbourg. Toujours quelques bouchées, mais jamais le plat en entier. Stevens l'avait très bien compris. Depuis le temps qu'il jouait leur jeu, il ne savait plus parfois dans quel camp il était. Au bout du compte, ça n'avait pas grande importance.

— T'es pas au courant ?

— Je sais que dalle, Jimmy. Mais je vais me rancarder, voir ce qu'il en est. Ecoute-moi un peu. Tu connais ce nouveau bar qui vient d'ouvrir près de chez Mackay. Tu vois duquel je veux parler ?

Stevens opina du chef.

— Eh bien, poursuivit Podeen, en devanture c'est un bar, mais à l'arrière ils font bordel. Y a une serveuse super-mignonne qui fait des trucs l'après-midi, si ça t'intéresse.

Stevens sourit. Comme ça, un petit nouveau cherchait à s'établir, et ça ne plaisait pas aux gens en place, les patrons de Podeen, alors on en touchait un mot à ce brave Jim Stevens, et libre à lui de choisir s'il voulait faire fermer l'endroit. Ça ferait à coup sûr une jolie manchette, mais le soufflé retomberait aussi vite. Pourquoi ne se contentaient-ils pas d'un coup de fil anonyme à la police ? Cette question avait long-temps intrigué Stevens qui croyait maintenant connaître la réponse. Ces gens-là respectaient les bonnes vieilles règles d'antan, ce qui voulait dire qu'on ne mouchardait pas, qu'on ne balançait pas à l'ennemi. C'était donc à lui de jouer les garçons de course. Un garçon de course peut-être, mais qui avait son pouvoir à l'intérieur du système. Un tout petit pouvoir, mais nettement plus grand que s'il était resté dans le droit chemin.

— Merci, Big. Je vais y réfléchir.

La nourriture arriva — une montagne de bacon doré et frisotté, deux œufs mollets presque translucides, des champignons, des fayots et du pain grillé. Écœuré, Stevens fixa le bar, pris d'un soudain intérêt pour un sous-bock encore trempé de bière de la veille.

— Je vais aller me poser à ma table pour manger. OK, Jimmy ?

Stevens n'en croyait pas sa chance.

— Ouais... Parfait, Big Man. Parfait. Bon appétit.

Sur ce il se retrouva seul, avec tout juste le fantôme du graillon. Il remarqua le barman en face de lui, qui lui tendait sa main graisseuse.

— Deux livres soixante, annonça-t-il.

Stevens soupira. *Autant pour ma gueule...* songea-t-il en payant. *Ou plutôt ma gueule de bois.* Malgré tout, cette soirée n'avait pas été entièrement perdue, parce qu'il avait fait la connaissance de John Rebus. Rebus qui semblait bien s'entendre avec Gill Templer... Tout ça devenait un peu embrouillé. Mais aussi diablement intéressant. Ce Rebus était un curieux bonhomme. Physiquement, rien à voir avec son frère. Il avait l'air plutôt honnête. Mais comment repérer un flic véreux sur sa seule mine ? C'était l'intérieur qui était pourri. Comme ça, Rebus sortait avec Gill Templer. Il se souvint de la nuit qu'ils avaient passée ensemble et frissonna. C'est là qu'il avait touché le fond, pas de doute.

Il alluma une cigarette, la deuxième de la journée. Il avait toujours la tête en compote, mais l'estomac allait un peu mieux. Pour un peu, il aurait presque un petit creux. Ce Rebus avait l'air d'avoir un sacré caractère... En ce moment, il devait être au pieu avec Gill Templer. Mon salaud. Sacré veinard. Une pointe de jalousie glaciale le prit au ventre et son estomac fit la pirouette. La cigarette lui faisait du bien. Ça lui redonnait du tonus. Simple impression. Il savait bien que ça le bouffait, que ça lui déchirait les entrailles et les transformait en lambeaux de chair noircie. Rien à foutre. Il fumait parce que, sans ses clopes, il était incapable de réfléchir. Et en ce moment, ça réfléchissait dur.

— Hep ! Mettez-m'en un double.

Le barman s'approcha.

— Toujours du jus d'orange ?

Stevens le dévisagea d'un air incrédule.

— Faites pas l'idiot ! Du whisky. Un Famous Grouse, à moins que l'étiquette ne corresponde pas à ce qu'il y a dans la bouteille.

— C'est pas le genre de la maison.

— Ravi de l'entendre.

Sur le moment, le whisky lui fit du bien. Puis il se sentit de nouveau patraque. Il se rendit aux toilettes mais l'odeur ne fit qu'empirer les choses. Il se pencha au-dessus du lavabo et fit remonter quelques gargouillis, mais rien de plus malgré de violents haut-le-cœur. Il fallait vraiment qu'il arrête de boire, qu'il arrête les clopes. Il finirait par en crever. Peut-être, mais c'était aussi la seule chose qui le maintenait en vie.

Il s'approcha de la table de Big Podeen. Il transpirait à grosses gouttes et se sentait comme un vieillard.

— Ça c'est du petit déj ! se félicita le colosse avec le regard pétillant d'un enfant.

Stevens s'assit à côté de lui.

— T'aurais rien entendu concernant des flics véreux ? demanda-t-il.

Chapitre 12

— Salut, papa.

Elle avait onze ans mais se comportait, s'exprimait et souriait comme quelqu'un de plus âgé : onze ans mais bientôt vingt et un. Voilà ce qu'était devenue sa fille en vivant avec Rhona. Il lui fit la bise et repensa au départ de Gill. Sammy dégageait une légère odeur de parfum et avait les yeux légèrement maquillés.

Il aurait voulu tuer Rhona.

— Bonjour, Sammy.

— Maman dit qu'on doit m'appeler Samantha, vu que j'ai tellement grandi, mais toi c'est pas très grave si tu continues à m'appeler Sammy.

— Bon. Maman a bien raison, Samantha.

Il jeta un coup d'œil vers sa femme qui s'éloignait — pour avoir une silhouette pareille, elle s'était forcément comprimé, serré et enfoncé le corps dans un corset super-solide. Il était soulagé de voir que son ex était moyennement en forme, contrairement à ce qu'elle lui racontait au téléphone. Elle monta dans sa voiture, sans un seul regard en arrière. C'était une petite voiture haut de gamme, mais avec une aile bien emboutie. Ce qui réjouit Rebus.

Il se rappela qu'en d'autres temps, il avait trouvé ce corps appétissant, quand ils faisaient l'amour, la chair moelleuse de ses cuisses et de son dos, ce qu'elle appelait son « rembourrage ». Aujourd'hui, elle l'avait fixé de ses yeux froids, embrumés d'incertitude, et avait perçu dans les siens le pétillement du plaisir sexuel. Puis elle avait tourné les talons. C'était donc vrai : elle était toujours capable de lire dans son cœur. Oui, mais elle n'avait jamais su lire dans son âme. Elle était passée complètement à côté de cet organe vital là.

— Alors, qu'est-ce que t'as envie de faire ?

Ils se trouvaient devant l'entrée du jardin de Princes Street, à proximité des hauts lieux touristiques d'Edimbourg. Quelques passants déambulaient devant les boutiques fermées, d'autres, assis sur les bancs du jardin, donnaient du pain aux pigeons et aux écureuils roux, ou lisaient les épais journaux dominicaux. Le Château les surplombait, son drapeau claquant nerveusement dans la sempiternelle brise. Le missile gothique du monument à Walter Scott indiquait la voie aux fidèles, mais les touristes s'intéressaient peu aux connotations symboliques de l'édifice, ni même à sa présence en tant que telle, trop occupés à le mitrailler avec leurs superbes appareils japonais pour ramener chez eux des photos à montrer aux copains. Ces touristes passaient tellement de temps à photographier qu'ils ne voyaient rien du tout, contrairement à toutes ces bandes de jeunes qui se souciaient trop de croquer la vie pour s'arrêter à des impressions illusoires.

— Alors ? T'as des envies ?

Le côté touristique de sa capitale chérie. Ces gens-là n'en avaient que pour le cœur central. Ils ne s'aventuraient jamais dans les HLM de banlieue à Pilton,

Niddrie ou Oxgangs pour faire une interpellation dans un immeuble puant la pisse. Eux se moquaient pas mal des dealers et des junkies de Leith, des habiles corruptions de la bourgeoisie, des menus larcins d'une société tellement matérialiste que les gens se mettaient à voler pour combler de prétendus besoins. Et ils ignoraient sans doute tout de l'existence de la vedette médiatique du moment à Edimbourg (après tout, ils ne venaient pas ici pour lire la presse locale ou regarder les actualités régionales), un assassin d'enfants que la police n'arrivait pas à coincer, un assassin qui menait les forces de l'ordre par le bout du nez, sans laisser le moindre indice, la moindre piste, ni la moindre chance de le pincer avant qu'il ne commette une erreur.

Il plaignait Gill, avec son boulot. Il se plaignait lui-même. Il plaignait cette ville, y compris ses escrocs et ses bandits, ses putes et ses joueurs, ses éternels perdants et ses éternels vainqueurs.

— Alors, tu veux faire quoi ?

Sa fille haussa les épaules.

— Je ne sais pas. On pourrait se promener ? Aller manger une pizza ? Se faire un ciné ?

Ils se promenèrent.

John Rebus venait d'entrer dans la police quand il avait rencontré Rhona Phillips. Juste avant de devenir policier, il avait fait une dépression nerveuse *(Pourquoi t'as quitté l'armée, John ?)* et s'était rendu en convalescence dans un village de pêcheurs sur la côte du Fife, sans mettre Michael au courant.

La première fois qu'il avait pris des vacances dans

la police — ses premières vraies vacances depuis des années, puisque d'habitude il passait ses étés à étudier et réviser pour des examens —, Rebus était retourné dans ce village et y avait rencontré Rhona. Elle était enseignante et avait déjà derrière elle un premier mariage bref et malheureux. En John Rebus, elle avait vu un mari solide et fiable, quelqu'un qui ne tremblerait pas dans une bagarre. Mais aussi quelqu'un qu'elle puisse entourer de son affection, parce que sa force ne pouvait dissimuler une fragilité intérieure. Elle sentait qu'il était toujours hanté par l'armée, surtout son passage dans les « services spéciaux ». Certaines nuits, il se réveillait en sanglotant, et parfois il pleurait en lui faisant l'amour, en silence, les larmes tombant lourdement et lentement sur ses seins. Il en parlait peu, et elle ne l'avait jamais poussé. Elle savait qu'il avait perdu un ami pendant sa formation, c'était à peu près tout. La part de petite fille en elle avait été séduite, ainsi que sa part maternelle. Il avait l'air parfait. Tellement parfait.

Ce qu'il n'était pas. Il n'aurait jamais dû se marier. Ils étaient plutôt heureux ; jusqu'à la naissance de Samantha, Rhona était prof de lettres à Edimbourg. A partir de ce moment-là, les petites disputes et luttes de pouvoir s'étaient transformées en des brouilles prolongées, chargées d'amertume et de soupçons. Avait-elle quelqu'un d'autre ? Un collègue de son école ? Et lui, voyait-il une maîtresse quand il prétendait être obligé d'enchaîner deux gardes ? Se droguait-elle sans qu'il soit au courant ? Acceptait-il des pots-de-vin sans qu'elle en sache rien ? Des soupçons infondés, mais de toute manière l'enjeu semblait être ailleurs, quelque chose de plus grave menaçait, quelque chose d'inévitable mais ils ne l'avaient compris que trop tard. Alors ils n'arrêtaient pas de se réconcilier, de se serrer tendrement, comme dans un *soap* ou une fable morale. Il fallait penser à l'enfant, sur ce point ils étaient d'accord.

Samantha, la fillette devenue jeune fille... Une nouvelle fois, Rebus se surprit à l'admirer subrepticement, non sans culpabilité. Ils traversèrent le jardin, contournèrent le Château et se dirigèrent vers le cinéma ABC de Lothian Road. Elle n'était pas belle, seule une femme pouvait être belle, mais la beauté était en train d'éclore en elle avec une confiance imperturbable qui avait de quoi couper le souffle, et faire peur. Il était tout de même son père, on ne pouvait pas couper à certains sentiments.

— Tu veux que je te parle du nouveau copain de maman ?

— Tu te doutes bien que j'en meurs d'envie !

Elle piqua un léger fou rire — la petite fille n'avait pas entièrement disparu. Cela dit, même sa façon de rire n'était plus pareille, c'était plus contrôlé, plus féminin.

— Il prétend qu'il est poète, mais il n'a rien publié, aucun livre. Ses poèmes sont vraiment nuls ! Mais maman le trouve si beau qu'elle n'admettra jamais qu'il pète plus haut que son tu-sais-quoi !

Cherchait-elle à l'épater avec ce langage d'adulte ? Sans doute.

— Il a quel âge ? demanda Rebus, chiffonné de dévoiler sa vanité.

— Je ne sais pas. Vingt ans, peut-être.

Pour le coup il bondit. Vingt ans ! Maintenant elle les prenait carrément au berceau ! Mon Dieu ! Comment Sammy prenait-elle la chose ? Samantha, qui jouait les adultes. Il avait peur rien que d'y penser, mais ce n'était pas lui le psychanalyste — ça, c'était le rayon de Rhona, du moins dans le temps.

— Sérieux, papa ! J'te jure qu'il est nul comme poète ! Même moi j'arrive à faire mieux dans mes rédac. Tu sais, je vais au collège à la rentrée. Ça va faire drôle d'être dans la même école que maman.

— Je veux bien le croire...

Quelque chose turlupinait Rebus. Un poète, âgé de vingt ans...

— Et il s'appelle comment, ce... ce garçon ?

— Andrew, répondit-elle. Andrew Anderson. C'est drôle comme nom, hein ? Il est plutôt sympa, mais un peu bizarre.

Rebus jura dans sa barbe : le fils de cette enflure d'Anderson, une espèce de poète itinérant, était maqué avec son ex-femme. Quelle ironie ! Il ne savait pas s'il fallait en rire ou en pleurer. Le rire l'emporta de justesse.

— Pourquoi tu rigoles, papa ?

— Rien, Samantha. Je suis juste heureux, c'est tout. Qu'est-ce que t'étais en train de me dire ?

— Je te disais que maman a fait sa connaissance à la bibliothèque. On y va souvent. Elle emprunte de la littérature sérieuse, mais moi je préfère les romans d'amour ou d'aventure. Ceux de maman j'y comprends rien ! Tu lisais les mêmes trucs qu'elle, quand... avant que...

— Oui, oui. Mais moi non plus j'y pigeais rien,

alors t'en fais pas. Je suis content que tu lises beaucoup. Elle est bien, cette bibliothèque ?

— Elle est très grande, mais il y a toujours plein de clochards. Ils y passent toute la journée à dormir. Ils prennent un livre, ils s'assoient et ils s'endorment. Ils sentent vraiment mauvais !

— Tu n'as pas besoin de t'approcher d'eux, non ? Vaut mieux les laisser tranquilles.

— Oui, papa.

Un léger ton de reproche, pour lui faire comprendre que ses conseils paternels étaient de trop.

— Alors, t'as envie d'aller au ciné ?

Mais, comme le cinéma était fermé, ils allèrent chez un glacier de Tollcross. Rebus observa sa fille qui plongeait sa cuiller dans les cinq parfums de sa méga-coupe. Elle en était toujours à la phase insecte fluet, qui peut manger n'importe quoi sans prendre un gramme. Rebus ne sentait que trop son pantalon déformé au niveau de la ceinture, cette bedaine trop bien nourrie et libre de s'étaler. Il sirota son cappuccino (sans sucre) et observa du coin de l'œil une bande de garçons installés à une autre table. Ils leur jetaient des coups d'œil, chuchotaient et ricanaient entre eux. Ils ramenaient leurs cheveux en arrière et tiraient sur leurs cigarettes comme pour aspirer la vie elle-même. Si Sammy n'avait pas été là, ils les auraient fait arrêter sur-le-champ pour « pratique pouvant freiner la croissance ».

En plus, ils lui faisaient envie avec leurs cigarettes. Il ne fumait jamais en présence de Sammy, parce qu'elle n'aimait pas ça. En d'autres temps, Rhona aussi lui avait crié dessus pour qu'il arrête de fumer, et lui cachait même son paquet et son briquet, à tel point qu'il s'était fait des réserves un peu partout dans la maison. Il avait continué à fumer comme si de rien n'était, rigolant triomphalement chaque fois qu'il arrivait dans une pièce avec une nouvelle cigarette au bec ; Rhona se mettait à hurler et à le courser entre les meubles, gesticulant pour la lui arracher.

Une époque heureuse, quand ils se chamaillaient avec tendresse.

— Ça se passe comment, à l'école ?

— Ça va. Est-ce que tu participes à l'enquête sur les meurtres ?

— Oui.

Dieu, ce qu'il avait envie d'une cigarette ! Il aurait été capable de commettre un meurtre, d'arracher la tête à un de ces jeunes freluquets.

— Vous allez l'attraper ?

— Oui.

— Dis, papa, il leur a fait quoi, aux filles ?

Son regard se voulait nonchalant mais elle fixait intensément la coupe presque vide.

— Il ne leur fait rien.

— Il les tue, c'est tout ?

Elle avait les lèvres toutes pâles. Soudain, c'était bien son enfant qu'il avait en face de lui, sa petite fille qui avait grandement besoin d'être protégée. Rebus aurait voulu la prendre dans ses bras, la réconforter, lui dire que le monde des méchants était ailleurs, qu'ici elle était en sécurité.

— C'est ça, se contenta-t-il de dire.

— Je préfère ça.

Les garçons s'étaient mis à siffler pour attirer

l'attention de Sammy. Rebus sentit la colère lui monter au visage. Un autre jour, n'importe quel autre jour, il serait allé les trouver de ce pas pour assener la loi à leurs petites tronches ahuries. Mais il n'était pas en service. Il profitait d'un après-midi en compagnie de Sammy. Sa fille... le résultat aléatoire d'un orgasme ponctué d'un seul cri, orgasme au cours duquel un spermatozoïde victorieux s'était faufilé à travers les suintements pour franchir la ligne le premier. Rhona avait déjà eu le temps d'attraper le livre du moment, un chef-d'œuvre littéraire à n'en pas douter. Elle s'était dégagée du corps épuisé et immobile de son amant sans que soit échangé le moindre mot. Ne pensait-elle qu'à ses bouquins ? Peut-être. Et lui, l'amant, se sentait subitement vidé et dégonflé, absent, comme si aucun échange ne s'était produit. C'était la victoire de Rhona.

Puis il lui adressait un cri sous la forme d'un baiser, le cri de son désir, le cri de l'enfermement...

Laissez-moi sortir ! Laissez-moi sortir !

— Allez, on y va.

— OK.

Alors qu'ils passaient devant la tablée de garçons, avec leurs regards au désir à peine contenu et leurs borborygmes de babouins, sa fille sourit à l'un d'entre eux. Sa fille avait souri à l'un d'entre eux...

Inspirant une bouffée d'air frais, Rebus se demanda où allait le monde. C'était à se demander s'il n'était pas croyant simplement parce que le quotidien était trop effrayant et triste... S'il n'y avait rien derrière tout ça, la vie était la plus moche des inventions de tous les temps. Il aurait pu tuer ces garçons ; quant à sa fille, il lui aurait volontiers flanqué une taloche pour la protéger contre ce qu'elle désirait... et finirait par obtenir.

Il comprit qu'il n'avait plus rien à lui dire, contrairement à ces gamins. Eux partageaient tout avec elle. Lui, n'avait plus que les liens du sang. Le ciel était sombre comme un opéra wagnérien, sombre comme les pensées d'un assassin. Un ciel et des images de plus en plus sombres, tandis que l'univers de John Rebus s'écroulait.

— C'est l'heure, dit-elle.

Elle se tenait à ses côtés, mais paraissait tellement plus présente, plus en vie que lui.

— C'est l'heure, répéta-t-elle.

Effectivement.

— On ferait bien de se dépêcher, dit Rebus. Il va pleuvoir.

Il se sentait fatigué et se souvint qu'il n'avait pas dormi, avec les activités épuisantes de sa courte nuit. Il rentra en taxi — tant pis pour la dépense — et se traîna dans l'escalier jusqu'à sa porte d'entrée. Vraiment, ça puait trop le chat.

De l'autre côté de la porte l'attendait une lettre. Une lettre non affranchie. Il poussa un juron. Ce salopard était partout, partout mais invisible. Il déchira l'enveloppe et lut :

TU FAIS DU SUR-PLACE. DU SUR-PLACE, HEIN ? SIGNÉ...

Mais il n'y avait aucune signature, en tout cas d'écrite. Dans l'enveloppe, par contre, se trouvait le petit bout de ficelle avec un nœud, comme un enfant aurait pu en faire pour s'amuser.

— Qu'est-ce que tu cherches à faire, Mister Knot[1] ? demanda Rebus à voix haute, en jouant avec le morceau de ficelle. Où veux-tu en venir ?

L'appartement était glacial comme un frigo. Cette fichue veilleuse s'était encore éteinte.

1. Knot signifie « nœud » en anglais. *(NdT)*

TROISIÈME PARTIE

Nœud

Chapitre 13

Flairant que l'Etrangleur d'Edimbourg n'allait pas se volatiliser du jour au lendemain, les médias s'emparèrent de l'affaire pour créer un monstre. Les équipes télé s'installèrent dans les plus belles chambres d'hôtels de la ville, ce qui n'était pas pour déplaire vu que la saison touristique ne battait pas encore son plein. Tom Jameson, qui n'était pas le moins malin des rédacteurs en chef, avait mis une équipe de quatre journalistes sur le coup. Il s'était tout de même aperçu que Jim Stevens n'était pas au mieux de sa forme. L'affaire n'avait pas l'air de l'intéresser, ce qui n'était jamais bon signe chez un journaliste. De quoi se faire du souci pour Jameson. Stevens était le meilleur de ses gars, une signature connue dans tous les foyers. Il faudrait lui en toucher un mot rapidement.

Avec l'enquête qui prenait de l'ampleur à cause de l'intérêt médiatique, Gill Templer et John Rebus en étaient réduits à se parler au téléphone et à se croiser en coup de vent au QG ou dans les parages. Rebus ne mettait quasiment plus les pieds à son ancien commissariat. Lui-même n'était plus qu'une victime de l'enquête. Dès qu'il ouvrait l'œil, il était censé ne penser à rien d'autre. Alors qu'en réalité il pensait à tout sauf à l'enquête : Gill, les lettres anonymes, sa voiture qu'on avait recalée au contrôle technique. Et il passait son temps à observer Anderson ; le père de l'amant de Rhona s'agitait de plus en plus furieusement pour mettre la main sur une piste, un mobile, n'importe quoi de concret. C'était presque jouissif de le voir à l'œuvre. S'agissant des lettres, Rebus avait pour ainsi dire écarté de ses soupçons sa femme et sa fille. Les gars du labo avaient bien voulu analyser — en échange d'une pinte — une légère tache sur la dernière lettre de M. Knot, et il s'avérait que c'était du sang. S'était-il entaillé le doigt en découpant le bout de ficelle ? Un petit mystère de plus. La vie de Rebus était pleine de mystères, il se demandait notamment où passait son quota quotidien de dix cigarettes. Quand il ouvrait son paquet en fin d'après-midi et comptait les cigarettes restantes, il s'apercevait qu'il était censé avoir déjà épuisé sa ration. Ridicule ! Il ne se souvenait même pas d'en avoir fumé une seule, alors dix ! Mais le décompte des mégots dans son cendrier apportait une preuve matérielle suffisante pour balayer toutes ses dénégations. Tout de même, c'était vachement bizarre. Comme si certaines heures passaient à la trappe.

Pour l'heure, il était posté dans le bureau des enquêteurs au QG, alors que ce pauvre Jack Morton se tapait du porte-à-porte. C'était un poste idéal pour observer comment Anderson gérait le merdier. Pas très étonnant que le fiston ne soit pas une lumière. Rebus était chargé de traiter la masse de coups de fil — les gens sincèrement désireux de donner un coup de main, les aveux bidon, les extra-lucides... — et les procès-verbaux des multiples interrogatoires qui se déroulaient dans le bâtiment à toute heure du jour et de la nuit. Des centaines de documents à classer, à hiérarchiser tant bien que mal. Un boulot de titan, mais comme on avait toujours l'espoir d'y trouver une piste, pas question de se relâcher.

Dans la cafète bondée et moite, il fuma sa onzième cigarette de la journée, en principe à décompter sur le quota du lendemain, en lisant le journal. Ils avaient du mal à renouveler leur stock d'adjectifs indignés, ayant épuisé le dictionnaire des synonymes. Les crimes atroces, épouvantables, diaboliques de l'Etrangleur. Ce monstre fou, diabolique, assoiffé de sexe. (Peu leur importait que l'assassin n'ait jamais agressé sexuellement ses victimes.) Le maniaque des petites culottes ! « Que fait la police ? Toute la technologie moderne ne saurait remplacer la présence rassurante d'un bobby faisant sa ronde. Nous réclamons plus de bobbys ! » Un article signé Jim Stevens, chroniqueur judiciaire. Rebus se souvint du type trapu et éméché qu'il avait croisé à la soirée. Et de l'air étonné de Stevens en entendant son nom. Bizarre. Comme tout le reste. Il posa son journal. Tous les mêmes, ces journalistes. Il souhaitait bien du plaisir à Gill.

Il fixa le cliché flou reproduit en première page du tabloïd. Le portrait d'une gamine aux cheveux courts, l'air pas très futée. Elle avait un sourire nerveux, comme si on l'avait prise en photo sur le vif. Détail touchant, ses dents de devant étaient légèrement espacées. La pauvre Nicola Turner, élève dans un collège du Southside. Aucune relation apparente avec les deux autres victimes. Pas le moindre lien. Cette fois il avait même pris une gamine de douze ans, un an de plus que les autres. Le tueur ne s'en tenait donc pas toujours au même âge. Plus que jamais, on restait dans l'aléatoire. De quoi rendre dingue Anderson.

Mais Anderson n'admettrait jamais que sa chère police était aux prises avec un véritable sac de nœuds. Pourtant il devait bien y avoir des indices, forcément. Rebus but son café et fut pris d'un vertige. Il se faisait l'effet du flic dans un mauvais thriller, et aurait volontiers lu tout de suite la dernière page pour mettre un terme à sa confusion, cette folie meurtrière, ce tournoiement dans ses oreilles.

De retour dans le bureau des enquêteurs, il prit les comptes rendus d'appels téléphoniques qui s'étaient empilés pendant sa pause. Les standardistes travaillaient sans relâche, et juste à côté le télex recrachait presque sans arrêt de nouveaux éléments pouvant intéresser l'enquête, transmis par les services de police aux quatre coins du pays.

Anderson fendit le brouhaha comme s'il nageait dans la mélasse.

— Un véhicule, Rebus. C'est ça qu'il nous faut. Je veux un récapitulatif de tous les témoignages faisant état d'un adulte aperçu au volant d'un véhicule avec un enfant. Sur mon bureau dans une heure. Il me faut la bagnole de ce fumier !

— Bien, commissaire.

Il repartit, fendant une couche de mélasse dans laquelle un individu normalement constitué se serait noyé. Mais pas Anderson l'Indestructible, qui faisait fi de tous les dangers. Ce qui en faisait un danger public, songea Rebus en fouillant parmi les papiers entassés sur son bureau, soi-disant classés. Des bagnoles. Anderson voulait des bagnoles, eh bien il en aurait ! Il y avait là des dépositions faites la main sur le cœur — un type au volant d'une Escort bleue, une Capri blanche, une Mini violette, une BMW jaune, une TR7 argentée, une ambulance convertie, une camionnette de vendeur de glaces (la personne au bout du fil avait un accent italien et souhaitait garder l'anonymat), et une énorme Rolls Royce aux plaques minéralogiques personnalisées. Qu'à cela ne tienne : on va fourguer tout ça dans l'ordinateur qui n'aura qu'à contrôler toutes les Escort bleues, Capri blanches et Rolls Royce de Grande-Bretagne ! Et une fois qu'on aura toutes ces précieuses informations sous la main, on fera quoi ? Rebelote pour le porte-à-porte, les coups de téléphone et les dépositions, la paperasse et tout le bordel. Peu importe. Anderson y nagerait à son aise, pas le moins du monde affecté par la folie qui l'entourait dans sa vie privée, et au bout du compte il en ressortirait invaincu, tout pimpant et propret, une vraie pub pour lessive. Un ban, je vous prie ! Hip ! Hip ! Hip ! Hourra !

Les boulots de con, Rebus s'en était aussi farci à l'armée, et plus que son compte. Il avait été un bon soldat, un très bon soldat même... quand il s'était enfin agi de faire le soldat. Puis sur un coup de folie il s'était engagé dans les SAS, et là on jouait très peu au con mais question cruauté on était servi. On l'avait fait courir de la gare jusqu'au camp derrière un sergent au volant d'une Jeep. Il avait dû endurer les marches de vingt heures, les brutes d'instructeurs, la totale. Et quand Gordon Reeve et lui s'étaient montrés à la hauteur, les SAS avaient décidé de les tester un peu plus, de pousser le bouchon juste un peu trop loin. La mise à l'isolement, les interrogatoires, la faim, l'empoisonnement. Tout ça pour obtenir une bribe d'information sans aucune valeur, quelques mots prouvant qu'ils avaient craqué. Deux bêtes nues et tremblotantes, avec la tête enfermée dans un sac, recroquevillées l'une contre l'autre pour se tenir chaud.

— Je veux cette liste d'ici une heure, Rebus ! lui lança Anderson qui repassait par là.

Il l'aurait, sa liste, sa livre de chair fraîche.

Jack Morton rentra, l'air d'en avoir plein les pieds et de trouver que la vie n'avait rien de drôle. Il se traîna vers Rebus, une liasse de feuilles sous le bras et une cigarette dans l'autre main.

— Regarde-moi ça, dit-il en levant la jambe.

Rebus vit que le tissu avait un accroc d'une trentaine de centimètres.

— Qu'est-ce qui t'est arrivé ?

— A ton avis ? Je me suis fait courser par un putain de berger allemand ! Et tu crois qu'on va me rembourser quelque chose ? Que dalle !

— Tu pourrais tout de même faire une demande.

— A quoi bon ? Je passerai juste pour un couillon.

Morton tira une chaise jusqu'au bureau.

— Tu bosses sur quoi ? demanda-t-il, visiblement soulagé de pouvoir enfin s'asseoir.

— Des bagnoles. Des tonnes de bagnoles.

— Ça te dirait d'aller boire un coup après ?

Rebus consulta sa montre.

— Faut voir, Jack. J'attends une réponse pour ce soir.

— Un tête-à-tête avec la ravissante Gill Templer ?

— Comment t'es au courant ? demanda Rebus, sincèrement surpris.

— Allons, John, c'est pas le genre de truc qu'on peut garder secret. Pas avec des flics. Tu ferais mieux de faire gaffe. Tu connais le règlement.

— Oui, je le connais. Anderson est au courant ?

— Il a fait des allusions ?

— Non.

— Dans ce cas, c'est forcément que non, hein ?

— Tu ferais un bon flic, mon garçon. Tu perds ton temps, dans un boulot pareil.

— A qui le dis-tu !

Rebus alluma la cigarette numéro 12. Vrai, on ne pouvait rien garder de secret dans un commissariat, en tout cas vis-à-vis des flics de base. Mieux valait qu'Anderson et le patron ne soient pas au courant.

— Le porte-à-porte a donné quelque chose ? demanda-t-il.

— A ton avis ?

— Morton, t'as la fâcheuse habitude de répondre à une question par une autre question.

— Vraiment ? Ça doit être une déformation professionnelle, à force de passer mes journées à poser des questions.

Rebus jeta un coup d'œil dans son paquet de cigarettes et s'aperçut qu'il était en train de fumer la treizième. Ça devenait insensé ! Où était passée la douzième ?

— Je vais te dire, John, on a récolté fichtre rien. Pas le moindre bout de piste. Personne n'a rien vu, personne ne sait rien. Je vais finir par croire que c'est une conspiration !

— Peut-être que c'est ça justement. Une conspiration.

— A-t-on établi que les trois meurtres avaient été commis par le même individu ?

— Oui.

Le commissaire était toujours économe de ses mots, surtout avec la presse. Il trônait comme un roc derrière la table, les mains jointes devant lui, Gill Templer à sa droite. Celle-ci avait laissé ses lunettes dans son sac. Elle les portait par coquetterie, étant donné qu'elle avait une vue presque parfaite, et quasiment jamais pendant le service, sauf quand les circonstances l'exigeaient. Pourquoi les avait-elle à la soirée ? Elle s'en servait comme d'un bijou. En plus, elle trouvait intéressant de jauger les différences d'attitude envers elle suivant qu'elle les portait ou non. Quand elle expliquait ça à ses copines, on la regardait de travers, comme si elle plaisantait. Tout ça remontait peut-être à son premier grand amour, qui lui avait sorti que, d'après son expérience, les filles avec des lunettes étaient meilleures pour la baise. Quinze ans avaient passé, mais elle voyait encore le visage du garçon, son sourire, ses yeux pétillants. Et elle n'avait pas oublié non plus sa propre réaction — sa stupeur de l'entendre utiliser le mot « baise ». Maintenant, elle en souriait. Elle jurait autant que ses collègues masculins, encore une fois pour jauger leur réaction. Aux yeux de Gill Templer, tout était un jeu. Tout, sauf son métier. Elle n'avait pas atteint le grade d'inspecteur

126

par hasard ni grâce à son physique, mais par son travail acharné et efficace, et la volonté de gravir les échelons aussi haut qu'on lui permettrait.

Elle était donc là avec son commissaire, mais la présence de son chef n'était que symbolique dans ce genre de réunion. C'était Gill qui rédigeait les documents distribués, qui briefait le commissaire, qui s'occupait des médias en temps normal, et tout le monde en était conscient. Le commissaire représentait la caution de la hiérarchie, mais c'était Gill Templer qui était à même de fournir aux journalistes leurs « extras », les bribes d'information passées sous silence.

Personne ne le savait mieux que Jim Stevens. Il était assis au fond de la salle, la clope au bec. Il ne prêtait guère attention au commissaire. Malgré tout, il prenait en note une phrase ici ou là, qui lui servirait bien un jour ou l'autre. On ne se refait pas. Les habitudes ont la vie dure. Son photographe, un jeune type motivé qui changeait fébrilement de lentille à tout bout de champ, était reparti avec sa pellicule. Stevens jeta un coup d'œil à la ronde, pour voir avec qui il pourrait boire un verre. Tous les habitués étaient là — la vieille garde de la presse écossaise, et aussi les correspondants anglais. Ecossais, Anglais ou Grec, peu importe : tous les journalistes se ressemblent. Ils ont le visage coriace, ils fument, ils portent la chemise de la veille ou de l'avant-veille. Ils ne donnent pas l'impression de rouler sur l'or mais en fait ils sont très bien payés, et avec plus d'avantages acquis que la plupart des professions. Mais ils bossent dur pour leur argent, à se constituer un carnet d'adresses, à se faufiler dans la moindre brèche, à marcher sur les pieds...

Il observa Gill Templer. Que savait-elle au sujet de John Rebus ? Accepterait-elle de le mettre dans la confidence ? Après tout, ils n'étaient pas fâchés... Oui, mais ils n'étaient pas non plus les meilleurs amis du monde, pas vraiment. Pourtant, Stevens n'avait pas ménagé sa peine. Et maintenant, voilà qu'elle et Rebus... Attends un peu que je t'épingle, mon salaud ! A condition qu'il y ait quelque chose à épingler. Mais bien sûr qu'il y avait quelque chose, ça se flairait. Voilà qui ouvrirait les yeux de la belle, et elle allait voir ce qu'elle allait voir. Il avait déjà concocté le titre, quelque chose du genre *frères à la ville et frères dans le crime*. Ça sonnait pas mal. Les frères Rebus derrière les barreaux, et rien que grâce à lui.

Il reporta son attention sur l'affaire du moment. C'était vraiment du tout cuit. Rien de plus simple que de griffonner sur un coin de table un article sur l'incompétence policière ou le mystérieux sadique. Mais il fallait bien faire bouillir la marmite. Et on avait toujours Gill Templer pour se rincer l'œil.

— Gill !

Il la rattrapa alors qu'elle montait dans sa voiture.

— Salut, Jim.

Un ton froid, professionnel.

— Ecoute, je... je voulais juste m'excuser de m'être comporté comme ça à la soirée de samedi.

Il était tout essoufflé d'avoir traversé le parking en courant et les mots sortaient hachés de sa poitrine en feu.

128

— Tu comprends... j'étais un peu bourré. En tout cas, désolé.

Mais Gill le connaissait trop bien. Elle savait qu'une question ou une demande allait forcément suivre. Subitement, elle éprouva un peu de pitié pour lui, avec son épaisse chevelure blonde pas très propre, ses légers tremblements comme s'il avait froid, son petit corps trapu qui lui avait paru puissant en d'autres temps. Mais sa pitié fut de courte durée — la journée avait été rude.

— Pourquoi t'as attendu jusqu'à maintenant pour me le dire ? T'aurais pu le faire au point presse de dimanche.

Il fit non de la tête.

— Je n'y étais pas, j'avais un peu la gueule de bois. T'as bien dû remarquer mon absence.

— Pourquoi voudrais-tu que je le remarque, Jim ? Ce n'était pas le monde qui manquait.

Il encaissa le coup sans sourciller.

— Mais bon, encore une fois, désolé. OK ?

— Très bien.

Elle se pencha pour monter dans sa voiture.

— Euh... je peux t'offrir un verre, histoire de me racheter ?

— Désolée, Jim. Je suis déjà prise.

— T'as rendez-vous avec ce Rebus ?

— Peut-être.

— Fais attention à toi, Gill. Avec ce type-là, les apparences sont peut-être trompeuses.

Elle se redressa.

— Je veux dire, reprit Stevens, sois bien vigilante, OK ?

Ce n'était pas le moment d'en dire davantage. La graine du soupçon était plantée et il fallait lui donner le temps de pousser. Le moment venu il lui poserait des questions précises, et peut-être que là elle serait disposée à lui répondre.

Il lui tourna le dos et s'éloigna, les mains dans les poches, en direction du Sutherland Bar.

Chapitre 14

Dans la principale bibliothèque municipale d'Edimbourg, une vieille et spacieuse bâtisse coincée entre une librairie et une banque, les clochards se préparaient pour une journée de sieste. Ils venaient là comme dans l'attente d'un destin meilleur, pour tenir pendant les quelques jours d'absolue pauvreté jusqu'au versement de la prochaine allocation. De l'argent qu'ils dépenseraient en l'espace d'une journée — deux grand maximum, en faisant très attention — à faire la fête, avec du vin, des filles et des chansons devant des auditoires ingrats. L'attitude des bibliothécaires envers ces miséreux variait de la franche intolérance — exprimée en général par le personnel plus âgé — à la tristesse pensive des plus jeunes. Mais la bibliothèque était un lieu public et dès lors que ces vagabonds soucieux de leur bien-être avaient la perspicacité de prendre un livre en début de journée, on n'y pouvait rien. Sauf s'ils se mettaient à faire du tapage, auquel cas un agent de sécurité arrivait rapidement sur les lieux.

Ils somnolaient donc dans les fauteuils moelleux, sous le regard parfois désapprobateur de ceux qui ne pouvaient s'empêcher de se demander si c'était bien là ce qu'Andrew Carnegie avait en tête en finançant les premières bibliothèques publiques. Les dormeurs ne se souciaient pas de ces regards et restaient plongés dans leurs rêves, et personne n'aurait songé à leur demander à quoi ils rêvaient, tant on les prenait pour quantité négligeable.

Par contre, ils n'avaient pas le droit de s'aventurer en section jeunesse. D'ailleurs, tout adulte qui osait y flâner sans accompagner un enfant s'attirait des regards méfiants, surtout depuis le meurtre de ces pauvres gamines. Les bibliothécaires abordaient le sujet entre eux. Il n'y avait qu'une seule solution : la pendaison. Là-dessus tout le monde était d'accord. Justement, on évoquait au Parlement le rétablissement de la peine de mort, comme à chaque fois qu'un assassin multirécidiviste émergeait des recoins sombres de la Grande-Bretagne civilisée. Dans la population d'Edimbourg, en revanche, la remarque la plus fréquemment répétée n'avait rien à voir avec la pendaison. Comme s'était exclamée une des bibliothécaires avec force conviction : « Ici ? A Edimbourg ? C'est impensable ! » Les tueurs sanguinaires, c'était réservé aux ruelles enfumées du sud de l'Angleterre et des Midlands, pas à la plus pittoresque des villes écossaises. Les interlocuteurs opinaient du chef, l'air triste et épouvanté. Tous se sentaient concernés, ces dames de Morningside avec leurs chapeaux et leur respectabilité fanée, le moindre voyou de banlieue, tout un chacun qu'il soit avocat, banquier, agent de change, vendeur ou marchand de journaux. Des milices populaires s'étaient rapidement constituées, mais la police s'était empressée de les démanteler. La solution n'était pas là, s'était insurgé le directeur de la police. La plus grande vigilance était bien évidemment de mise mais pas question de se rendre justice à soi-même. Remarquant qu'il se frottait les mains en faisant cette déclaration, certains journalistes s'étaient demandé si son inconscient n'était pas en train de se laver les mains de toute cette affaire.

Le rédacteur en chef de Jim Stevens avait choisi la formule suivante : *Enfermez vos filles à double tour !* et s'en était tenu là.

Et on les tenait effectivement sous clé. Certains parents ne mettaient plus leur fille à l'école, d'autres les y escortaient sous haute surveillance matin et soir, sans oublier une vérification à l'heure du déjeuner. A la bibliothèque, la section jeunesse était si calme que les bibliothécaires n'avaient pas grand-chose à faire de leurs journées, si ce n'est parler de la peine capitale ou lire la presse à sensation.

La presse britannique s'était vite aperçue qu'Edimbourg n'avait pas un passé si tranquille que ça. On y faisait allusion à Deacon Brodie[1], qui aurait inspiré à Stevenson son Dr Jekyll et Mister Hyde, à Burke et Hare[2], à la moindre anecdote qu'on arrivait à dénicher, jusqu'à la prodigieuse quantité de fantômes peuplant les demeures XVIIIe de la ville.

Quand ils n'avaient pas trop à faire, les bibliothécaires alimentaient leur imagination avec ces récits. Ils prenaient soin d'acheter chacun un journal différent pour glaner le maximum d'informations, mais

---

1. Notable d'Edimbourg qui mena longtemps une vie parallèle de criminel et fut exécuté en 1788. *(NdT)*
2. Célèbre duo d'assassins de la première moitié du XIXe siècle, dont les crimes visaient à procurer des cadavres à l'anatomiste Robert Knox. *(NdT)*

étaient souvent déçus de constater que les journalistes semblaient s'échanger les bons sujets, à tel point que le même article était souvent repris par deux ou trois quotidiens. C'était à croire que les journalistes complotaient entre eux.

Quelques enfants continuaient malgré tout de venir à la bibliothèque. La grande majorité étaient accompagnés par un des parents ou un adulte, mais il s'en trouvait tout de même un ou deux pour venir seul. Cette preuve de l'inconscience de certains parents et de leur progéniture ne pouvait que perturber davantage ces bibliothécaires bien émotifs qui leur demandaient d'un air outré où étaient passés leurs parents.

Samantha fréquentait rarement la section jeunesse, préférant des livres destinés à des lecteurs plus âgés, mais ce jour-là elle s'y rendit pour échapper à sa mère. Un bibliothécaire s'approcha alors qu'elle feuilletait un livre vraiment bébé.

— Tu es venue toute seule, ma puce ?

Samantha le reconnut. Elle se souvenait de l'avoir toujours vu ici.

— Ma mère est à l'étage, expliqua-t-elle.

— Je préfère entendre ça. Je n'ai qu'un conseil : ne t'éloigne pas trop d'elle.

Elle fit oui de la tête, en pestant intérieurement. Sa mère venait de lui faire le même sermon cinq minutes avant. Elle n'était plus une enfant, mais personne ne voulait l'accepter.

Le bibliothécaire alla s'occuper d'une autre fille et Samantha emprunta le livre qu'elle voulait. Elle remit sa fiche à la vieille dame aux cheveux teints, celle que tous les enfants surnommaient Mme Slocum[1]. Puis elle gravit prestement les marches jusqu'à la section des ouvrages de référence, où sa mère était en train de chercher une étude sur George Eliot. George Eliot, lui avait-elle expliqué, était une femme qui avait écrit des romans d'un réalisme puissant et d'une grande profondeur psychologique, à une époque où c'était censé être l'apanage des hommes, les femmes n'étant bonnes que pour les tâches ménagères. C'est pour ça qu'elle se faisait appeler George, pour arriver à se faire publier.

Peu réceptive à cet endoctrinement, Samantha s'était rapporté un album illustré de la section jeunesse ; l'histoire d'un garçon qui s'envole sur un chat géant et auquel il arrive plein d'aventures dans un monde imaginaire au-delà de tous ses rêves. De quoi faire enrager sa mère, espérait-elle. Ici, la plupart des gens étaient assis à des bureaux, et leurs toussotements résonnaient dans la salle silencieuse. Sa mère, qui faisait tout à fait enseignante avec ses petites lunettes perchées au bout de son nez, prenait à parti un bibliothécaire au sujet d'un ouvrage qu'elle était censée avoir réservé. Samantha déambula dans les rangées, regardant ce que les gens lisaient et écrivaient. Pourquoi les gens passaient-ils leur temps à lire quand il y avait tant d'autres choses à faire ? Elle-même avait envie de faire le tour du monde. Après, il serait toujours temps de rester assise dans des endroits tristes, penchée sur de vieux livres. Plus tard.

---

1. Personnage de la série télé « Madame est servie ».

*

Il l'observait qui allait et venait entre les rangées de bureaux. Lui-même se tenait devant le rayon des ouvrages sur la pêche à la ligne, la tête légèrement tournée vers elle. De toute manière, elle ne surveillait pas ce qui se passait autour d'elle. Aucun danger. Elle était plongée dans son monde, un petit monde qu'elle s'était créé, avec ses règles à elle. Normal, toutes les petites filles étaient comme ça. Par contre, elle était accompagnée. Ça se voyait. Il prit un livre sur l'étagère et le feuilleta. Un chapitre attira son regard et détourna son attention de Samantha. Un chapitre qui traitait des nœuds pour la pêche à la mouche. Toutes sortes de nœuds y étaient reproduits avec des schémas. Toutes sortes de nœuds.

Chapitre 15

Nouveau briefing. Rebus avait pris goût à ces réunions parce qu'il avait toujours la chance d'y croiser Gill, et de prendre un café avec elle après. La veille, ils avaient dîné tard au restaurant, mais Gill était fatiguée et n'avait cessé de le fixer bizarrement, avec des yeux encore plus inquisiteurs que d'habitude. Et elle avait mis ses lunettes en plein milieu du repas. « J'aime voir ce que je mange. » Mais il savait pertinemment qu'elle y voyait bien assez. Les lunettes étaient un atout psychologique, une protection. Après tout, c'était peut-être parano de sa part, peut-être était-elle tout simplement fatiguée, mais il soupçonnait autre chose, sans savoir quoi. Avait-il dit quelque chose d'insultant ? L'avait-il froissée sans s'en rendre compte ? Lui aussi se sentait fatigué. Chacun était rentré chez soi et n'avait pas trouvé le sommeil, regrettant d'être seul. Puis il avait fait le rêve du baiser et s'était réveillé comme les autres fois — le front en nage, les lèvres humides. Au réveil, trouverait-il une nouvelle lettre, un nouveau meurtre ?

A présent, il était claqué à cause du manque de sommeil. Malgré tout, cette réunion l'enchantait, et pas seulement à cause de Gill. On tenait enfin une vague piste, et Anderson était impatient de la corroborer.

— Une Escort bleu pâle, déclara-t-il.

Derrière lui se tenait le superintendant, dont la présence semblait le mettre mal à l'aise.

— Une Escort bleu pâle, répéta Anderson en s'essuyant le front. Plusieurs dépositions font état de la présence d'un véhicule correspondant à cette description dans le district d'Haymarket le soir où a été retrouvé le corps de la victime numéro 1. Deux autres témoins ont déclaré avoir aperçu un homme et une petite fille, qui avait l'air endormie, dans une voiture de ce type le soir où a disparu la victime numéro 3.

Anderson détacha le regard de ses notes et sembla fixer dans les yeux chacun des policiers présents.

— J'exige qu'on en fasse la priorité numéro 1, et même mieux ! Je sais bien que vous êtes déjà à bloc, mais avec un petit coup de rein supplémentaire on pourra coincer notre lascar avant qu'il ne tue une nouvelle victime. L'inspecteur Hartley a dressé une liste. Si votre nom y figure, laissez tomber ce que vous êtes en train de faire et occupez-vous de me retrouver ce véhicule. Des questions ?

Gill Templer prenait des notes dans un tout petit carnet, peut-être en vue d'un communiqué de presse. Fallait-il rendre cette information publique ? Sans doute pas, en tout cas pas dans l'immédiat. On attendrait d'abord de voir ce que donnaient les recherches initiales. Faute de résultats, on ferait appel au public. Une perspective qui n'enchantait pas Rebus : se renseigner sur les propriétaires des véhicules, se trimballer à perpète pour interroger des dizaines de personnes, essayer de repérer les suspects potentiels pour les réinterroger éventuellement. Non, tout ça n'était pas franchement réjouissant. Rebus aurait nettement préféré ramener Gill Templer dans son antre pour lui faire l'amour. De là où il se tenait, à côté de la porte, il ne la voyait que de dos. Encore une fois, il était arrivé le dernier, s'étant attardé au pub un peu plus longtemps que prévu. Un rendez-vous avec Jack Morton — quelques pintes en guise de déjeuner. Morton lui avait parlé de l'enquête sur le terrain qui progressait lentement. Quatre cents personnes interrogées, des familles entières soumises à une ou plusieurs vérifications, le contrôle d'usage des désaxés et autres pervers. Tout ça pour n'apporter absolument aucun éclaircissement à l'affaire.

Mais on avait maintenant la description du véhicule. Du moins l'espérait-on. Un indice plutôt mince, mais qui avait le mérite d'exister. Un semblant de concret, et c'était déjà ça. Rebus était assez fier de son rôle dans l'enquête, parce que cette faible piste avait surgi grâce à ses recoupements pointilleux des véhicules signalés. Il était pressé de raconter tout ça à Gill et espérait bien qu'ils trouveraient le temps de se voir dans la semaine. Il brûlait d'envie de la revoir, de revoir n'importe qui, parce que son appart lui faisait l'effet d'une cellule de prison. Il rentrait chez lui d'un pas épuisé, tard le soir ou tôt le matin, s'effondrait sur son lit et s'endormait, sans se soucier du ménage, de bouquiner, d'acheter ni même de voler de la nourriture. Il n'avait ni le temps ni l'énergie. Il se nourrissait de kebabs, de frites, de viennoiseries et de barres chocolatées achetées dans des distributeurs. Il

avait le teint plus pâle que d'ordinaire et son estomac gargouillait comme s'il ne lui restait plus de peau
à détendre. Il se rasait et portait la cravate par obliga-
tion, mais ça s'arrêtait là. Anderson avait remarqué
l'état douteux de ses chemises, mais n'avait fait
aucune remarque. D'une part, il avait Rebus à la
bonne, puisque c'était lui qui avait trouvé la piste, et
d'autre part n'importe qui pouvait voir que dans son
humeur actuelle Rebus était capable d'en flanquer une
au premier détracteur venu.

La réunion touchait à sa fin. Une seule pensée
occupait tous les esprits : vivement qu'on rigole un
peu ! Rebus s'attarda près de la porte pour attendre
Gill. Elle sortit avec le dernier groupe, en plein conci-
liabule avec Wallace et Anderson. Le superintendant
la tenait négligemment par la taille et lui céda galam-
ment le passage. Rebus les fusilla du regard. Quelle
bande de guignols ! Il fixait Gill qui ne lui prêta
aucune attention. Il eut le sentiment d'avoir été ren-
voyé à la case départ. Comme ça, il était amoureux...
Non mais, et puis quoi ?

Tandis que le trio s'éloignait dans le couloir, Rebus
resta planté là, à maudire la terre entière comme un
ado largué par sa copine.

Encore une qui le laissait tomber. Laisser tomber...
Ne me laisse pas tomber, John !
Je t'en supplie, John ! Je t'en supplie !
Ces cris qui retentissaient dans sa mémoire...

La tête lui tournait, le bruit de la mer résonnait dans
ses oreilles. Vacillant, il s'appuya contre le mur, cherchant de l'assurance dans sa solidité, mais celui-ci
semblait trembler. Tout haletant, il repensa aux jours

qu'il avait passés sur cette plage caillouteuse à se remettre de sa dépression. Là-bas aussi il avait le bruit de la mer plein les oreilles. Progressivement, le sol redevint stable. Les gens lui jetaient un coup d'œil étonné au passage, mais personne ne s'arrêta. Qu'ils aillent tous se faire foutre ! Et Gill Templer, par la même occasion ! Il s'en sortirait tout seul. Tout seul, nom de Dieu ! Avec une clope et un café, tout irait mieux. En fait, ce qui lui manquait vraiment, c'étaient les tapes dans le dos, les félicitations pour son bon boulot, la reconnaissance des collègues. Il avait besoin de s'entendre dire que tout irait pour le mieux, qu'il n'avait aucun souci à se faire.

Ce soir-là, après s'être déjà enfilé quelques verres à la sortie du travail, Rebus décida de remettre ça. Morton était pris ailleurs mais ce n'était pas un problème. Rebus se passait très bien de compagnie. Il se balada dans Princes Street, humant toutes les promesses de la soirée. Il se sentait libre comme l'air, aussi libre que tous les gamins qui traînaient devant ce gril. Ça paradait, ça plaisantait et ça attendait. Qu'attendaient-ils au juste ? Rebus connaissait très bien la réponse. Ils attendaient le moment de rentrer chez eux pour dormir jusqu'au lendemain. Lui aussi était en train d'attendre, à sa façon. Pour tuer le temps. Au Rutherford Arms, il croisa deux copains de beuverie qu'il s'était faits au cours de soirées de ce genre juste après que Rhona l'avait quitté. Il bavarda avec eux pendant une heure, tétant la bière comme du lait maternel. Ils parlèrent foot, chevaux de course, boulot, et cette ambiance réconforta Rebus. Il plongea avidement dans cette banale conversation et y alla de quelques commentaires de son cru. Mais point trop n'en fallait pour le rassasier, aussi quitta-t-il le bar d'un pas ivre mais décidé, abandonnant ses copains avec la promesse de remettre ça, puis il se dirigea lentement vers Leith.

Installé au bar d'où il observait la scène dans la glace, Jim Stevens vit Michael Rebus poser son verre sur la table pour se rendre aux toilettes. Quelques minutes après, monsieur X, qui était assis à une autre table, l'y suivit. Ils étaient sans doute là pour mettre au point la prochaine livraison, parce qu'ils avaient l'air tous les deux beaucoup trop tranquilles pour avoir sur eux quoi que ce soit de compromettant. Stevens attendit en fumant. Une minute ne s'était pas écoulée que Rebus réapparut et alla au bar se commander un autre verre.

Poussant la porte battante du pub, John Rebus n'en crut pas ses yeux. Il s'approcha de son frère et lui flanqua une tape sur l'épaule.

— Mickey ! Qu'est-ce que tu fiches ici ?

Michael Rebus faillit s'évanouir. Son cœur fit un bond qui manqua de l'étrangler.

— Je suis juste en train de boire un verre, John...

Mais il était certain d'avoir l'air coupable comme pas un.

— Tu m'as fichu une sacrée trouille, ajouta-t-il.

— Allons, c'était qu'une petite tape fraternelle ! Tu bois quoi ?

Tandis que les frères discutaient, monsieur X sortit des toilettes et quitta le pub sans jeter le moindre regard ni à droite, ni à gauche. Stevens s'en aperçut mais il avait maintenant d'autres chats à fouetter. Pas question que le flic l'aperçoive. Il tourna le dos au bar, comme pour chercher un visage parmi les gens installés aux tables. Maintenant, ça ne faisait plus aucun doute. Le flic était forcément de mèche. Leur petite scène avait beau être réglée comme du papier à musique, ça tombait sous le sens.

— Alors, t'as un spectacle dans le coin ?

Egayé par tout ce qu'il avait déjà bu, John Rebus avait l'impression que pour une fois tout allait pour le mieux. Voilà que le hasard réunissait les deux frères pour ce verre qu'ils se promettaient toujours de boire ensemble. Il commanda deux whiskys et deux pintes.

— Voilà un pub où ça plaisante pas ! se félicitat-il. C'est ce que j'appelle une bonne rasade !

Michael souriait à se décrocher la mâchoire, comme si sa vie en dépendait. Dans sa tête, c'était tout embrouillé et ça fusait dans tous les sens. Il se serait bien passé de boire un autre verre. Si son contact d'Edimbourg apprenait la chose, ça lui paraîtrait trop gros, beaucoup trop gros. Pour peu que ça s'ébruite, il pouvait être sûr que sa petite personne se retrouverait avec une jambe cassée. On l'avait clairement mis en garde. Et puis d'abord, qu'est-ce que John venait foutre dans ce quartier ? Certes, il avait l'air tout content, un rien éméché... et si tout ça n'était qu'un coup monté ? Et si son contact venait de se faire arrêter devant le pub ? Il se sentait comme cette fois où, étant gamin, il avait volé de l'argent à son père et nié le forfait pendant des semaines, le cœur lourd de culpabilité.

Coupable, trois fois coupable !

Quant à John Rebus, il buvait et bavardait sans s'apercevoir le moins du monde que l'ambiance avait soudain changé, que Michael le regardait d'un tout autre œil. Seul comptait le verre de whisky posé devant lui et la présence de son frère qui donnait le soir même un spectacle dans une salle de bingo du quartier.

— Ça te dérange si je viens ? demanda-t-il. Il est temps que je voie comment mon frère gagne sa croûte.

— Pas du tout, dit Michael en tripotant son verre. Vaut mieux pas que je boive, John. Je dois garder les idées claires.

— Bien sûr. Tu dois rester réceptif à toutes ces sensations mystérieuses !

Les yeux écarquillés, le sourire aux lèvres, John Rebus fit le geste d'hypnotiser son frère.

Leur tournant toujours le dos, Jim Stevens prit ses cigarettes et quitta le pub bruyant et enfumé. Si seulement ça avait pu être un peu plus silencieux. Si seulement il avait pu entendre ce qu'ils se disaient...

Rebus l'aperçut qui sortait.

— Je crois que je connais ce type, dit-il à Michael en pointant le menton vers la porte. Il est journaliste dans le torchon local.

Michael Rebus se forçait à sourire, sourire, toujours sourire, mais il avait l'impression que son monde s'écroulait.

Le Rio Grande Bingo Hall était un ancien cinéma. On avait remplacé les sièges des douze premiers rangs par des tabourets et des tablettes de jeu. Mais derrière

il restait plusieurs rangées de sièges rouges poussiéreux et le balcon était en l'état.

John Rebus préféra s'asseoir au balcon pour ne pas
distraire Michael. Il y suivit un vieil homme et sa
femme. Les fauteuils avaient l'air confortables mais
en prenant place sur l'un d'entre eux au deuxième
rang Rebus sentit les ressorts s'enfoncer dans ses
fesses. Il chercha la position la moins inconfortable,
et finit par adopter une posture où presque tout son
poids reposait sur une seule fesse. En bas, ça avait
l'air d'être assez plein, alors que le balcon tristounet
ne comptait que le vieux couple et lui. Puis il entendit un claquement de talons dans l'allée. Ils mar-
quèrent une hésitation, puis une femme bien en chair
s'engagea dans sa rangée. Rebus se sentit obligé de
relever la tête, et il la vit qui lui souriait.

— Ça vous dérange si je m'assieds ici ? demanda-
t-elle. Vous n'attendez pas quelqu'un ?

Son regard était plein d'espoir. Rebus fit non de la
tête et lui sourit poliment.

— C'est ce que je pensais, dit-elle en s'installant
à côté de lui.

Parlant de sourire... il n'avait jamais vu Michael
sourire autant, ni d'un air aussi mal à l'aise. Etait-ce
gênant à ce point de croiser son grand frère ? Non, il
y avait forcément autre chose. Michael souriait comme
un petit délinquant qui vient de se faire pincer une
nouvelle fois. Une petite discussion s'imposait.

— D'habitude, je viens ici pour jouer au bingo,
déclara sa voisine, mais je me suis dit que ça pouvait
être drôle. Vous savez, depuis la mort de mon mari...
(Un silence lourd de sous-entendus.) ... Eh bien, ça

n'est plus comme avant, et ça fait du bien de se distraire. On est tous pareils, n'est-ce pas ? Alors je suis
venue. Je me demande bien ce qui m'a poussée à
monter au balcon. Le destin, j'imagine.

Son sourire s'élargit. Rebus sourit à son tour. Elle
avait une petite quarantaine. Trop maquillée et trop
parfumée, mais plutôt bien conservée. A entendre sa
façon de s'exprimer, on aurait dit qu'elle n'avait parlé
à personne depuis des jours.

Comme si elle avait besoin de se prouver qu'elle
était toujours capable de parler, d'être écoutée et com-
prise. Elle lui faisait pitié. Il se reconnaissait un peu
en elle ; pas tant que ça, mais tout de même un peu.

— Et vous, qu'est-ce qui vous amène ici ?

Elle voulait le faire parler.

— Je suis simplement venu voir le spectacle,
comme vous.

Pas question de lui révéler qu'il était le frère de
l'hypnotiseur, ça aurait amené d'autres questions.

— Vous aimez bien ce genre de spectacle ?

— C'est la première fois que j'en vois un.

— Moi aussi.

Elle sourit à nouveau, cette fois avec un air de
connivence ; ça leur faisait un point commun.

Dieu merci, on baissa la lumière — du moins le
peu de lumière qu'il y avait — et un projecteur fut
braqué sur la scène. Quelqu'un vint présenter le spectacle. Sa voisine prit son sac à main et en sortit un
paquet de boules de gomme aux fruits. Déchirant
bruyamment le plastique, elle en proposa une à Rebus.

A sa grande surprise, Rebus passa un très bon
moment, et encore ce n'était rien comparé à sa voi-

146

sine. Celle-ci rigola à gorge déployée quand un volontaire du public, après avoir retiré son pantalon sur la scène, fit mine de nager dans les allées. D'autres cobayes suivirent : l'un se retrouva avec une faim de loup, un autre s'endormit, et une femme se prit pour une strip-teaseuse professionnelle.

Même s'il s'amusait beaucoup, Rebus commençait à piquer du nez — l'alcool, le manque de sommeil, la pénombre tiède de la salle. Il ne se réveilla qu'avec les applaudissements finaux. En nage dans son costume de scène étincelant, Michael salua comme si les applaudissements étaient une drogue pour lui, et revint même saluer une deuxième fois alors qu'une bonne partie du public s'était déjà levée. Il avait dit à son frère qu'il devait rentrer chez lui rapidement, qu'il n'aurait pas le temps de le voir après la représentation mais l'appellerait pour avoir ses commentaires.

Et dire qu'il avait dormi une bonne partie du spectacle !

Cela dit, il se sentait requinqué et s'entendit accepter quand sa voisine parfumée lui proposa d'aller boire « un dernier verre pour la route » dans un bar du quartier. Ils quittèrent la salle bras dessus, bras dessous, en plaisantant. Rebus se sentait détendu, comme un gamin. En fait, cette femme le traitait comme son fils. Et ça ne lui déplaisait pas trop de se faire dorloter. Un dernier verre et retour au bercail. Juste un verre.

Jim Stevens les observa qui quittaient l'ancien cinéma. Vraiment de plus en plus bizarre. Voilà que Rebus ignorait son frère, et il était maintenant accompagné d'une femme. A quoi cela rimait-il ? Une chose était certaine : Gill serait mise au courant, en temps voulu. Souriant, Stevens ajouta cet épisode à sa petite collection personnelle. Jusqu'à présent, la soirée avait été fructueuse.

A quel moment de la soirée la tendresse maternelle avait-elle cédé le pas à quelque chose de plus charnel ? Dans le pub, peut-être, quand elle lui avait enfoncé ses doigts rougeauds dans la cuisse. Dehors, où l'air avait fraîchi, quand il lui avait passé les bras autour du cou pour l'embrasser maladroitement. Ici, dans son appartement qui sentait le renfermé et conservait l'odeur du défunt mari, où Rebus et elle étaient en train de se rouler une pelle, allongés sur un vieux canapé.

Peu importe. Il est trop tard pour regretter quoi que ce soit, ou trop tôt. Il la suit donc d'un pas trébuchant jusqu'à la chambre. Il s'effondre sur l'énorme lit, un matelas rebondissant recouvert de couvre-pieds et d'épaisses couvertures. Il la regarde se déshabiller dans le noir. Le lit lui rappelle le sien, quand il était petit, quand il n'avait qu'une bouillotte pour repousser le froid, et des montagnes de couvertures sales et d'édredons élimés. Lourds et suffocants, à vous épuiser.

Peu importe.

Ne trouvant rien pour lui plaire dans ce corps pesant, Rebus se força à prendre les choses de façon abstraite. Ses mains posées sur les seins longuement suçotés lui rappelaient certaines fins de soirées avec Rhona. Elle avait de gros mollets, contrairement à Gill, et la vie lui avait usé le visage. Mais c'était malgré tout une femme, qui se trouvait là avec lui. Alors il la réduisit de son mieux en une chose abstraite et tenta de les satisfaire tous les deux. Mais la literie était d'une lourdeur trop oppressante. Il se sentait pris en cage, tout petit, isolé du monde. Il lutta contre ce sentiment, contre le souvenir de Gordon Reeve et lui, assis dans leur cellule, mis à l'isolement, cernés par les cris d'autres prisonniers, mais tenant bon jusqu'au bout, enfin réunis. Ils avaient gagné. Et perdu. Tout perdu. Son cœur battait au rythme des grognements de la femme, qui paraissaient maintenant assez lointains. Une première vague de révulsion absolue le frappa en plein ventre comme une matraque, et ses mains encerclèrent la gorge souple qui s'offrait sous lui. Les gémissements avaient maintenant quelque chose d'inhumain, perçants comme des cris de chat. Ses mains se resserrèrent un peu, les doigts trouvant une bonne prise sur les draps et la peau...

On l'avait enfermé à double tour et on avait jeté la clé. On l'avait précipité vers sa mort et empoisonné, il n'aurait pas dû être encore en vie. Il aurait dû mourir à l'époque, dans cette cellule infecte et puante, avec les séances d'arrosage, les interrogatoires à n'en plus finir. Mais il avait survécu. Survécu. Et il était sur le point de jouir.

Lui seul, tout seul...
et les cris,
les cris....

Rebus prit conscience du gargouillis étranglé juste avant de disjoncter. Il s'effondra sur la silhouette à moitié asphyxiée et perdit connaissance. Comme si quelqu'un venait d'appuyer sur l'interrupteur.

Chapitre 16

Ça ressemblait beaucoup à cette chambre d'hôpital où il s'était réveillé après son coup de déprime, il y avait tant d'années. Des bruits étouffés lui parvenaient de l'extérieur. Il s'assit. Quel mal de crâne ! Que s'était-il passé ? Nom d'un chien, cette femme... cette pauvre femme ! Il avait essayé de la tuer. Il avait trop bu, beaucoup trop. Mon Dieu, il avait voulu l'étrangler, c'est ça... Bon sang, mais qu'est-ce qui l'avait poussé à faire une chose pareille ?

Un médecin entra dans la chambre.

— Ah ! Monsieur Rebus, vous êtes réveillé. C'est bien. Nous allons vous transférer en salle commune. Comment vous sentez-vous ?

Il lui prit le pouls.

— Un simple cas de surmenage, à notre avis. Un peu de fatigue intellectuelle, c'est tout. Votre amie qui a fait venir l'ambulance...

— Mon amie ?

— Oui. Elle a dit que vous vous étiez évanoui. Et d'après vos patrons, vous avez travaillé très dur pour traquer cet horrible meurtrier. Un peu de surmenage, c'est tout. Ce qu'il vous faut, c'est une coupure.

— Où est... mon amie ?

— Aucune idée. Chez elle, j'imagine.

— Et d'après elle... je me suis simplement évanoui ?

— C'est exact.

Rebus se sentit envahi par une vague de soulagement. Comme ça, elle ne leur avait rien dit, rien. Le martèlement recommença dans son crâne. Les poignets du médecin étaient velus et bien savonnés. Le sourire aux lèvres, il plaça un thermomètre dans la bouche de Rebus. Savait-il ce que Rebus était en train de faire avant de tomber dans les pommes ? A moins que son « amie » ne l'ait rhabillé avant d'appeler l'ambulance.

Il devrait reprendre contact avec cette femme. Il n'avait qu'une vague idée d'où elle habitait, mais les ambulanciers le sauraient et il n'aurait qu'à les interroger.

Du surmenage. Rebus ne se sentait pas du tout surmené. Il se sentait même reposé et, quoique légèrement déstabilisé, pas du tout angoissé par la vie. Lui avait-on refilé un calmant pendant qu'il dormait ?

— C'est possible d'avoir un journal ? bafouilla-t-il, gêné par le thermomètre.

— Je vais demander à un aide-soignant d'aller vous en chercher un. Souhaitez-vous qu'on prévienne quelqu'un ? Un parent, un ami ?

Rebus songea à Michael.

— Non, répondit-il. Il n'y a personne à prévenir. Je veux juste un journal.

— Pas de problème.

On retira le thermomètre et on nota la température.

— Vous comptez me garder longtemps ?

— Deux ou trois jours. Je vais peut-être vous faire voir par un psychiatre.

— Laissez tomber le psy. J'ai surtout besoin de quelques bouquins.

— On va voir ce qu'on peut faire.

Rebus se rallongea, résigné à prendre son mal en patience. Après tout, il pouvait bien rester couché ici, à se reposer même s'il n'en avait pas besoin. Le reste de la clique n'avait qu'à se farcir l'enquête. Qu'ils aillent tous se faire foutre ! Anderson, Wallace, et même Gill Templer. Soudain, il se souvint de ses mains autour de cette gorge flétrie, et frissonna. C'était comme si son esprit ne lui appartenait plus. Avait-il été sur le point de tuer cette femme ? Voir un psy ne serait peut-être pas une mauvaise idée... Avec toutes ces questions, son mal de tête ne faisait qu'empirer. Il essaya de se vider complètement l'esprit, mais trois silhouettes lui apparaissaient sans cesse — son vieil ami Gordon Reeve, sa maîtresse Gill Templer et la femme avec qui il l'avait trompée, et qu'il avait failli étrangler. Tous trois dansaient dans sa tête. La danse finit par s'estomper et il s'endormit.

— John !

Elle se précipita vers son lit, tenant à la main des fruits et du jus multivitaminé. Elle s'était maquillée et portait une tenue strictement week-end. Il sentit son parfum français et laissa traîner son regard sur le décolleté de son chemisier en soie. Il se sentait un peu coupable.

— Bonjour, inspecteur Templer, dit-il en soulevant un coin du drap. Prenez place !

Elle piqua un fou rire et approcha une chaise d'allure sévère.

D'autres visiteurs arrivaient dans la salle, avec des sourires et des voix feutrées qui fleuraient la maladie. Pour sa part, Rebus ne se sentait pas du tout malade.

— Comment ça va, John ?

— Terriblement mal. Qu'est-ce que tu m'as apporté ?

— Du raisin, des bananes, du jus d'orange. Rien de très original.

Rebus arracha un grain de raisin qu'il goba, posant le roman de gare qu'il s'évertuait péniblement à lire.

— Vraiment, inspecteur... dit-il en secouant la tête d'un air las. C'est fou ce que je suis obligé de faire pour avoir le plaisir de vous voir.

Le sourire de Gill n'avait rien de tranquille.

— Je me suis fait du souci pour toi, John. Qu'est-ce qui t'est arrivé ?

— Je me suis évanoui. Chez des amis, d'après ce qu'on m'a dit. Rien de très grave, il me reste encore quelques semaines à vivre.

Gill lui sourit tendrement.

— Les médecins disent que c'est le surmenage... (Elle se tut.) Qu'est-ce qui te prend de m'appeler inspecteur ?

Rebus haussa les épaules, puis prit l'air boudeur. Sa culpabilité se mêlait à l'affront que Gill lui avait fait subir, cet affront qui avait tout enclenché. Il reprit son rôle de patient, s'appuyant faiblement contre son oreiller.

— Je suis très malade, Gill. Trop malade pour répondre à tes questions.

— Dans ce cas, autant que je garde les cigarettes que Jack Morton m'a passées pour toi.

Il se rassit aussi sec.

— Le saint homme !

Elle sortit deux paquets de la poche de son blouson et les cacha sous les draps. Rebus lui prit la main.

— Tu m'as manqué, Gill.

Elle sourit et ne chercha pas à retirer sa main.

La police n'étant pas tenue par les horaires de visite, Gill put rester deux bonnes heures. Elle lui parla de son passé, l'interrogea sur le sien. Elle était née sur une base aérienne dans le Wilshire, juste après la guerre. Elle expliqua à Rebus que son père était ingénieur dans la Royal Air Force.

— Mon père était dans l'armée de terre pendant la guerre, lui raconta Rebus. J'ai été conçu pendant une de ses dernières permissions. A la ville, il gagnait sa vie en montant des spectacles d'hypnose.

D'habitude ce détail faisait dresser les sourcils, mais pas avec Gill Templer.

— Il se produisait dans les music-halls et les théâtres. L'été, il faisait des tournées à Blackpool, à Ayr, ce genre de villes balnéaires. Grâce à ça, on passait toujours nos vacances ailleurs que dans le Fife.

Gill l'écoutait, la tête penchée sur le côté, ravie qu'on lui raconte une histoire. La salle était silencieuse maintenant que les autres visiteurs étaient partis au signal de la cloche. Une infirmière poussait un chariot avec une énorme théière cabossée. Gill eut droit à une tasse, et l'infirmière lui adressa un sourire complice.

— Elle est sympa, cette petite infirmière, dit Rebus qui se sentait détendu.

Il avait reçu deux comprimés, un bleu et un marron. Ça lui donnait envie de dormir.

— Elle me rappelle une fille que j'ai connue quand j'étais dans les paras.

— Tu es resté combien de temps dans les paras, John ?

— Six ans... non, en fait huit.

— Qu'est-ce qui t'a poussé à partir ?

Qu'est-ce qui l'avait poussé à partir ? Rhona lui posait sans arrêt cette question, sa curiosité piquée par le sentiment qu'il cachait un secret, quelque monstrueux squelette au fond du placard.

— En fait, je ne sais pas trop. Ça fait si longtemps, j'ai du mal à me souvenir. J'ai été sélectionné pour une formation spéciale mais ça ne m'a pas plu.

Et c'était la vérité. Cette formation, il préférait l'oublier : la puanteur de la trouille et de la méfiance, les cris, ces cris qui hantaient sa mémoire. *Laissez-moi sortir !* L'écho de la solitude...

— Bon, dit Gill. Je crois me souvenir que j'ai une enquête qui m'attend au camp de base.

— Au fait, dit Rebus, je crois bien que j'ai aperçu ton copain journaliste, hier soir. Stevens, c'est ça ? Il était dans le même pub que moi. Bizarre.

— Pas tant que ça. C'est son terrain de chasse habituel. C'est drôle, mais par certains côtés il te ressemble. En moins sexy, tout de même.

Elle sourit et quitta sa chaise métallique pour lui faire la bise.

— J'essayerai de repasser avant que tu sortes, ajouta-t-elle. Mais vous savez comment c'est, inspecteur adjoint Rebus, je ne promets rien.

Debout, elle était plus grande que dans son souvenir. Elle se pencha pour l'embrasser de nouveau, cette fois sur la bouche, et ses cheveux lui tombèrent sur le visage. Il fixa le creux sombre entre ses seins.

Il se sentait un peu fatigué. Il se força à garder les yeux ouverts tandis qu'elle s'éloignait, ses talons claquant sur le carrelage alors que les infirmières semblaient flotter comme des anges avec leurs chaussures à semelles de caoutchouc. Il se redressa pour admirer ses jambes. Elle avait de jolies jambes, ça il ne l'avait pas oublié. Il les revoyait serrées autour de ses flancs, les pieds posés sur ses fesses. Il revoyait les cheveux de Gill déployés sur l'oreiller comme un paysage marin à la Turner. Il se souvenait de sa voix lui susurrant à l'oreille : Oh oui, John... Oui, John... Oui... Oui... Oui...

Pourquoi as-tu quitté l'armée ?

Se retournant, elle devint la femme aux cris étouffés, et lui qui jouissait...

Pourquoi, John ?

Oh... Oh... Oh... Oh...

Oh, oui, le refuge des rêves.

Chapitre 17

Les rédacteurs en chef se félicitaient des effets que l'Etrangleur d'Edimbourg avait sur leurs tirages. Un tel sujet, qui semblait grossir comme un organisme vivant soigneusement nourri, était fait pour leur plaire. Pour le meurtre de Nicola Turner, le mode opératoire avait très légèrement varié. Cette fois, l'assassin avait apparemment fait un nœud sur la corde avant d'étrangler sa victime. Le nœud avait laissé un bleu sur le cou. La police n'y attachait pas grande importance. On avait trop à faire avec les Ford Escort bleues pour se soucier d'un détail technique. Les policiers étaient sur le terrain pour vérifier toutes les Ford Escort bleues de la région, interrogeant chaque propriétaire et chaque conducteur.

Gill Templer avait communiqué le signalement du véhicule à la presse, dans l'espoir de faire réagir le public. La réaction ne se fit pas attendre : les voisins se dénonçaient entre eux, les pères dénonçaient leurs fils, les femmes leur mari et vice-versa. On avait plus de deux cents Escort bleues à vérifier, et si cela ne donnait rien on ferait une deuxième vérification, avant de passer aux Ford Escort d'autres coloris ou à d'autres modèles de berlines familiales bleu ciel. Cela risquait de prendre des mois, plusieurs semaines au bas mot.

Ayant reçu une nouvelle liste photocopiée, Jack Morton avait consulté son médecin pour ses pieds enflés. Celui-ci lui avait expliqué qu'il marchait trop, et avec de mauvaises chaussures qui ne lui soutenaient pas assez la voûte plantaire. Jack Morton le savait déjà. Il avait interrogé tellement de témoins que tout ça se mélangeait. Les gens se ressemblaient tous — ils étaient tous nerveux, respectueux et innocents. Si seulement l'Etrangleur avait pu commettre une erreur... On ne tenait pas un indice qui vaille. Morton subodorait que cette histoire de bagnole était une fausse piste. Pas le moindre indice. Il se souvint des lettres anonymes de John Rebus. *Il y a des indices partout.* Etait-ce le cas pour cette enquête ? Les indices étaient-ils trop gros pour qu'on les remarque, ou trop abstraits ? En tout cas, rares étaient les affaires criminelles — vraiment très rares — qui n'aient pas un bel indice traînant quelque part et ne demandant qu'à être trouvé. Mais Jack Morton ne savait fichtre où, et s'était donc rendu chez son médecin, espérant un peu de compassion et quelques jours d'arrêt. Ce veinard de Rebus s'était encore débrouillé pour tirer son épingle du jeu ! Il l'enviait bien d'être tombé malade.

Morton se gara devant la bibliothèque, à une place interdite, et entra d'un pas nonchalant. Le grand hall d'entrée lui rappela l'époque où il venait ici seul, les bras chargés de livres illustrés qu'il empruntait à la section jeunesse. Il se demanda si elle était toujours située au sous-sol. Sa mère lui donnait de quoi payer le bus et il venait en ville, sous prétexte de rendre les livres empruntés, mais surtout pour flâner une ou deux heures dans les rues, savourant cette liberté réservée aux grandes personnes. Il s'amusait à suivre des touristes américains, avec leur dégaine pleine d'assurance et leur tour de taille aussi rebondi que leur portefeuille. Il les observait qui prenaient en photo la statue de Bobby[1] en face de l'église de Greyfriars. Lui-même avait observé longuement la statue du petit chien, sans rien éprouver. Il avait beaucoup lu sur les Covenanters[2], Deacon Brodie et les exécutions publiques sur High Street, et s'était dit qu'il vivait dans une bien étrange ville, dans un bien étrange pays. Il secoua la tête, ayant passé l'âge des rêvasseries, et se dirigea vers l'accueil.

— Bonjour, monsieur Morton.

Il se retourna et découvrit une gamine — presque une jeune fille, à vrai dire — qui se tenait devant lui, serrant un livre contre sa petite poitrine. Il plissa le front.

— C'est moi... Samantha Rebus.

Il écarquilla les yeux.

— Ça alors, mais oui ! Eh bien, eh bien... T'as sacrément grandi depuis la dernière fois. Enfin, ça doit bien faire un ou deux ans. Comment ça va ?

— Bien, merci. Je suis avec ma mère. Vous êtes ici pour une enquête ?

— Oui, si on peut dire.

1. Illustre skye-terrier qui veilla sur la tombe de son défunt maître durant quatorze ans, ce qui lui valut d'avoir sa statue érigée dans le cimetière. *(NdT)*
2. Mouvement d'opposition à l'Eglise anglicane de la deuxième moitié du XVIIe siècle. *(NdT)*

La petite avait un de ces regards brûlants qui plongeaient en vous. Il n'y avait pas à dire, elle avait bien les yeux de son père. Rebus avait laissé son empreinte.

— Comment va papa ?

Dire la vérité ou la taire... Pourquoi ne pas lui dire ? D'un autre côté, était-ce à lui de la mettre au courant ?

— Il va bien, autant que je sache.

La vérité à soixante-dix pour cent.

— Moi, je vais à la section ado. Maman est aux ouvrages de référence, mais là-bas c'est mortel !

— Je t'accompagne, c'est justement là que je vais.

Elle lui sourit, ravie par quelque chose qui venait de traverser son cerveau d'adolescente, et Jack Morton se fit la réflexion que, tout compte fait, elle ne ressemblait pas du tout à son père. Elle était beaucoup trop aimable et polie.

Une quatrième fillette avait disparu. L'issue paraissait entendue. Aucun bookmaker n'aurait accepté le moindre pari.

— Il nous faut être particulièrement vigilants, déclara Anderson avec détermination. Des forces supplémentaires ont été réquisitionnées dès ce soir. N'oubliez pas une chose...

Les policiers présents avaient tous le regard vide et l'air démoralisé.

— ... si jamais il tue cette victime, il cherchera à se débarrasser du cadavre et si l'un de nos hommes ou quelqu'un dans la population arrive à le surprendre en train de le faire, alors nous le tenons, une seule fois suffit !

Anderson frappa son poing dans sa paume. Personne ne semblait trouver ça encourageant. Jusqu'ici, l'Etrangleur avait réussi à balancer trois cadavres dans différents quartiers de la ville — Oxgangs, Haymarket et Colinton. Malgré tous les efforts, la police ne pouvait pas être partout, même si les gens en avaient l'impression ces derniers temps.

— Encore une fois, poursuivit le commissaire en consultant son dossier, cet enlèvement n'a pas l'air d'avoir grand-chose en commun avec les précédents. La victime s'appelle Helen Abbot. Elle a huit ans... vous noterez qu'elle est un peu plus jeune que les autres. Des cheveux châtain clair mi-longs. Aperçue pour la dernière fois dans un magasin de Princes Street en compagnie de sa mère. Selon la mère, sa fille se serait volatilisée. Un instant elle était là et l'autre elle avait disparu, comme pour la deuxième victime.

En y repensant un peu plus tard, Gill Templer trouva ça curieux. C'était impossible qu'on ait enlevé ces deux filles directement dans le magasin. Il y aurait forcément eu des cris, des témoins. Une personne avait contacté la police et déclaré avoir aperçu quelqu'un ressemblant à Mary Andrews, la deuxième victime, en train de gravir les marches qui allaient de la National Gallery vers le quartier du Mound. Elle était seule et avait l'air tout à fait tranquille. Auquel cas, supposait Gill, la fillette avait volontairement faussé compagnie à sa mère. Mais pourquoi ? Pour se rendre à un rendez-vous secret ? Avec son assassin ? Dans ce cas, il semblait probable que toutes les victimes connaissaient le meurtrier. Elles avaient donc forcément quelque chose en commun. Ce n'était ni l'école, ni les amis, ni l'âge. Quel pouvait être le dénominateur commun ?

Elle s'avoua vaincue quand elle sentit pointer la migraine. De toute façon, elle était arrivée dans la rue de John et pensa à autre chose. Il lui avait demandé de passer prendre le courrier et des vêtements propres pour sa sortie, et de vérifier si le chauffage marchait bien. Il lui avait confié sa clé et tandis qu'elle montait l'escalier, en serrant fort le nez à cause de l'épouvantable odeur de pipi de chat, Gill sentit qu'un lien particulier les unissait, John Rebus et elle. Elle se demanda si leur relation était en passe de devenir sérieuse. C'était un type bien, mais un rien obsessionnel, un peu trop secret. C'était peut-être ce qu'elle aimait chez lui.

Elle ouvrit la porte, ramassa les quelques lettres éparpillées sur le tapis du vestibule et fit rapidement le tour de l'appartement.

Sur le seuil de la chambre, elle se souvint de leur nuit passionnée, dont l'air semblait encore imprégné. La veilleuse du chauffage n'était pas éteinte ; voilà qui l'étonnerait. Tous ces livres, c'était surprenant... C'est vrai que son ex-femme était prof. Elle en ramassa quelques-uns pour les ranger sur des étagères vides. Dans la cuisine, elle se prépara un café noir et s'assit pour le boire en parcourant le courrier. Une facture, un prospectus et une lettre avec l'adresse tapée à la machine, postée d'Edimbourg trois jours auparavant. Elle fourra le tout dans son sac et alla jeter un coup d'œil aux habits. Au passage, elle nota que la chambre

162

de Samantha restait fermée à clé. Des souvenirs tenus soigneusement à l'écart. Pauvre John.

Jim Stevens était débordé. Décidément, avec cet Etrangleur d'Edimbourg on en avait toujours sous la dent. Impossible d'ignorer ce salaud, même quand on avait mieux à faire. Stevens avait une équipe de trois journalistes pour les reportages au quotidien et les enquêtes spéciales. « L'enfance maltraitée en Grande-Bretagne aujourd'hui » était au menu de l'édition du lendemain. Des statistiques terrifiantes, mais le compte à rebours l'était encore plus, l'attente du prochain cadavre, de la prochaine disparition. Edimbourg était devenue une ville fantôme. On enfermait les gosses à double tour. Ceux qui avaient le droit de sortir détalaient comme des bêtes traquées. Stevens aurait volontiers creusé cette affaire de trafic de drogue, avec les preuves qui s'accumulaient et l'éventuelle implication de la police. Il ne demandait pas mieux, mais n'avait tout simplement pas le temps. Il avait Tom Jameson sur le dos à longueur de journée. Le rédacteur en chef débarquait dans son bureau à tout bout de champ en bougonnant. On le voit quand cet article, Jim ? S'agirait de mériter un peu son salaire. A quand le prochain briefing, Jim ? Jim Stevens terminait ses journées sur les rotules. Il décida de mettre sous le coude son enquête sur Rebus. Ce qui était franchement dommage. La police étant entièrement mobilisée par les meurtres des gamines, ça laissait le terrain libre pour tous les autres criminels, notamment les dealers. La mafia d'Edimbourg devait s'en donner à cœur joie. Stevens s'était servi du tuyau sur le bordel de Leith, espérant récupérer quelques infos en retour, mais les gros caïds ne semblaient pas vouloir donner suite. Qu'ils aillent se faire foutre ! Il attendrait son heure.

Quand elle arriva dans la salle, Rebus était plongé dans la lecture d'une Bible prêtée par l'hôpital. En apprenant sa demande, la religieuse lui avait proposé de voir un prêtre ou un pasteur, mais il avait vigoureusement décliné l'offre. Il se contentait amplement de feuilleter les meilleurs passages de l'Ancien Testament, de se remettre en mémoire toute leur puissance et leur force morale. Il relut les histoires de Moïse, Samson et David, avant d'en arriver au Livre de Job. La force de ce texte le frappa comme jamais auparavant :

Quand un innocent meurt soudain, Dieu rit.
Dieu a confié le monde aux méchants.
Il a rendu tous les juges aveugles,
Et si ce n'est point Dieu, qui est-ce ?

Si je souris et que j'essaye d'oublier ma douleur,
Toutes mes souffrances reviennent me hanter ;
Je sais que Dieu me tient pour coupable.
Si je suis coupable, que m'importe ?
Aucun savon ne saurait laver mes péchés.

Rebus sentit un frisson parcourir sa colonne vertébrale, alors qu'il régnait une chaleur étouffante dans la salle et que sa gorge réclamait de l'eau. Tandis qu'il se versait un peu de flotte tiédasse dans un gobelet en plastique, il aperçut Gill qui s'approchait, sur des

164

talons plus silencieux que précédemment. Elle était toute souriante, apportant un peu de joie dans cette salle. Quelques patients de sexe masculin se rincèrent l'œil. Rebus se sentit soudain tout content de quitter cet endroit. Il posa la Bible et accueillit Gill avec un baiser dans le cou.

— Qu'est-ce que tu m'apportes là ?

Il lui prit le sac et vit qu'il contenait des habits de rechange.

— Tiens, je ne pensais pas que cette chemise était propre...

— Je te rassure, elle ne l'était pas ! s'esclaffa-t-elle en approchant une chaise. Tout était sale. J'ai dû faire la lessive et repasser tous tes habits. Ça devenait un danger sanitaire !

— T'es un ange, dit-il en posant le sac sur le côté.

— Parlant d'anges, tu lisais quoi dans le Livre saint ? demanda-t-elle en tapotant la reliure rouge en similicuir.

— Pas grand-chose. Le Livre de Job, si tu veux savoir. Je l'avais déjà lu il y a très longtemps. Mais, là, je trouve ça beaucoup plus terrifiant. Un homme pris par le doute qui invective son Dieu, exige une réponse et l'obtient. A un moment, il dit « Dieu a confié le monde aux méchants » et plus loin « Que m'importe ? ».

— Ça m'a l'air intéressant. Et malgré tout, il ne perd pas la foi ?

— Non. C'est ça le plus incroyable.

L'heure du thé arriva. La jeune infirmière proposa une tasse à Gill, et leur donna une assiette de biscuits.

— Je t'ai apporté ton courrier, et voici ta clé.

165

Elle lui tendit la petite clé mais il fit non de la tête.

— Garde-la, dit-il. Je t'en prie. J'en ai une autre en réserve.

Ils se dévisagèrent.

— Bon, finit par dire Gill. D'accord. Merci.

Sur ce, elle lui remit les trois lettres auxquelles il jeta un rapide coup d'œil.

— Je vois que maintenant on me les envoie par la poste, dit-il en déchirant la nouvelle missive. Un type qui me harcèle. Je l'ai surnommé Mister Knot. Un petit plaisantin rien que pour moi tout seul.

Cette nouvelle lettre était plus longue que les précédentes. Rebus la lut et Gill parut intriguée.

Tu n'as toujours pas deviné, hein ? Tu n'as pas la moindre idée, aucune idée dans le crâne. Et maintenant on touche au but. C'est presque terminé. Ne viens pas dire que je ne t'ai pas donné ta chance, tu ne peux pas dire ça.

Signé

Rebus sortit de l'enveloppe une petite croix faite avec deux allumettes.

— Ah, je vois qu'aujourd'hui on a affaire à Mister Cross[1]. Tant mieux si c'est bientôt terminé ! Il doit se lasser.

— Qu'est-ce que c'est que cette histoire, John ?

— Je ne t'ai pas parlé de mes lettres anonymes ? C'est pas très passionnant.

— Ça fait combien de temps que ça dure ?

Gill, qui avait jeté un coup d'œil à la lettre, inspectait maintenant l'enveloppe.

---

1. Cross signifie « croix » en anglais. *(NdT)*

— Six semaines, peut-être un peu plus. Pourquoi ?

— Eh bien, c'est juste que cette lettre a été postée le jour de la disparition d'Helen Abbot.

— Ah bon ?

Rebus prit l'enveloppe et examina le cachet de la poste. « Edimbourg, Lothian, Fife, Borders » y était inscrit. Assez vaste, comme zone. Une nouvelle fois, le nom de Michael lui vint à l'esprit.

— Tu ne te souviens pas des dates où tu as reçu les autres lettres ?

— Où est-ce que tu veux en venir, Gill ?

Il releva les yeux et vit soudain un regard de flic braqué sur lui.

— Nom d'un chien, Gill, cette affaire commence à nous peser sur le système. On en est tous rendus à voir des fantômes.

— Ça m'intrigue, c'est tout.

Elle relut la lettre. Ce n'était ni le propos ni le style habituel des canulars. C'était ça qui l'inquiétait. Et maintenant que Rebus y réfléchissait, les lettres semblaient bien lui être parvenues à peu près au moment de chaque enlèvement. Y avait-il un lien, là sous son nez depuis le début ? C'était ce qu'on appelait être myope comme une taupe, porter des œillères de cheval de trait. Soit ça, soit il s'agissait d'une monstrueuse coïncidence.

— C'est rien qu'une coïncidence, Gill.

— Alors dis-moi quand tu as reçu les autres lettres.

— Je ne m'en souviens pas...

Elle se pencha au-dessus de lui. Derrière les verres, ses yeux étaient énormes.

— Tu ne serais pas en train de me cacher quelque chose ? demanda-t-elle d'un ton calme.

— Non ! ! !

Tous les regards de la salle se tournèrent vers lui et il rougit.

— Non... répéta-t-il en chuchotant. Je ne te cache rien. En tout cas...

Comment en être certain ? Tant d'arrestations au fil des ans, tant de procès-verbaux, tant d'ennemis oubliés. Tout de même, de là à croire que l'un d'entre eux le tourmente ainsi. Non, tout de même...

Avec du papier, un crayon et un gros effort de mémoire de sa part, ils passèrent en revue chacune des lettres — date d'arrivée, contenu, mode de remise. Gill retira ses lunettes, se frotta les yeux et soupira.

— C'est trop gros pour être une coïncidence, John.

Et il savait qu'elle avait raison. Tout au fond de lui, il savait que les choses n'étaient jamais ce qu'elles paraissaient, que rien n'était arbitraire.

— Gill, finit-il par dire en rabattant les draps, je n'ai plus rien à faire ici.

Dans la voiture, elle chercha à le faire parler, le cuisina sans ménagements. Qui aurait pu faire ça ? Quel était le lien ? Pourquoi ?

— Qu'est-ce que c'est que ce cirque ? s'emporta-t-il. Tu me soupçonnes ou quoi ?

Elle le fixa droit dans les yeux, essayant de percer à travers son regard pour croquer un bout de la vérité qui se trouvait derrière. Elle était policière dans l'âme, et un bon policier ne fait confiance à personne. Elle le dévisageait comme un écolier puni qui n'a pas craché le morceau, qui a encore quelques péchés à confesser. Confesser, rien que ça !

Gill savait que tout ça n'était qu'une intuition sans fondement. Pourtant elle sentait quelque chose, caché peut-être derrière ce regard fiévreux. Au cours de sa carrière, elle en avait vu d'autres. Dans la police, on n'est jamais au bout de ses surprises. La vérité dépasse toujours la fiction, et personne n'est jamais totalement innocent. Cette mine coupable que prend n'importe qui dès qu'on l'interroge. Tout le monde a quelque chose à cacher. Mais la plupart du temps ce ne sont que des broutilles, et enfouies sous le poids des ans. Seule la Police de la Pensée pourrait déterrer ces crimes-là. Mais John... Que John Rebus soit tout compte fait impliqué dans ce bazar... C'était trop absurde pour être envisagé.

— Bien sûr que non, dit-elle. Tu n'es pas suspect, John. Mais ça pourrait avoir son importance, non ?

— On va laisser Anderson en décider, dit-il.

Il tremblait toujours mais resta silencieux.

Soudain, une pensée traversa l'esprit de Gill : et s'il s'était envoyé les lettres à lui-même ?

Chapitre 18

Ses bras lui faisaient mal et, en baissant le regard, il vit que la gosse ne se débattait plus. Ce moment finissait toujours par arriver, ce bonheur soudain quand vivre n'en valait plus la peine, et que le corps et l'esprit s'y résignaient. Un moment merveilleux et paisible, le plus détendu de toute une vie. Bien des années auparavant, lui-même avait fait une tentative de suicide et pu savourer ce moment. Sauf qu'à l'hôpital on lui avait fait subir un tas de trucs, et ensuite à la clinique. On lui avait redonné l'envie de vivre, et maintenant il s'acquittait de sa dette. Envers tous. Il ricana en pensant à l'ironie de la chose et retira le scotch de la bouche d'Helen Abbot, puis se servit des petits ciseaux pour couper délicatement ses liens. Il sortit de la poche de son pantalon un petit appareil photo bien pratique et prit un nouveau cliché de la fillette. Une sorte de relique. Si jamais il se faisait pincer, il passerait un sale quart d'heure. Mais on ne pourrait pas lui coller une étiquette de maniaque sexuel. Ça n'avait rien à voir avec le sexe. Ces filles n'étaient que des pions, désignées par le hasard de leur nom. La prochaine, qui serait la dernière, était la seule qui comptait vraiment. Et il se chargerait d'elle dès aujourd'hui, si possible. Il eut un nouveau ricanement. Ce jeu valait largement une partie de morpion. De toute manière, il gagnait à tous les coups.

un froissement imperceptible, sur un tissu rayé, par
pointe de Crayons. [...]oucodien uno sec [...] nooign
E [...]ouod o [...]oudisbud [...]

Chapitre 19

Le commissaire William Anderson adorait les sensations que procure la traque, la lutte entre l'instinct
et l'enquête besogneuse. Il aimait aussi sentir le sou-
tien de ses troupes derrière lui. Dispenser les ordres,
la stratégie, la sagesse, c'était là son élément.

Inutile de dire qu'il aurait préféré avoir déjà serré
l'Etrangleur ; il n'était quand même pas sadique. La
loi devait l'emporter. Malgré tout, plus ce genre
d'enquête durait et plus forte devenait la sensation de
toucher au but. Savourer ce plaisir prolongé était une
des gratifications du pouvoir.

L'Etrangleur commettait quelques erreurs, et pour
l'instant Anderson s'en contentait. La Ford Escort
bleue, et maintenant cette thèse intéressante selon
laquelle l'assassin était ou avait été militaire, à cause
du nœud fait au garrot. Ces menus indices finiraient
par donner un nom, une adresse et une arrestation. Et
pour l'assaut final, Anderson conduirait ses troupes,
moralement et physiquement. Il aurait droit à son
interview télévisée, à sa photo dans le journal — toujours très flatteur pour quelqu'un d'aussi photogénique
que lui. Oui, la victoire promettait d'être savoureuse.
A moins, bien entendu, que l'Etrangleur ne disparaisse
dans la nuit, comme tant d'autres avant lui. C'était

hors de question, rien que d'y penser il avait les jambes qui mollissaient comme du carton-pâte.

Rebus ne lui était pas antipathique, pas franchement. Rien à dire sur ses qualités de flic, même si ses méthodes étaient peut-être un peu excentriques. D'après ce qu'il savait, Rebus avait subi un sacré coup dur dans sa vie privée. On lui avait en effet raconté que son vaurien de fils, avec qui il avait coupé tous les ponts, vivait avec l'ex-femme de Rebus. Autant ne pas y penser. Quand Andy avait quitté le domicile familial en claquant la porte, il était pour ainsi dire sorti de la vie de son père. Comment s'imaginer de nos jours qu'on allait consacrer sa vie à la poésie ? C'était du dernier ridicule ! Et maintenant, voilà qu'il se mettait en ménage avec l'ex-femme de Rebus... Non, ce Rebus ne lui déplaisait pas. Mais, en le voyant approcher avec la très mignonne chargée des Relations Presse, Anderson sentit son estomac se contracter. Il s'appuya contre le rebord d'un bureau ; le policier qui l'occupait s'était absenté le temps de sa pause.

— Ravi de vous retrouver parmi nous, John. Vous vous sentez d'attaque ?

Anderson lui tendit vivement la main ; pris de court, Rebus ne put que tendre la sienne.

— Ça va, commissaire.

— Commissaire, intervint Gill, serait-il possible de vous parler ? Il y a du nouveau.

— Mettons plutôt qu'il se pourrait qu'il y ait du nouveau, corrigea Rebus en jetant un coup d'œil à Gill.

Anderson les dévisagea à tour de rôle.

— Allons dans mon bureau.

Gill exposa à Anderson la situation telle qu'elle la voyait. L'air d'un grand sage derrière son bureau, il l'écouta en adressant de temps à autre un regard à Rebus qui souriait avec contrition — un sourire qui semblait vouloir dire « Désolé de vous faire perdre votre temps ».

— Eh bien, Rebus, dit Anderson quand Gill eut terminé, vous en dites quoi ? Voyez-vous quelqu'un qui aurait une raison de vous mettre dans la confidence ? Je veux dire : se peut-il que l'Etrangleur vous connaisse ?

Rebus haussa les épaules avec le sourire, toujours le sourire.

Assis dans sa voiture, Jack Morton griffonna quelques notes sur sa fiche de compte rendu. Suspect vu et interrogé. Détendu, coopératif. Encore une impasse, aurait-il voulu ajouter. Encore une impasse à la con. Une contractuelle s'approchait, en essayant de l'intimider du regard. En soupirant, il posa la feuille et le stylo pour chercher sa carte de police. Il y a des jours...

Rhona Phillips enfila son imperméable ; on était fin mai et la pluie était figée dans le ciel comme sur la toile d'un peintre. Elle embrassa son poète d'amant aux cheveux bouclés, qui regardait la télé, et sortit de la maison, cherchant ses clés de voiture dans son sac. L'école n'était qu'à deux kilomètres, mais ces temps-ci elle passait prendre Sammy à la sortie. Elle l'accompagnait même à la bibliothèque pendant l'heure du déjeuner. Pas question de la laisser seule une seconde, de courir le moindre risque avec ce maniaque en liberté. Elle se précipita jusqu'à sa voiture, s'installa et claqua la portière. A Edimbourg, la pluie était digne du Jugement dernier. Elle imprégnait les os, les murs des immeubles et la mémoire des touristes. Elle s'attardait des jours entiers, martelait les flaques au bord des routes et provoquait des divorces — une présence glaciale, meurtrière et envahissante. La carte postale typique envoyée d'une pension de famille d'Edimbourg. « Edimbourg est ravissante, ses habitants un peu réservés. Hier j'ai visité le château et le monument à Walter Scott. En fait, on a l'impression d'être dans une ville moyenne, qui pourrait tenir dans New York sans qu'on s'en aperçoive. Question météo, ça pourrait être mieux. »

Ça pourrait être mieux... L'art de l'euphémisme ! Quelle pluie de chiotte ! Et comme par hasard, son jour de congé. Sans parler de cette dispute avec Andy. Maintenant il boudait, assis en tailleur dans son fauteuil. Il y a des jours... Et ce soir, elle avait les bulletins à remplir. On était enfin en période d'examens, et ce n'était pas trop tôt ! Les élèves s'étaient assagis. Les plus âgés étaient saisis de panique ou d'apathie à l'approche des examens, tandis que les plus jeunes devinaient l'avenir qui leur était promis sur le visage de leurs infortunés aînés. C'était une période intéressante dans l'année scolaire. Bientôt, ce serait au tour de Sammy d'avoir peur. Elle devait s'habituer à l'appeler Samantha, maintenant qu'elle allait devenir femme. Une autre source d'angoisse, pour les parents. L'adolescence et ses expérimentations en tous genres...

Il l'observa qui sortait de l'allée en marche arrière. Parfait. Il n'avait qu'à patienter un petit quart d'heure. Dès que la voiture eut disparu, il démarra et gara son Escort devant la maison. Il jeta un coup d'œil aux fenêtres — le petit ami de la mère devait être seul. Il descendit de sa voiture et se dirigea vers la porte d'entrée.

De retour au bureau des enquêteurs après leur entretien qui n'avait pas donné grand-chose, Rebus était loin de s'imaginer qu'Anderson était en train de le faire mettre sous filature. La salle faisait peur à voir — de la paperasse entassée un peu partout, un petit ordinateur posé dans un coin, les murs tapissés de mémos divers et variés, de tableaux de services et autres documents.

— J'ai un briefing, dit Gill. On se voit plus tard. Tu sais, John, je pense vraiment que tout ça est lié. Tu peux mettre ça sur le compte de l'intuition féminine, de l'instinct policier, ou Dieu sait quoi, mais prends-moi au sérieux. Réfléchis-y. Essaye de voir qui pourrait t'en vouloir.

Il opina du chef et la regarda s'éloigner. Elle avait droit à un bureau pour elle toute seule, dans une autre partie du bâtiment. Lui-même ne savait plus trop à quel bureau s'asseoir. Il parcourut la salle du regard. Quelque chose avait l'air changé, comme si on avait déplacé ou regroupé certains bureaux. Un téléphone sonna juste à côté de lui. D'autres policiers et des standardistes se trouvaient là, mais il décrocha, histoire de reprendre sa place au sein de l'enquête. En priant pour qu'il ne soit pas lui-même devenu le sujet de l'enquête. Savait-il seulement comment on priait ?

— Bureau des enquêteurs. Inspecteur adjoint Rebus à l'appareil.

— Rebus ? Quel nom curieux !

Une voix âgée mais pleine de vivacité. Cultivée, en tout cas.

— Rebus... répéta la voix comme si elle prenait le nom en note.

Rebus fixa le téléphone en dressant un sourcil.

— Vous vous appelez comment, cher monsieur ?

— Ah, oui... Michael Eiser. Cela s'écrit E-I-S-E-R. Professeur de littérature anglaise à l'université.

— Ah oui ? fit Rebus qui prit un crayon pour noter le nom. Que puis-je faire pour vous ?

— Eh bien, monsieur Rebus, il s'agirait plutôt de ce que je peux peut-être faire pour vous. Mais il se peut que je fasse fausse route, naturellement.

Rebus s'imaginait l'individu, à supposer que ce ne soit pas un canular. Ses cheveux frisottants, son nœud papillon, sa veste en tweed fripée, ses vieux souliers et ses gesticulations.

— Voyez-vous, je m'intéresse aux jeux de langage. D'ailleurs, je suis en train de rédiger un ouvrage sur la question. Il s'intitule *Lectures En Contexte, Textes Exigeant Une Relecture*. Vous avez compris le jeu de mots ? C'est un acrostiche. En accolant la première lettre de chaque mot, l'on obtient un nouveau mot — en l'espèce, le mot LECTEUR. C'est un jeu aussi ancien que l'histoire de la littérature. Mon ouvrage, cependant, se concentre sur ses manifestations plus récentes, chez des auteurs comme Nabokov ou Burgess. Bien entendu, les acrostiches ne sont qu'un des nombreux stratagèmes utilisés par l'auteur pour amuser, orienter ou persuader son public.

Rebus essaya de l'interrompre mais autant vouloir freiner un taureau. Il était condamné à l'écouter, en se demandant si ce n'était pas un canular de plus, s'il ne devait pas, à l'encontre des règles en vigueur, lui raccrocher au nez. Il y avait tellement plus urgent. Et ce fichu mal de crâne en haut de la nuque...

— Pour en venir au fait, monsieur Rebus, j'ai remarqué tout à fait par hasard que votre meurtrier semble obéir à une certaine logique dans le choix de ses victimes.

Rebus s'assit sur le bord du bureau. Il serra le crayon très fort, comme pour l'écrabouiller.

— Ah oui ?

— Oui. J'ai sous les yeux une feuille de papier avec le nom des victimes. Peut-être l'aurions-nous remarqué plus tôt, mais c'est seulement aujourd'hui que j'ai lu un article où les noms de ces pauvres filles étaient cités ensemble. Voyez-vous, d'habitude je lis le *Times*, mais ce matin impossible d'en trouver un exemplaire, alors j'ai acheté un autre journal, et je suis tombé dessus. Peut-être n'est-ce rien du tout, qu'une pure coïncidence, mais qui sait ? Je vous laisse en juger, messieurs, moi je me contente de vous soumettre cette suggestion.

Jack Morton arriva dans un nuage de fumée, aperçut Rebus et le salua d'un geste. Rebus lui fit signe de la tête. Jack avait l'air crevé, comme tout le monde.

Sauf lui, requinqué après cette période de repos et de détente, et il fallait qu'il se tape un cinglé au téléphone.

— Quelle suggestion au juste, professeur ?

— Vous ne voyez donc pas ? Voici les noms des victimes dans l'ordre : Sandra Adams, Mary Andrews, Nicola Turner et Helen Abbot.

Jack s'approcha d'un pas traînant.

— En acrostiche, poursuivit le professeur, ces noms en forment un autre. Samantha. Peut-être la prochaine victime de votre assassin. A moins qu'il ne s'agisse d'une pure coïncidence, un jeu qui n'en est pas un.

Rebus raccrocha violemment le combiné, se redressa en une fraction de seconde et empoigna Jack Morton par la cravate pour le faire pivoter. Morton s'étrangla et laissa échapper sa cigarette.

— Ta voiture est dehors, Jack ?

N'ayant toujours pas repris son souffle, celui-ci fit oui de la tête.

Nom de Dieu ! Nom de Dieu ! C'était donc vrai. C'était donc bien lui qui se trouvait au cœur de toute cette histoire. Samantha... Tous les meurtres n'étaient donc que des indices, un message à son intention. Mon Dieu, faites quelque chose, faites quelque chose ! Sa fille serait la prochaine victime de l'Etrangleur.

Rhona Phillips remarqua la voiture garée devant chez elle mais ne s'en inquiéta pas. Elle ne pensait qu'à une chose : échapper à cette maudite pluie. Elle se précipita jusqu'à la porte d'entrée et l'ouvrit, suivie de Samantha qui prenait son temps.

— Quel temps épouvantable ! cria-t-elle en direction du salon.

Elle retira vivement son imper et entra dans la pièce où la télé marchait toujours à plein tube. Elle aperçut Andy dans son fauteuil. Il avait les mains ligotées dans le dos, et un énorme morceau de sparadrap lui recouvrait la bouche. Une cordelette pendouillait à son cou.

Rhona était sur le point de lâcher le cri le plus perçant de sa vie quand un objet lourd vint s'abattre sur l'arrière de son crâne. Elle trébucha en avant et perdit connaissance sur les jambes de son amant.

— Bonjour, Samantha.

Elle reconnut la voix, mais le visage était masqué et elle ne put donc voir son sourire.

Avec son gyrophare bleu en action, la voiture de Morton filait à travers la ville comme si elle avait toutes les forces du mal à ses trousses. Rebus tenta d'expliquer la situation mais il était trop sur les nerfs pour s'exprimer clairement. De toute façon, Morton était trop occupé à zigzaguer dans la circulation pour lui prêter attention. Ils avaient demandé des renforts : un véhicule à l'école, au cas où elle y serait toujours, et deux à la maison, où l'Etrangleur risquait de se trouver. La plus grande prudence était de mise.

Ils dépassèrent les cent quarante au compteur dans Queensferry Road, tournèrent à droite sans se soucier le moins du monde des voitures qui venaient en sens inverse, et arrivèrent dans le coquet lotissement où Rhona habitait avec son amant et Samantha.

— Tourne ici ! cria Rebus pour se faire entendre par-dessus les rugissements du moteur.

Il s'accrochait toujours à un mince espoir.

Quand ils s'engagèrent dans la rue, il aperçut les deux voitures de police déjà à l'arrêt devant la maison, et la voiture de Rhona garée dans l'allée cochère, signe manifeste de leur échec.

Chapitre 20

On voulut le mettre sous calmants, mais il s'y opposa. On lui suggéra de rentrer chez lui, mais il n'en fit rien. Comment imaginer de rentrer chez soi alors que Rhona gisait quelque part dans les étages de l'hôpital, qu'on avait enlevé sa fille, que sa vie venait d'être mise en lambeaux comme un vieux vêtement transformé en chiffons ! Il faisait les cent pas dans la salle d'attente. Il n'arrêtait pas de leur répéter que ça allait. Gill et Anderson se trouvaient quelque part dans le couloir. Pauvre Anderson ! Derrière la vitre crasseuse, il apercevait des infirmières qui allaient et venaient en rigolant sous la pluie, avec leurs capes qui voletaient comme dans un vieux film de Dracula. Comment pouvaient-elles rire ? La brume commençait à envelopper les arbres ; les infirmières, toujours aussi gaies, inconscientes des souffrances du monde, disparurent dans la brume, comme happées par un Edimbourg imaginaire d'antan, emportant avec elles toute la joie du monde.

Il faisait presque nuit, le soleil n'était plus qu'un souvenir derrière les épais nuages. Les peintres religieux d'autrefois avaient dû connaître des ciels semblables, jour après jour, voyant la marque d'une présence divine dans les nuages bleuâtres, la preuve même de la puissance de sa création. Rebus n'avait rien d'un peintre. Ses yeux trouvaient la beauté sur une page imprimée plus que dans la réalité du monde. Debout dans cette salle d'attente, il se fit la réflexion que dans sa vie il s'était souvent contenté d'expériences de seconde main, de lire les pensées d'un autre plutôt que de vivre. En tout cas, maintenant il était bel et bien confronté à la vraie vie. Il était de retour dans les paras, de retour dans les SAS, le visage pétri de fatigue, le cerveau engourdi par la douleur, chaque muscle tendu à bloc.

Voilà qu'il se remettait à tout intellectualiser ! Il frappa ses deux paumes contre le mur, comme pour se faire fouiller. Cette pauvre Sammy était retenue quelque part, aux mains de ce maniaque, et lui ne trouvait rien de mieux à faire que de broder des éloges, des excuses et des métaphores. Ça ne suffisait pas.

Dans le couloir, Gill veillait sur William Anderson. Lui aussi, on lui avait conseillé de rentrer chez lui. Un médecin l'avait examiné pour s'assurer qu'il n'était pas trop en état de choc, et lui avait suggéré d'aller se coucher.

— Je vais attendre ici, avait calmement décrété Anderson. Si John Rebus est concerné, je préfère rester près de lui. Ça va, je vous assure.

Mais ça n'allait pas du tout. Il était sonné, bourré de remords, et un peu perdu.

— Je n'arrive pas à y croire, dit-il à Gill. Je n'arrive toujours pas à croire que tout ça n'était qu'un prélude à l'enlèvement de la fille de Rebus. C'est insensé ! Ce type est forcément cinglé. John doit bien avoir une petite idée de qui il s'agit.

Gill Templer en était arrivée à la même conclusion.

— Pourquoi ne nous a-t-il rien dit ? poursuivit Anderson.

Et puis soudain, sans la moindre affectation, le père en lui reprit le dessus et il se mit à sangloter en silence.

— Andy... gémissait-il. Mon petit Andy...

Il plongea le visage dans ses mains et ne résista pas quand Gill passa le bras autour de ses épaules voûtées.

John Rebus observait la nuit qui tombait en pensant à son mariage, à sa fille. Sa petite Sammy.

Pour ceux qui lisent entre les signes.

Quelle était cette chose refoulée en lui ? Cette chose qu'il avait rejetée tant d'années auparavant, tandis qu'il se remettait de sa déprime en marchant sur la côte du Fife. A cette époque, il avait fermé la porte à son passé comme on claque la porte à un témoin de Jéhovah. Mais ce n'était pas aussi simple. L'indésirable visiteur avait pris son mal en patience, avant de revenir par effraction dans la vie de Rebus. Un pied glissé dans la porte... Les portes de la perception... Ses lectures lui étaient d'un fier service ! Tout comme sa foi, qui ne tenait plus qu'à un fil. Samantha... Sammy, sa petite fille... Mon Dieu, faites qu'elle s'en sorte ! Faites qu'elle ait la vie sauve !

John, tu dois forcément savoir qui c'est...

Mais il avait secoué la tête, projetant ses larmes sur les plis de son pantalon. Il n'en savait rien, rien du tout. C'était M. Knot, M. Cross, les noms n'avaient plus aucun sens pour lui. Des nœuds et des croix, voilà ce qu'on lui avait adressé ! Des allumettes, des bouts

184

de ficelle, rien que des foutaises, comme avait si bien dit Jack Morton. Rien de plus. Oh, mon Dieu...

Il sortit dans le couloir et s'approcha d'Anderson, qui resta planté devant lui comme une épave n'attendant que d'être embarquée et mise à la casse. Les deux hommes tombèrent dans les bras l'un de l'autre, dans une étreinte où chacun communiquait à l'autre sa vitalité. En l'espace d'un instant, les vieux ennemis venaient de réaliser qu'ils étaient tout compte fait du même camp. Ils pleuraient et se réconfortaient, se libérant de tous leurs sentiments refoulés. Toutes ces années à battre le pavé, sans trahir la moindre émotion, l'air toujours imperturbable. Maintenant, cela avait éclaté au grand jour : ils étaient tous les deux des êtres humains comme les autres.

Rassuré pour Rhona qui n'avait qu'une fracture du crâne, ayant pu rentrer un instant dans sa chambre où il l'avait vue sous assistance respiratoire, Rebus accepta enfin qu'on le ramène chez lui. Rhona aurait la vie sauve, c'était déjà ça. Par contre, Andy Anderson refroidissait quelque part sur une table, les docteurs n'ayant plus qu'à autopsier sa dépouille. Ce pauvre bougre d'Anderson. Le pauvre homme. Pauvre père et pauvre flic.

Oui, les choses avaient pris un tour très personnel. Tout à coup, cette affaire venait de prendre des proportions que personne ne pouvait imaginer. C'était donc une histoire de rancune.

On tenait enfin un signalement, même s'il n'était pas génial. Une voisine avait aperçu l'individu en train de transporter sa victime inconsciente jusqu'à sa voiture. Une voiture de couleur pâle, avait-elle déclaré.

Une voiture banale, un homme banal. Pas trop grand, le visage dur. Il était pressé, elle ne l'avait pas très bien vu.

Anderson serait retiré de l'enquête, tout comme Rebus. L'affaire s'emballait. L'Etrangleur s'était introduit chez quelqu'un, pour y commettre un meurtre ; cette fois, il avait poussé le bouchon beaucoup trop loin. Les journalistes et les caméras postés devant l'hôpital voulaient tout savoir. Le superintendant Wallace avait certainement prévu une conférence de presse. Les lecteurs de journaux, les voyeurs, tout le monde avait envie de savoir. C'était du sensationnel. Edimbourg, capitale européenne du crime. Le fils d'un commissaire assassiné, et la fille d'un inspecteur adjoint enlevée, peut-être même déjà morte.

Que pouvait faire Rebus, sinon attendre une nouvelle lettre ? Son appart avait beau lui paraître triste et sombre comme une cellule, il serait mieux chez lui. Gill promit de passer le voir après la conférence de presse. Une voiture banalisée stationnerait devant chez lui, à tout hasard — comment être sûr que l'assassin ne comptait pas rendre les choses encore un peu plus personnelles ?

Rebus n'était pas au courant, mais au QG on avait déjà entrepris d'éplucher son dossier pour étudier son passé à la loupe. L'Etrangleur devait bien y figurer quelque part, c'était obligé.

Bien sûr que c'était obligé. Rebus savait que lui seul détenait la clé. Malheureusement, celle-ci semblait être enfermée dans un tiroir qu'elle seule pouvait ouvrir. Il avait beau secouer, son passé était verrouillé à l'intérieur.

Gill Templer avait prévenu le frère de Rebus par téléphone et lui avait demandé de venir tout de suite à Edimbourg, même si elle savait que John lui en voudrait. Après tout, il n'avait pas d'autre famille. Michael Rebus lui avait paru nerveux au téléphone, nerveux mais sincèrement préoccupé. Maintenant, elle était penchée sur cette histoire d'acrostiche. Le professeur avait donc vu juste. On cherchait à le joindre pour l'interroger à tout hasard. En tout cas, pour que l'Etrangleur ait pu échafauder un tel plan, il devait forcément avoir sous la main une liste de personnes qui collaient. Comment s'y était-il pris ? Un fonctionnaire, peut-être. Un enseignant. Quelqu'un qui passait ses journées devant un écran d'ordinateur. Les possibilités ne manquaient pas, et on les éplucherait une par une. Pour commencer, Gill allait proposer qu'on interroge tous les habitants d'Edimbourg s'appelant Knot ou Cross. Une hypothèse qui pouvait sembler farfelue, mais cette affaire en avait vu d'autres.

Ensuite, elle dut se rendre à la conférence de presse. Par commodité, celle-ci se tint dans les locaux administratifs de l'hôpital. Le hall d'entrée était plein à craquer, avec des gens debout dans le fond. Le visage de Gill Templer, chaleureux malgré son absence de sourire, était de plus en plus connu du public, à l'égal d'un présentateur de journal télévisé. Mais ce soir c'était le superintendant qui prendrait la parole. Gill espérait qu'il ne serait pas trop long. Elle était impatiente de voir Rebus, mais avait surtout besoin de parler à son frère. Il devait bien y avoir quelqu'un qui sache quelque chose du passé de John.

Apparemment, il n'avait parlé de son passage dans l'armée à aucun de ses amis flics. La clé se trouvait-elle là ? Ou peut-être dans son mariage... Gill écouta le superintendant faire sa déclaration. Les photographes mitraillaient, la salle était de plus en plus enfumée.

Jim Stevens était là, avec son sourire en coin, l'air de savoir quelque chose. Gill se crispa. Il la fixait, tout en griffonnant rapidement sur son bloc-notes. Elle repensa à cette soirée épouvantable qu'ils avaient passée ensemble. Rien à voir avec celle qu'elle avait passée chez John. Pourquoi n'avait-elle jamais connu que des hommes compliqués ? Peut-être parce qu'elle aimait les complications. Du côté de l'enquête, par contre, ça ne se compliquait pas. On commençait à y voir plus clair.

Jim Stevens, qui écoutait le communiqué d'une oreille distraite, se fit la réflexion que cette affaire devenait de plus en plus complexe. Les deux Rebus, le trafic de drogue, les meurtres, les lettres anonymes et l'enlèvement de la gamine. Sur ce coup, il tenait impérativement à court-circuiter la version officielle de la police, et il savait que Gill Templer était sa meilleure chance d'y arriver, moyennant le troc de quelques renseignements. A supposer qu'un lien existe entre le trafic de drogue et l'enlèvement, ce qui paraissait probable, on pouvait supputer que l'un des frères Rebus ne s'était pas montré réglo, et Gill Templer en savait peut-être quelque chose.

Il arriva derrière elle au moment où elle sortait du

bâtiment. Elle devina qui c'était, mais cette fois elle était disposée à lui parler.

— Salut, Jim. Tu veux que je te dépose quelque part ?

Il n'y voyait aucun inconvénient. Elle n'avait qu'à le déposer devant un pub, à moins qu'il ne puisse voir Rebus un instant. Non, c'était exclu.

Ils montèrent dans la voiture de Gill.

— Tu ne trouves pas que cette affaire devient à chaque seconde de plus en plus bizarre ?

Gill resta concentrée sur la route, l'air de réfléchir à sa question. En fait, elle espérait qu'il se confierait davantage, et qu'il interpréterait son silence comme le signe qu'elle lui cachait quelque chose, qu'un échange était envisageable.

— Tout de même, reprit-il, Rebus a tout l'air d'être l'acteur principal. C'est intéressant.

Elle sentit qu'il était sur le point d'abattre une carte.

— Je veux dire... poursuivit-il en allumant une cigarette. Dis, ça te dérange pas que je fume ?

— Non, répondit-elle posément.

Intérieurement, elle était comme une pile électrique.

— Merci. J'veux dire... ce qui est intéressant, c'est que j'ai tout lieu de penser que Rebus est impliqué dans une autre affaire.

Elle s'arrêta à un feu rouge, mais garda le regard fixé sur le pare-brise.

— Ça t'intéresserait que je t'en parle, Gill ?

Si peu... Mais en échange de quoi ?

— Oui, l'inspecteur adjoint Rebus est un personnage des plus intéressants. Tout comme son frère.

— Son frère ?

— Oui, tu as dû entendre parler de lui. Michael Rebus, le célèbre hypnotiseur. Les deux frangins forment une sacrée paire.

— Oui ?

— Ecoute, Gill. Si on arrêtait de tourner autour du pot ?

— Je ne demande pas mieux, Jim.

Elle passa en première et redémarra.

— Rebus fait-il l'objet d'une enquête interne ? C'est ça que je veux savoir. J'veux dire : est-ce qu'en fait vous avez choisi de ne rien dire alors que vous savez très bien qui est derrière tout ça ?

Elle se tourna enfin vers lui.

— Ce n'est pas comme ça que ça marche, Jim.

Il ricana.

— Parle pour toi, Gill, mais ne me fais pas croire que ça n'arrive jamais. Je voulais juste savoir si t'avais eu vent de quelque chose. Genre des remous venus d'en haut, quelqu'un qui trouve qu'on n'aurait jamais dû laisser les choses en arriver là, qui cherche à établir les responsabilités.

Jim Stevens la dévisageait de très près, agitant quelques idées et vagues théories dans l'espoir qu'elle mordrait à l'une d'elles, mais ça n'avait pas l'air de prendre. Tant pis. Peut-être ne savait-elle rien. Ce qui ne voulait pas forcément dire que ses théories étaient fausses. Peut-être que la partie se jouait tout bonnement à un niveau plus élevé que celui où Gill Templer et lui évoluaient.

— Jim, dis-moi ce que tu penses avoir découvert sur John Rebus. C'est important, tu sais. On pourrait te convoquer, si on avait des raisons de penser que tu détiens...

Stevens secoua la tête en faisant claquer sa langue.

— Voyons ! On sait tous les deux que c'est hors de question. Ce serait du jamais-vu.

Elle le regarda une nouvelle fois.

— Je pourrais très bien créer un précédent.

Il la fixa longuement. Oui, elle en serait peut-être capable.

— Tu peux me laisser ici, dit-il en pointant le doigt dehors.

Un peu de cendre tomba sur sa cravate.

Gill s'arrêta et le regarda descendre. Il se pencha à l'intérieur avant de refermer la portière.

— On peut toujours envisager un échange, si tu veux. Tu as mon téléphone.

En effet, elle avait son numéro. Il l'avait noté pour elle, tant d'années auparavant. Ça lui paraissait si lointain. Un véritable mur les séparait maintenant. Elle avait beaucoup de mal à comprendre Jim Stevens. Qu'avait-il découvert sur John ? Sur Michael ?

Prenant la direction de l'appartement de Rebus, Gill comptait bien y découvrir la vérité.

Chapitre 21

John Rebus parcourut quelques pages de la Bible dont on lui avait fait cadeau, mais il n'avait pas la tête à ça et la reposa. Il se mit alors à prier, serrant ses yeux comme des poings minuscules. Ensuite, il déambula dans l'appartement, en touchant çà et là les objets. Il avait fait exactement la même chose juste avant sa première déprime. Mais cette fois il n'avait pas peur. Tant pis si ça devait lui tomber dessus, la déprime comme le reste. Il avait perdu tout ressort. Autant se soumettre passivement à la volonté de ce Créateur maléfique.

On sonna à la porte. Il n'alla pas ouvrir. Qu'ils s'en aillent, qu'on le laisse seul avec sa peine, sa colère impuissante et ses bibelots poussiéreux. La sonnette retentit de nouveau, avec plus d'insistance. Pestant, il alla ouvrir. Michael se tenait là.

— John... Je suis venu le plus vite possible.

— Qu'est-ce que tu fais ici, Mickey ?

Il le fit entrer.

— Quelqu'un m'a prévenu. Elle m'a tout raconté. C'est affreux, John. Affreux...

Il posa une main sur l'épaule de Rebus. Réprimant un frisson, ce dernier songea qu'il n'avait pas eu ce genre de contact, amical et fraternel, depuis bien long-temps.

— En bas, j'ai été pris à partie par deux gorilles. Tu m'as l'air super-protégé.

— C'est la procédure, expliqua Rebus.

Peut-être bien, mais Michael savait qu'il avait dû tirer une tête sacrément coupable quand les deux types lui étaient tombés dessus. Le coup de fil lui avait paru bizarre. Un coup monté ? Il avait écouté la radio. On y parlait d'un meurtre, d'un enlèvement. C'était donc vrai. Il était venu se jeter dans la gueule du loup, sachant très bien qu'il aurait mieux fait de se tenir à l'écart de son frère, qu'il risquait sa peau si certaines personnes en avaient vent. Il se demandait aussi dans quelle mesure l'enlèvement de Sammy n'était pas lié à sa propre situation. Voulait-on adresser un avertissement aux deux frères ? En tout cas, en voyant les deux gorilles surgir de l'ombre au pied de l'escalier, il avait pensé que c'en était fini pour lui. Il avait d'abord cru à des gangsters voulant lui faire la peau, puis à des policiers venus l'arrêter. Mais non, ce n'était que la « procédure ».

— C'est une femme qui t'a appelé ? Elle t'a donné son nom ? ... Et puis, laisse tomber. De toute façon, je sais qui c'est.

Ils s'installèrent dans le salon. Retirant sa veste en mouton, Michael sortit une bouteille de whisky d'une de ses poches.

— Si ça peut t'aider, dit-il.

— Ça ne peut pas faire de mal.

Rebus alla chercher des verres dans la cuisine et Michael jeta un coup d'œil autour de lui.

— C'est sympa comme appart, lança-t-il.

— Un peu trop grand pour moi tout seul.

Entendant un sanglot étranglé dans la cuisine, Michael s'y rendit et découvrit son grand frère penché au-dessus de l'évier, en train de pleurer avec désespoir mais en silence.

— Ne t'en fais pas, John, dit-il en le serrant dans ses bras. Tout va s'arranger.

Il sentit une puissante bouffée de culpabilité. Rebus fouilla dans sa poche, en sortit un mouchoir, se moucha vigoureusement et s'essuya les yeux.

— C'est facile à dire pour un mécréant comme toi, dit-il, reniflant et esquissant un sourire.

Ils vidèrent la moitié de la bouteille, vautrés dans leurs fauteuils en contemplant silencieusement le plafond ténébreux. Rebus avait les yeux cernés de rouge, et ses paupières le picotaient. Il reniflait par moments, se frottant le nez du revers de la main. Michael avait l'impression d'être retombé en enfance, mais en inversant les rôles. Même s'ils n'avaient jamais été très proches, les sentiments seraient toujours plus forts que la réalité. Il se souvenait d'une ou deux fois où John s'était battu pour lui en cour de récré. La culpabilité refit son apparition. Il frissonna légèrement. Il fallait coûte que coûte se retirer de la partie, à moins que ce ne soit déjà trop tard. Et si, sans le vouloir, il avait entraîné John dans tout ça... Cette idée lui était insupportable. Si seulement il avait pu voir son contact, lui expliquer les choses. Mais comment s'y prendre ? Il n'avait aucun numéro de téléphone, aucune adresse. C'était toujours l'autre qui l'appelait, jamais le contraire. Cette situation était d'un grotesque, maintenant qu'il y pensait. Un vrai cauchemar.

— Ça t'a plu, le spectacle de l'autre soir ?

Rebus se força à repenser à cette soirée — cette femme seule, trop parfumée, ses doigts serrés autour de sa gorge, la scène qui avait marqué le début de la fin.

— Oui, c'était intéressant.

Il avait dormi ? Qu'importe !

De nouveau le silence. Le bruit intermittent de la circulation dans la rue, quelques cris d'ivrognes au loin.

— Ils pensent que quelqu'un m'en veut pour une raison ou une autre, finit par dire Rebus.

— Ah bon ? Tu crois ça ?

— Je ne sais pas, mais ça m'en a tout l'air.

— Mais tu dois bien avoir une idée !

Rebus secoua la tête.

— Tout le problème est là, Mickey. Je n'arrive pas à me souvenir.

Michael se redressa sur son fauteuil.

— Tu n'arrives pas à te souvenir de quoi ?

— D'un truc, je ne sais pas. Mais il y a forcément quelque chose. Si je le savais, c'est que je m'en souviendrais ! J'ai comme un trou de mémoire. Je sens qu'il y a quelque chose dont je devrais me souvenir.

— Dans ton passé tu veux dire ?

L'intérêt de Michael était piqué. Peut-être qu'il n'y était pour rien. Ce drame avait peut-être une tout autre explication. Il reprit espoir.

— C'est ça, dans mon passé. Mais je n'arrive pas à me souvenir...

Rebus se frotta le front comme on frotte une boule de cristal. Michael fouilla dans une de ses poches.

— Moi je peux t'aider à t'en souvenir, John.

— Comment ?

— Avec ça, dit-il en brandissant une pièce argentée entre le pouce et l'index. Tu te souviens de ce que je t'ai expliqué, John. Je passe mes journées à aider mes patients à retrouver leurs vies antérieures. Ça ne devrait pas être trop compliqué de t'aider à retrouver ton vrai passé.

Ce fut au tour de John Rebus de se redresser. Il secoua la tête pour dissiper les brumes du whisky.

— Allons-y, dit-il. Je dois faire quoi ?

Une petite voix intérieure lui disait : *Tu ferais mieux de t'abstenir, tu n'as pas envie de savoir...* Mais si, il voulait savoir.

Michael s'approcha de lui.

— Installe-toi bien, mets-toi à l'aise. Ne touche plus à ton whisky. Mais n'oublie pas que tout le monde n'est pas réceptif à l'hypnose. Ne force pas, ne te crispe pas. Si ça doit venir, ça viendra que tu le veuilles ou non. Détends-toi, John. C'est tout.

La sonnette de la porte d'entrée retentit.

— Laisse sonner, dit Rebus.

Mais Michael avait déjà quitté la pièce. Des voix dans le vestibule. Il revint suivi de Gill Templer.

— Apparemment, c'est madame qui m'a appelé.

— Comment ça va, John ? demanda Gill.

L'inquiétude lui creusait le visage.

— Ça va. Ecoute-moi, Gill. Je te présente mon frère Michael, l'hypnotiseur. Il va m'endormir... c'est bien comme ça qu'on dit, Michael ? Pour retirer ce qui me bloque la mémoire. Tu devrais prendre des notes.

Gill les dévisagea à tour de rôle, se sentant presque dépassée. « Les deux frangins forment une sacrée paire », avait dit Stevens. Ça faisait seize heures qu'elle était sur le pied de guerre, et maintenant ça ! Mais elle sourit et haussa les épaules.

— Vous me laissez le temps de boire un verre ?

Rebus sourit à son tour.

— Je te laisse te servir. T'as le choix entre de l'eau, du whisky, ou du whisky et de l'eau. Allez, Mickey, on y va. Sammy se trouve bien quelque part, il est peut-être encore temps.

Les jambes légèrement écartées, Michael se pencha au-dessus de son frère. Gill, qui était en train de se servir un whisky, eut l'impression qu'il était sur le point de le dévorer, avec ses yeux tout proches des siens, ses lèvres qui articulaient comme devant une glace. Michael brandit la pièce et chercha à l'orienter pour intercepter le faible rayon de l'unique ampoule du salon. L'éclair atteignit enfin la rétine de John, et ses pupilles se rétractèrent puis s'élargirent. Michael était convaincu que son frère allait réagir favorablement, du moins l'espérait-il.

— Ecoute-moi bien, John. Ecoute ma voix. Regarde bien la pièce, John. Elle brille, elle tourne... Tu la vois qui tourne, John ? Détends-toi. Ecoute-moi, et regarde la pièce qui tourne... qui brille....

Au début, il lui sembla que John n'allait pas s'endormir. Peut-être que sa voix n'agissait pas sur lui à cause du lien familial qui lui retirait ses pouvoirs suggestifs. Mais Michael décela soudain un léger

changement dans les yeux, quelque chose d'imperceptible pour un non-initié. Mais lui avait été initié, son
père lui avait tout appris. John avait rejoint les limbes,
prisonnier des reflets de la pièce de monnaie, soumis
à Michael qui pouvait l'entraîner où bon lui semblait.
Comme à chaque fois, Michael en éprouva un léger
frisson. Ça, c'était le pouvoir. Un pouvoir absolu et
irréductible. Il pouvait faire ce qu'il voulait de ses
patients, absolument ce qu'il voulait.

— Michael, chuchota Gill, demandez-lui pourquoi
il a quitté l'armée.

Michael ravala sa salive. Oui, c'était une bonne
question, qu'il avait toujours eu envie de lui poser.

— John, dit-il, pourquoi as-tu quitté l'armée ? Que
s'est-il passé, John ? Pourquoi as-tu quitté l'armée ?
Raconte-nous.

Lentement, comme s'il apprenait à se servir de
mots étranges ou inconnus, Rebus commença à leur
raconter son histoire. Gill se précipita vers son sac
pour y prendre un stylo et un carnet. Michael but une
gorgée de whisky.

Ils l'écoutèrent.

QUATRIÈME PARTIE

La Croix

Chapitre 22

Je m'étais engagé à dix-huit ans dans un régiment de parachutistes, et puis un jour j'ai décidé de poser ma candidature pour le Special Air Service. Qu'est-ce qui m'a poussé à faire ça ? Pourquoi un soldat accepterait-il d'être moins bien payé pour rejoindre les SAS ? Je n'ai pas la réponse. Tout ce que je sais, c'est que je me suis retrouvé au camp d'entraînement des SAS dans le Herefordshire. Moi, j'avais surnommé cet endroit La Croix, parce qu'on m'avait prévenu qu'ils feraient tout pour nous crucifier, et en effet les autres volontaires et moi y avons connu l'enfer. La marche, les tests, l'entraînement, l'effort physique. On nous poussait jusqu'au point de rupture, on faisait de nous de vrais tueurs.

A l'époque, on prétendait que la guerre civile était sur le point d'éclater en Ulster, que les SAS y seraient envoyés pour traquer les rebelles. Le jour de notre intégration est arrivé. Chacun a reçu son nouveau béret et son insigne. Nous faisions partie des SAS. Mais ce n'était qu'un début. Le patron nous a convoqués dans son bureau, Gordon Reeve et moi, pour nous annoncer qu'on était les deux meilleurs de la promo. Il nous restait encore deux ans de formation, mais on nous promettait un grand avenir.

En repartant, Reeve m'a dit :

— Ecoute, j'ai entendu quelques rumeurs, des officiers qui parlaient entre eux. Ils ont des projets pour nous, Johnny. Des projets. C'est moi qui te le dis !

Quelques semaines plus tard, on a suivi un stage de survie : d'autres régiments étaient à nos trousses et s'ils nous mettaient la main dessus, tous les moyens étaient bons pour nous arracher des renseignements sur notre mission. On devait chasser pour se nourrir, rester camouflés et se déplacer de nuit à travers la lande déserte. Gordon et moi, on était toujours ensemble pour subir ces épreuves, mais cette fois deux autres types nous accompagnaient.

Reeve n'arrêtait pas de répéter :

— Ils nous réservent quelque chose de spécial. Je le sens comme si j'y étais.

Un soir, on était au bivouac et on venait de se glisser dans les sacs de couchage pour piquer un somme de deux heures, quand notre sentinelle a passé la tête dans la tente et a bafouillé :

— Je ne sais pas comment vous dire ça...

Puis on s'est retrouvés entourés d'armes et de torches, on nous a tabassés et le campement a été dévasté. Les faisceaux éblouissants nous empêchaient de distinguer les visages, on nous criait dessus dans une langue étrangère. Quand j'ai pris un coup de crosse dans les reins, j'ai compris que ça ne plaisantait pas. C'était pas pour faire semblant.

On m'a flanqué dans une cellule barbouillée de sang, de merde et Dieu sait quoi. Avec en tout et pour tout une paillasse et un cafard. Je me suis allongé sur la couche humide pour essayer de dormir, parce que je savais pertinemment que le sommeil serait la première chose dont on nous priverait. Soudain, un éclairage aveuglant a inondé la cellule ; ça me brûlait le crâne. Puis les bruits ont commencé — un passage à tabac et un interrogatoire dans la cellule voisine.

— Foutez-lui la paix, bande de salopards ! Je vais vous défoncer la tronche !

J'ai martelé le mur avec mes poings et mes bottes, et les bruits ont cessé. Une porte a claqué, un corps a été traîné devant la porte métallique de ma cellule, et puis le silence. Je savais que mon tour viendrait. J'ai attendu. Des heures, des jours entiers. J'avais faim, j'avais soif, et chaque fois que je fermais les yeux, un bruit atroce surgissait des murs et du plafond, comme le grésillement d'une station de radio mal réglée. Je restais allongé, les mains plaquées sur les oreilles.

Bandes d'enculés ! Bandes d'enculés ! Bandes d'enculés !

On voulait me faire craquer, mais si je craquais là c'était l'échec, l'échec après tous ces mois d'entraînement. Alors je me chantais des airs à voix haute, je plantais mes ongles dans les murs de la cellule, ces murs moisis où je gravais l'anagramme de mon nom : BRUSE. J'inventais des jeux dans ma tête, j'imaginais des définitions de mots croisés et toutes sortes de jeux de mots. Survivre est devenu un jeu. Un jeu... Un jeu... La situation ne faisait qu'empirer, mais je n'arrêtais pas de me répéter que ce n'était qu'un jeu. Et je pensais à Reeve qui m'avait prévenu. Tu parles de projets ! Reeve était presque un ami, le seul au sein du commando. Je me demandais si c'était son cadavre qu'on avait traîné devant ma cellule. Je priais pour lui.

Un jour, on m'a apporté à manger et une mug remplie d'une eau marronnasse. On aurait dit de la bouffe ramassée à la cuiller dans un chemin boueux et directement balancée dans ma cellule par l'entrebâillement qui s'était refermé aussi vite qu'il était apparu. Au prix d'un effort de volonté, j'ai imaginé que cette saloperie était un steak avec des légumes et j'en ai porté une cuillerée à ma bouche. J'ai tout recraché. Quant à l'eau, elle avait un goût ferreux. Je me suis essuyé le menton sur la manche, en faisant tout un cinéma. J'étais persuadé qu'on m'observait.

— Tous mes compliments au chef !

Avant d'avoir le temps de dire ouf, j'ai sombré dans le sommeil.

On était en l'air, aucun doute là-dessus. Dans un hélico. Je sentais l'air qui me fouettait le visage. J'ai ouvert les yeux et tout était sombre. J'avais une espèce de sac sur la tête et les mains ligotées dans le dos. J'ai senti l'hélico plonger, puis remonter et plonger encore.

— T'es réveillé ?

La pression d'une crosse de fusil.

— Ouais...

— Bien. Donne-moi le nom de ton régiment, et les détails de ta mission. C'est pas un petit con comme toi qui va nous faire chier, mon garçon, alors t'as intérêt à faire vite.

— Va te faire foutre !

— J'espère que tu sais nager, mon garçon. Si t'en as l'occasion. Putain, t'es dans un chopper à soixante

204

mètres au-dessus de la mer d'Irlande et on va t'y balancer avec les mains attachées. Quand tu vas heurter l'eau, ça te fera l'effet d'un mur en béton, tu piges ? Si t'es pas tué sur le coup, tu seras KO. Les poissons vont te bouffer vivant, mon garçon, et on ne retrouvera jamais ton corps, pas par ici. Tu comprends bien ce que je te dis ?

Un ton sérieux et professionnel.

— Oui.

— Bien. Le nom de ton régiment et les détails de ta mission.

— Va te faire foutre.

Je m'efforçais de paraître calme. J'allais rejoindre les statistiques, tué par accident à l'entraînement, on ne poserait pas de questions. J'allais me fracasser sur la mer comme une ampoule contre un mur.

— Va te faire foutre, ai-je répété.

En moi-même, je n'arrêtais pas de me dire : « Ce n'est qu'un jeu... ce n'est qu'un jeu... »

— Tu sais, on n'est pas là pour plaisanter. Le jeu, c'est fini. Tes potes ont craché le morceau, Rebus. L'un d'entre eux... Reeve, je crois... nous a montré ses tripes, et pas qu'au sens figuré. C'est bon, les gars, balancez-le. Bonne baignade, Rebus.

Des mains m'ont empoigné par les jambes et le torse. Dans le noir à cause du sac, fouetté par le vent, je me suis dit que c'était une terrible erreur.

— Attendez !

Je me sentais suspendu en l'air, soixante mètres au-dessus de la mer, avec les mouettes qui criaient et n'attendaient que de voir ma chute.

— Attendez !

— Oui, Rebus ?

— Retirez au moins ce putain de sac !

J'ai hurlé de désespoir.

— Balancez-moi ce merdeux.

Et ils m'ont lâché. Je suis resté suspendu en l'air une seconde, puis j'ai chuté, comme une masse. Je fendais l'air, ficelé comme une dinde à Noël. J'ai crié, l'espace d'une ou deux secondes, et puis j'ai heurté le sol.

J'ai heurté la terre ferme.

Allongé par terre, j'ai entendu l'hélicoptère atterrir. Tout autour de moi des gens rigolaient. Les voix étrangères étaient de retour. On m'a ramassé et traîné jusqu'à ma cellule. J'étais content d'avoir un sac sur la tête : ça cachait mes larmes. Intérieurement, je n'étais qu'une boule de ressorts frémissants, de minuscules serpents de peur, d'adrénaline et de soulagement qui rebondissaient dans mon foie, mon cœur et mes poumons.

La porte a claqué dans mon dos. J'ai entendu un bruit de pas derrière moi, des mains ont défait maladroitement mes liens. Débarrassé du sac, j'ai mis quelques minutes à retrouver la vue.

J'ai vu en face de moi un visage qui semblait être le mien. Le jeu me réservait une nouvelle surprise. Puis j'ai reconnu Gordon Reeve, en même temps que lui me reconnaissait.

— Rebus ? Ils m'ont dit que tu...

— Moi aussi, ils m'ont dit la même chose pour toi.

— Tu tiens le coup ?

— Ça va, ça va. Putain, ça fait plaisir de te voir !

On est tombés dans les bras l'un de l'autre, une étreinte affaiblie mais tout humaine, chacun sentant chez l'autre les odeurs de la souffrance et de la résistance. Il avait les larmes aux yeux.

— C'est bien toi... a-t-il dit. Je ne rêve pas.

— Si on s'asseyait ? J'ai les jambes en compote.

En fait, c'était lui qui ne tenait pas trop debout ; il s'appuyait à moi comme à une béquille. Il était content de s'asseoir.

— Comment ça s'est passé ? ai-je demandé.

— Au début, je me suis maintenu en forme, a-t-il répondu en se frappant la cuisse. Je faisais des pompes, ce genre de truc, mais très vite j'ai été trop crevé. Ils m'ont refilé des trucs hallucinogènes, j'arrête pas d'avoir des visions.

— Moi, j'ai eu droit à des gouttes qui te foutent KO.

— Ces médicaments, c'est quelque chose ! Et puis il y a le jet d'eau. Je dois être aspergé au moins une fois par jour. Vachement froid. J'arrive jamais à sécher complètement.

— A ton avis, ça fait combien de temps qu'on est ici ?

Est-ce que j'avais aussi sale mine que lui ? J'espérais bien que non. Il ne m'a pas parlé d'une chute en hélico ; j'ai préféré ne rien en dire.

— Trop longtemps, a-t-il répondu. Putain, c'est complètement débile !

— Tu disais toujours qu'ils nous mijotaient quelque chose. Et moi qui ne te croyais pas. Que Dieu me pardonne !

— C'est pas vraiment ce que j'avais en tête.

207

— Oui, mais c'est bien à nous qu'on s'intéresse.

— Qu'est-ce que tu veux dire ?

Au début, ce n'était qu'une impression, mais maintenant j'en étais sûr.

— Eh bien, le soir où notre sentinelle a glissé sa tête dans la tente, il n'y avait pas la moindre surprise dans son regard. Aucune peur. Je crois que les deux autres étaient de mèche dès le départ.

— Alors à quoi ça rime ?

Je l'ai regardé assis en face de moi, les genoux ramenés contre son menton. Extérieurement, on avait l'air de frêles créatures. Démangés par la vermine comme par des morsures de chauves-souris affamées, la bouche tout endolorie, pleine d'aphtes et de plaies, les cheveux qui tombaient, les dents déchaussées. Pourtant, à deux on était plus forts. C'est ça que je n'arrivais pas à comprendre : pourquoi nous avoir mis ensemble alors que chacun dans notre coin nous étions sur le point de craquer ?

— Alors, à quoi ça rime ?

Peut-être cherchait-on à tromper notre vigilance avant de vraiment serrer la vis.

Si on croit le pire arrivé, c'est qu'il y a pire encore. *Le Roi Lear* de Shakespeare. Je ne le savais pas à l'époque, mais maintenant si. Et je confirme..

— J'en sais rien, ai-je répondu. J'imagine qu'ils nous le diront quand ça leur chantera.

— T'as la trouille ? m'a-t-il soudain demandé, les yeux rivés sur la porte maculée de notre cellule.

— Peut-être.

— Tu ferais bien d'avoir sacrément la trouille, Johnny. Comme moi. Ça me rappelle quand j'étais gamin, on avait une rivière près de notre lotissement, et on était une petite bande à traîner dans les parages. Une fois, elle était en crue. Ça faisait une semaine qu'il flottait. C'était juste après la guerre, il y avait pas mal de maisons en ruine. En remontant le long de la rivière, on est arrivés à un tuyau d'égout. Je traînais avec des gamins plus âgés. J'étais leur tête de Turc mais je continuais à jouer avec eux. Je ne sais pas pourquoi. Ça devait me plaire d'être avec des caïds qui foutaient la pétoche aux autres gosses de mon âge. Même s'ils me traitaient comme de la merde, ça me donnait un pouvoir sur les autres.

J'ai hoché la tête, mais il ne me regardait pas.

— Ce tuyau n'était pas très large, mais très long et assez haut au-dessus de la rivière. Ils m'ont dit que je devais le traverser le premier. Putain, ce que j'avais la trouille ! J'avais tellement peur que mes jambes tremblaient et je suis resté figé à mi-chemin. Et puis la pisse s'est mise à couler de mon short, le long de mes jambes, et quand ils s'en sont aperçus ils se sont marrés. Ils se moquaient de moi, et je ne pouvais pas bouger, pas m'enfuir, alors ils se sont tirés.

J'ai repensé aux rires après ma « chute » en hélicoptère.

— Est-ce qu'il t'est arrivé un truc pareil quand t'étais gosse, Johnny ?

— Je ne crois pas.

— Alors qu'est-ce qui t'a pris de t'engager ?

— J'voulais quitter la maison. Je m'entendais mal avec mon père, tu vois. Il préférait mon petit frère. Je me sentais sur la touche.

— Moi, je n'ai pas eu de frère.

— Moi non plus, pas au vrai sens du mot. J'avais un adversaire.

— *Je vais le réveiller.*
— *Pas question !*
— *Ça ne nous apprend rien.*
— *On continue.*

— Il faisait quoi, ton père, Johnny ?
— Il était hypnotiseur. Il prenait des gens sur scène et leur faisait faire des conneries.
— Tu plaisantes ?
— Non, c'est la vérité. Mon frère voulait suivre ses traces, mais pas moi alors je me suis tiré. Ils n'ont pas été étouffés de chagrin de me voir partir.

Reeve s'est marré.

— Si on voulait nous mettre en vente, faudrait mettre « légèrement défraîchis » sur l'étiquette ! Pas vrai, Johnny ?

J'ai rigolé, un peu plus fort et plus longtemps que ça ne le méritait, et on s'est mis bras dessus, bras dessous, et on est restés comme ça parce qu'on se tenait chaud.

On dormait côte à côte, on pissait et on déféquait sous le regard de l'autre, on faisait un peu d'exercice, des jeux d'esprit, on endurait notre calvaire. Tout ça ensemble.

Reeve avait un bout de ficelle qu'il n'arrêtait pas de nouer et dénouer, reproduisant tous les nœuds qu'on nous avait enseignés. De fil en aiguille, je lui ai expliqué ce qu'était un nœud gordien. Il a brandi un nœud qu'il venait de faire.

— Après le nœud gordien, voici le nœud Gordon !

Un nouveau sujet de fou rire.

On faisait aussi des parties de morpion, avec nos ongles sur les murs friables. Reeve m'a montré une tactique pour être sûr de faire au moins match nul. Avant, on avait bien dû faire trois cents parties, dont il avait gagné les deux tiers. C'est un truc tout bête.

— Tu mets ton premier rond dans la case en haut à gauche, et le deuxième de l'autre côté en diagonale. C'est une position imbattable.

— Et si ton adversaire met sa croix là où tu dois mettre ton deuxième rond ?

— Tu peux toujours gagner en passant par les coins.

Reeve était enchanté. Il a dansé autour de la pièce, puis m'a fixé avec un rictus.

— T'es le frangin que j'ai jamais eu, John !

Il s'est emparé de ma main, a fait une entaille sur la paume avec son ongle puis s'en est fait une à lui-même. On a plaqué nos deux paumes l'une contre l'autre, en étalant une goutte de sang.

— Frères de sang, a dit Gordon en souriant.

J'ai souri à mon tour, mais je sentais déjà qu'il s'attachait trop à moi, et qu'il accuserait le coup si on nous séparait. Puis il s'est agenouillé devant moi et m'a serré dans ses bras.

Gordon avait de plus en plus de mal à tenir en place. Il faisait ses cinquante pompes par jour, ce qui était assez époustouflant compte tenu de notre alimentation. Il se fredonnait des airs en permanence. Les bienfaits de ma compagnie semblaient s'atténuer. Il retombait dans ses délires. Alors je me suis mis à lui raconter des histoires. J'ai commencé par lui parler de mon enfance, puis des tours de mon père, et ensuite je suis passé à de vraies histoires. Je lui racontais la trame de mes livres préférés. Un jour, je lui ai raconté les aventures de Raskolnikov. *Crime et Châtiment,* ce conte tellement moral. Il m'écoutait, fasciné, et j'essayais de faire durer ça le plus longtemps possible. Je brodais, j'inventais des personnages et des dialogues. Quand je suis arrivé à la fin, il m'a dit :

— Raconte-la-moi encore.

Ce que j'ai fait.

— Dis-moi, John : tu penses que c'était inévitable ?

Il se tenait accroupi et caressait le sol du bout des doigts. Moi j'étais allongé sur la paillasse.

— Oui, ai-je répondu. Je crois bien. En tout cas, c'est le point de vue de l'écrivain. Le livre est à peine commencé qu'on sent déjà comment ça va se terminer.

— Oui... j'ai senti exactement ça.

Après un long silence, il s'est raclé la gorge et m'a demandé :

— Tu penses quoi de Dieu, John ? Ça m'intéresserait vraiment de le savoir.

Je lui ai répondu. Et tandis que je parlais, étayant mes faibles arguments avec des anecdotes tirées de la Bible, Gordon Reeve s'est allongé. Ses deux yeux étaient fixés sur moi, comme la pleine lune en hiver. Il était vachement concentré.

212

— Je peux pas y croire, a-t-il déclaré quand j'ai enfin ravalé le peu de salive qui me restait. J'aimerais bien mais je n'y arrive pas. Je pense que Raskolnikov aurait mieux fait de se la couler douce et de profiter de la liberté. Il aurait dû se procurer un Browning et tous les flinguer.

J'ai réfléchi à cette remarque. J'y voyais une certaine forme de justice, mais aussi beaucoup d'inconvénients. Reeve était comme prisonnier dans les limbes, un homme qui croyait ne pas avoir la foi, mais qui avait en fait assez de foi pour être croyant.

— *Qu'est-ce que c'est que ce merdier...*
— *Chut !*

Un jour, entre les jeux et les histoires, il a posé sa main sur mon cou.

— John, on est amis, toi et moi, hein ? Des amis très proches. Je n'ai jamais eu un ami aussi proche que toi...

Sa respiration était tiède, malgré le froid de la cellule.

— Dis, on est amis, hein ? C'est moi qui t'ai appris à gagner au morpion, hein ?

Son regard n'avait plus rien d'humain. Il avait des yeux de loup. J'avais senti venir la chose, mais sans rien pouvoir y faire.

Mais maintenant je voyais tout avec la clarté d'une hallucination, comme celui qui a tout vu, même le pire. J'ai vu Gordon approcher son visage du mien, si lentement qu'on aurait pu se demander si c'était bien en train d'arriver, déposer un baiser sur ma joue, essayer de faire pivoter ma tête pour atteindre mes lèvres.

Et je me suis vu céder... Non, non, on ne pouvait pas en arriver là. C'était intolérable. Ce n'était tout de même pas ce genre de relation qu'on avait bâtie pendant toutes ces semaines... Sinon, je m'étais complètement foutu dedans.

— Embrasse-moi... disait-il. Juste une fois... Allez.

Ses yeux étaient pleins de larmes. Lui aussi sentait bien que tout venait de dérailler en une seconde, que quelque chose venait de prendre fin. Mais ça ne l'empêchait pas de se faufiler derrière moi. La bête à deux dos. (Faudrait que j'arrête de citer Shakespeare !) Je tremblais, mais bizarrement je restais immobile. J'étais dépassé par les événements, je ne contrôlais plus rien. Alors j'ai retenu mes larmes, et mon nez s'est mis à couler.

— Juste un baiser...

Toutes ces épreuves, tant d'efforts pour atteindre un but impitoyable, tout ça pour en arriver là. Au bout du compte, c'était toujours l'amour qui commandait tout.

— John...

Je n'éprouvais que de la pitié pour nous deux. Puants, souillés, abandonnés dans cette cellule. Je ne sentais que la frustration de la situation, toutes les larmes versées au cours d'une vie d'indignation. Gordon, pauvre Gordon.

— John...

La porte de la cellule a volé, comme si elle n'était pas fermée à clé.

L'homme qui se tenait là n'avait rien d'un étranger. Un Anglais, haut gradé. Il a contemplé notre spectacle avec une certaine répugnance ; il avait dû tout écouter, peut-être même tout regarder. Il a pointé son index sur moi.

— Rebus, vous êtes reçu. Vous êtes des nôtres.

Je l'ai fixé bêtement. De quoi parlait-il ? Je le savais très bien.

— Vous avez réussi le test. Allons, suivez-moi. On va vous équiper. Vous êtes des nôtres. L'interrogatoire de votre... de votre ami va se poursuivre. Vous nous filerez un coup de main.

Gordon s'est relevé précipitamment. Il se trouvait toujours derrière moi. Je sentais sa respiration sur ma nuque.

— Qu'est-ce que vous voulez dire ? ai-je demandé.

J'avais la bouche toute sèche, le ventre aussi. Observant cet officier bien propre sur lui, j'ai pris douloureusement conscience de ma propre crasse. Mais c'était lui le fautif.

— C'est un piège, ai-je dit. Forcément. Je n'ai rien à vous dire. Pas question que je vous suive. Je ne vais rien vous révéler... Je n'ai pas craqué ! Vous n'allez pas me recaler !

Je m'étais mis à crier, en plein délire. Pourtant, je savais qu'il disait la vérité. Il a secoué la tête, lentement.

— Je comprends vos soupçons, Rebus. Vous avez été sous pression, c'est le moins qu'on puisse dire, mais tout ça est fini. Vous n'êtes pas recalé, vous avez réussi. Brillamment. Je pense qu'on peut le dire. Vous avez réussi, Rebus. Vous êtes des nôtres. Vous allez nous aider à faire craquer Reeve. Vous comprenez ?

J'ai fait non de la tête.

— C'est un piège...

L'officier m'a souri d'un air compréhensif. Des cas comme moi, il en avait vu des centaines.

— Ecoutez, vous n'avez qu'à nous suivre, tout sera clarifié.

Gordon s'est brusquement avancé à côté de moi.

— Non ! s'est-il écrié. Foutez le camp, puisqu'il vous dit qu'il veut pas venir ! Ne les écoute pas, John, m'a-t-il dit en me posant la main sur l'épaule. C'est un piège. Ces enflures sont prêts à tout pour nous piéger.

Il n'était pas du tout tranquille. Son regard était agité, il gardait la bouche entrouverte. Sentant sa main sur moi, j'ai compris que ma décision était déjà prise, et Gordon lui aussi le sentait.

— Je crois que c'est au soldat Rebus d'en décider, non ? a dit l'officier.

Puis il m'a adressé un regard sympathique.

Pas besoin de jeter un coup d'œil à la cellule ni à Gordon. Je me répétais simplement « Ça fait partie du jeu... Ça fait partie du jeu... » Leur décision était prise depuis belle lurette. On n'était pas en train de me tromper. Et je ne demandais pas mieux que de quitter cette cellule, bien entendu. C'était écrit quelque part. Rien n'est jamais arbitraire, comme on me l'avait expliqué au début de la formation. J'ai fait un pas en avant mais Gordon s'est agrippé à ma chemise en lambeaux.

— John, ne me laisse pas tomber ! Je t'en supplie !

Sa voix était implorante. Mais je me suis dégagé de sa faible poigne et j'ai quitté la cellule.

216

— Non ! Non ! Non ! Ne me laisse pas tomber, John ! Je veux sortir !

Des cris puissants et enflammés. Puis il s'est mis à hurler et j'ai failli m'effondrer sur place.

C'étaient les hurlements d'un fou.

Après m'avoir décrassé et montré à un médecin, on m'a conduit dans ce qui s'appelait « la salle des débriefings ». Quel euphémisme ! J'avais connu l'enfer, je n'en étais même pas encore revenu, et ces messieurs se proposaient d'en discuter comme d'une banale épreuve scolaire.

Ils étaient quatre, trois capitaines et un psychiatre. J'ai eu droit au fin mot de l'histoire. On était en train de constituer un groupe d'élite au sein même des SAS, qui aurait pour rôle d'infiltrer et de déstabiliser les groupements terroristes, à commencer par l'IRA, un sujet de préoccupation croissant avec la crise irlandaise qui virait à la guerre civile. De par la nature des missions, on avait besoin des meilleurs, des tout meilleurs, et Reeve et moi-même avions été désignés comme les meilleurs de notre section. On nous avait donc tendu un piège et faits prisonniers pour nous soumettre à des épreuves comme on n'en avait jamais vu dans les SAS. Jusque-là, je n'étais pas franchement surpris. Je pensais aux autres bougres qui en bavaient comme des chiens, tout ça pour qu'on ne crache pas le morceau quand l'adversaire nous ferait péter les rotules.

Puis ils en sont venus à Gordon.

— Quant au soldat Reeve, a déclaré le type en blouse blanche, notre position est ambivalente. C'est un bon soldat, qui ne se ménage pas physiquement pour exécuter un ordre. Mais par le passé il a toujours été solitaire, alors on vous a mis ensemble pour voir comment vous réagiriez à deux dans la même cellule, et plus particulièrement comment Reeve s'en sortirait après être séparé de son compagnon.

Etaient-ils au courant pour le baiser ?

— Je crains bien, a poursuivi le médecin, que le résultat ne soit négatif. Il s'est beaucoup attaché à vous, John, n'est-ce pas ? Nous savons, bien entendu, que l'inverse n'est pas vrai.

— Et tous ces cris dans les autres cellules ?

— Des enregistrements.

J'ai hoché la tête. J'en avais assez, je me sentais soudain très las.

— Alors tout ça n'était qu'un test ?

Ils ont échangé un sourire.

— Evidemment. Mais ne vous en faites pas, l'essentiel est d'avoir réussi.

Bien sûr que je m'en faisais. Pourquoi donc ? Parce que j'avais troqué une amitié contre ce « débriefing » informel. L'amour, contre ces sourires satisfaits. Les cris de Gordon résonnaient encore dans mes oreilles. Des cris qui réclamaient vengeance. J'ai posé les mains sur mes genoux, je me suis penché en avant et je me suis mis à pleurer.

— Bande de salopards... ai-je dit. Bande de salopards...

Et si j'avais eu un Browning à portée de main, j'aurais percé un gros trou dans leurs crânes souriants.

J'ai eu droit à un nouvel examen médical, plus

approfondi cette fois, dans un hôpital militaire. La guerre civile avait fini par éclater en Ulster, mais je m'en fichais éperdument, je ne pensais qu'à Gordon Reeve. Qu'était-il devenu ? Se trouvait-il toujours dans cette cellule infecte, seul à cause de moi ? Avait-il craqué ? Je prenais tout sur mes épaules et je pleurais. Ils m'ont donné une boîte de mouchoirs, c'était leur façon de faire.

Plus ça allait et plus je passais mes journées à pleurer, sans pouvoir me contrôler. Je prenais tout sur moi, tout sur la conscience. J'arrêtais pas de faire des cauchemars. J'ai remis ma démission. J'ai exigé qu'on l'accepte. Ils me l'ont accordée, à contrecœur. Après tout, je n'étais qu'un cobaye. Je me suis rendu dans un petit village de pêcheurs sur la côte du Fife, où j'ai surmonté ma dépression en marchant sur la plage de galets. Tout évacuer, enfermer l'épisode le plus douloureux de mon existence dans un tiroir, à double tour, quelque part au fond du grenier de ma tête. Apprendre à oublier.

J'ai donc oublié.

Et ils ont été plutôt sympas avec moi. J'ai touché une indemnité et ils m'ont bien pistonné quand j'ai décidé d'entrer dans la police. Non, je ne peux pas me plaindre de la façon dont j'ai été traité. Mais je n'ai rien pu savoir de mon ami, et j'ai reçu l'ordre de ne plus jamais entrer en contact avec eux. J'ai été rayé de leurs dossiers.

Je n'étais qu'un raté.

Et je le suis toujours. Un mariage raté. Ma fille kidnappée. Mais maintenant ça s'explique. Tout s'explique. Je sais au moins que Gordon est encore en vie, même s'il est malade. Je sais aussi qu'il détient ma petite fille et qu'il va la tuer.

Et moi aussi s'il en a l'occasion.

Et pour la récupérer, je vais être obligé de le tuer.

Et je serais capable de le faire maintenant. Tout de suite, oh mon Dieu.

CINQUIÈME PARTIE

Partie de morpion

Chapitre 26

John Rebus eut l'impression de se réveiller après un sommeil particulièrement profond et agité. Il se rendit compte qu'il n'était pas dans son lit et aperçut le visage de Michael penché au-dessus de lui, le sourire crispé. Gill faisait les cent pas, reniflant et retenant ses larmes.

— Qu'est-ce qui se passe ? demanda Rebus.

— Rien, répondit Michael.

Rebus se souvint alors que son frère venait de l'hypnotiser.

— Rien ? s'écria Gill. Comment pouvez-vous dire ça !

— John, reprit Michael, je ne me rendais pas compte que tu pensais ça du vieux et de moi. Je suis vraiment désolé qu'on t'ait rendu malheureux.

Il posa la main sur l'épaule de son frère, ce frère qu'il connaissait si peu.

Gordon... Gordon Reeve... Qu'est-ce qui t'a pris ? Tout sale et miséreux, tu me poursuis comme des gravillons dans une rue balayée par le vent. Toi, mon frère. C'est toi qui as ma fille. Où es-tu ?

— Mon Dieu...

Il baissa la tête et ferma les yeux. Gill lui caressa les cheveux.

Dehors, le jour commençait à poindre. Les oiseaux reprenaient inlassablement leur routine. Rebus était soulagé d'être ramené à la réalité. Ça lui rappelait que quelque part il se trouvait sans doute des gens heureux, des amants se réveillant dans les bras l'un de l'autre, un homme se souvenant qu'il était en congé, ou une vieille femme remerciant le Seigneur d'être toujours en vie pour profiter des premiers signes de la vie renaissante.

— Une âme au cœur des ténèbres, murmura-t-il en se mettant à trembler. Il fait frisquet ici. La veilleuse a dû s'éteindre.

Gill se moucha et croisa les bras.

— Non. Il fait bien assez chaud, John. Ecoute-moi, dit-elle lentement, avec déférence. Il va nous falloir une description physique de cet individu. Je sais bien qu'elle datera de quinze ans, mais ce sera déjà un début. Ensuite, on va devoir se renseigner sur ce qu'il est devenu après que tu l'as... après que tu es parti.

— Ça risque d'être secret-défense, à supposer que l'info se trouve quelque part.

— Et on va devoir mettre le patron au courant, poursuivit Gill comme si Rebus n'avait rien dit, le regard fixé droit devant elle. Il faut absolument retrouver ce salaud.

Rebus trouvait la pièce effroyablement silencieuse, comme après un décès, alors qu'en fait une sorte de naissance s'était produite — la naissance de sa mémoire. Il se rappelait maintenant Gordon, avoir quitté cette cellule froide et impitoyable, lui avoir tourné le dos.

— Vous êtes vraiment sûrs que ce Reeve est votre homme ? demanda Michael en se servant un whisky.

Rebus refusa le verre qu'il lui tendit.

— Pas pour moi, merci. Je suis dans le coaltar. Oui, je pense qu'on peut être sûrs que c'est lui qui se cache derrière tout ça. Les lettres, les nœuds et les croix : maintenant tout s'explique. C'était clair dès le départ. Reeve doit me trouver bien crétin. Ça fait des semaines qu'il m'envoie des messages très clairs et je n'ai pas été fichu de comprendre ! J'ai laissé mourir ces pauvres gamines. Tout ça parce que je n'étais pas capable de voir la réalité en face. La réalité !

Gill se pencha derrière lui et lui posa les mains sur les épaules. Il se leva d'un bond et se tourna vers elle. *Reeve...* Non, Gill, Gill... Il secoua la tête, s'excusant en silence, puis fondit en larmes.

Gill jeta un coup d'œil vers Michael mais celui-ci baissait les yeux. Elle serra Rebus très fort dans ses bras, cette fois sans le laisser s'échapper. Elle lui murmura à l'oreille que c'était bien elle, Gill, et pas un fantôme du passé. Michael se demandait dans quoi il s'était embarqué. C'était la première fois qu'il voyait John pleurer. A nouveau, la culpabilité l'envahit. Il allait laisser tomber ces conneries. Il n'en avait plus besoin. Il n'avait qu'à se faire oublier, son dealer finirait bien par se lasser de lui courir après, et ses clients n'auraient qu'à s'approvisionner ailleurs. Oui, c'est ce qu'il allait faire. Pas pour John, pour lui-même.

C'est vrai que son père et lui l'avaient traité comme de la merde, songea-t-il. Comme un intrus.

Plus tard, ils prirent du café. Rebus avait l'air plus calme, mais Gill ne le quittait pas du regard, l'air inquiète et soucieuse.

— Une chose est certaine, dit-elle, ce Reeve est cinglé.

— C'est à voir, dit Rebus. Par contre, on peut être certains qu'il sera armé. Il est prêt à toutes les éventualités. Ce type a appartenu au régiment des Seaforths, il faisait partie des SAS. C'est un type supercoriace.

— Comme toi, John.

— Oui, c'est pour ça que je suis le mieux placé pour le traquer. Le patron doit absolument comprendre ça, Gill, je réintègre l'enquête.

Gill fit la moue.

— Je ne suis pas certaine qu'il accepte ça, dit-elle.

— Alors, qu'il aille se faire foutre ! Je retrouverai ce salopard tout seul.

— T'as raison, dit Michael. Retrouve-le. Tu te fiches de leur avis.

— Mickey, dit Rebus, j'aurais pas pu avoir un meilleur frère que toi. Bon. Il n'y aurait rien à bouffer ? Je crève la dalle.

— Et moi je suis claqué, dit Michael qui se sentait tout content de lui. Ça t'embête si je m'allonge une heure ou deux avant de prendre la route ?

— T'as qu'à te mettre dans ma chambre, Mickey.

— Bonne nuit, Michael, dit Gill.

Il les quitta, le sourire aux lèvres.

*

Des nœuds et des croix. Des ronds[1] et des croix. Une partie de morpion. Ça crevait vraiment les yeux. Reeve avait dû le trouver bien crétin. Et il y avait de quoi. Le nombre de parties qu'ils avaient pu faire ! Les tactiques et les ruses, leur discussion sur le christianisme, l'histoire du nœud gordien. Et la Croix. Dieu, ce qu'il avait pu être bête ! Il s'était laissé abuser par sa mémoire, qui lui avait fait croire que son passé n'était qu'un vaisseau éventré et inutile, vidé de sa substance. Quel crétin !

— John, tu vas renverser ton café !

Gill revenait de la cuisine, une assiette de toasts au fromage à la main. Rebus s'ébroua.

— Mange ça, lui dit-elle. J'ai appelé le QG. On nous y attend dans deux heures. Ils ont déjà lancé les recherches à partir du nom de Reeve, on va bien finir par le retrouver.

— J'espère bien, Gill. Mon Dieu, j'espère vraiment.

Ils s'étreignirent. Elle proposa qu'ils s'allongent sur le canapé. Ce qu'ils firent, blottis l'un contre l'autre. Rebus ne pouvait s'empêcher de se demander si cette traversée de la nuit lui servirait d'exorcisme, si son passé continuerait à le hanter sur le plan sexuel. Ce n'était ni le lieu ni le moment de tenter l'expérience.

Gordon, mon ami, que t'ai-je fait subir ?

---

1. En anglais, le jeu de morpion s'appelle « naughts and crosses », ce qui signifie littéralement « ronds et croix ». L'auteur joue sur l'homophonie entre « naught » et « knot » qui signifie « nœud ». *(NdT)*

Chapitre 24

Jim Stevens était d'un naturel patient. Les deux flics s'étaient montrés intraitables : pour l'instant, personne n'était autorisé à voir l'inspecteur adjoint John Rebus.

Stevens était rentré au journal où il avait rédigé un article pour le tirage de trois heures du matin, puis il avait repris sa voiture et était revenu devant chez Rebus. On apercevait encore de la lumière aux fenêtres, et deux nouveaux vigiles montaient la garde. Il se gara de l'autre côté de la rue et alluma une cigarette. Tout ça commençait à prendre tournure. Les différents morceaux s'emboîtaient. La série de meurtres et le trafic de drogue étaient liés d'une manière ou d'une autre, et Rebus semblait bien être la clé. De quoi son frère et lui pouvaient-ils être en train de parler à une heure pareille ? Peut-être d'un plan de secours. Putain, il aurait donné cher pour être une mouche sur le mur du salon ! Il connaissait des reporters de Fleet Street qui utilisaient de la technologie de surveillance haut de gamme — micros dissimulés, système d'écoute à longue distance, mise sur écoute téléphonique. Peut-être ferait-il bien d'investir à son tour.

Il échafauda de nouvelles théories dans sa tête, des théories avec des centaines de permutations. Si les barons de la drogue d'Edimbourg étaient prêts à commettre des enlèvements et des meurtres pour faire peur à quelques pauvres bougres, c'est que les choses prenaient vraiment un tour très vilain. A l'avenir, il aurait tout intérêt à se montrer encore plus prudent. Pourtant, Big Podeen n'était pas au courant. Mettons alors qu'un nouveau gang soit de la partie, et qu'il ait introduit de nouvelles règles. Si c'était le cas, on allait droit vers une guerre des gangs comme à Glasgow. Non, aujourd'hui on ne s'y prenait plus comme ça. Quoique.

De cette manière, Stevens lutta contre le sommeil et garda l'esprit alerte, griffonnant ses pensées dans un carnet. La radio était allumée et il écoutait le flash d'information toutes les demi-heures. La fille d'un policier était la nouvelle victime de l'Etrangleur. Au cours de ce nouvel enlèvement, un homme avait été tué, étranglé dans la maison de la mère. Et caetera. Stevens continuait de brasser les idées, d'échafauder des scénarios. On n'avait pas encore révélé que tous les meurtres étaient liés à Rebus. La police n'était pas prête à rendre l'information publique, sans parler de mettre un Stevens dans la confidence.

A sept heures et demie, Stevens parvint à convaincre un gamin qui livrait des journaux d'aller lui acheter des viennoiseries et du lait dans une boutique du quartier, moyennant un petit quelque chose. Il fit descendre la pâte farineuse et sèche à coups de gorgées de lait bien frais. Le chauffage marchait mais il avait froid jusqu'à la moelle. Une bonne douche lui aurait fait le plus grand bien. Se raser, dormir. Pas forcément dans cet ordre.

Mais il était trop près du but pour laisser filer maintenant. Il avait cette ténacité — certains appelleraient ça de la folie, du fanatisme — qu'ont tous les bons reporters. Au cours de la nuit, il avait vu d'autres journalistes se pointer et se faire rembarrer. Un ou deux l'avaient aperçu dans sa voiture et étaient venus bavarder, pour essayer de lui soutirer quelques tuyaux. Feignant de s'ennuyer, il avait rangé son carnet et prétendu qu'il était sur le point de rentrer chez lui. Des mensonges, rien que des mensonges.

Ça faisait partie du métier.

Et maintenant, voilà que tout ce petit monde sortait de l'immeuble. Quelques caméras et micros les attendaient, bien entendu, mais rien de mauvais goût ; pas de bousculade dans tous les sens, aucun harcèlement. D'une part c'était là un père frappé par un drame, d'autre part il était policier ; personne n'allait s'aviser de le harceler.

Jim Stevens vit Gill et Rebus monter tranquillement à l'arrière d'une Rover de la police. Il observa longuement leurs visages. Comme on pouvait s'y attendre, Rebus avait l'air lessivé. Mais derrière on sentait quelque chose de farouche, surtout la bouche figée en un trait rectiligne. Stevens s'en trouva quelque peu chiffonné. On avait l'impression que ce type était sur le point d'entrer en guerre. Bizarre de chez bizarre. Quant à Gill Templer, elle aussi avait la mine déterrée, peut-être encore plus que Rebus. Elle avait les yeux rouges, mais là aussi on sentait que ce n'était pas tout. Quelque chose clochait vaguement. Un reporter digne de ce nom ne pouvait pas faire autrement que de le remarquer, à condition d'être un

230

tant soit peu attentif. Stevens était rongé de curiosité ;
il mourait d'envie d'en savoir davantage. Cette
enquête était une drogue, il avait besoin de s'injecter
des doses de plus en plus fortes. Et il devait bien
s'avouer, avec un certain étonnement, que c'était sa
curiosité personnelle qui l'y poussait, pas celle du
journaliste. Ce Rebus l'intriguait sacrément. Gill Templer l'intéressait elle aussi, forcément.

Et Michael Rebus...

Michael Rebus n'était pas sorti de l'immeuble. Le
cirque médiatique était en train de plier bagage, la
Rover avait tourné à droite, au coin de Marchmont
Street. Mais les cerbères étaient toujours là — deux
nouveaux plantons. Stevens alluma une cigarette. Ça
valait peut-être le coup d'être tenté... Il retourna à sa
voiture et la ferma à clé. Puis il mijota son plan en
faisant le tour du pâté de maisons.

— Un instant, monsieur. Vous habitez ici ?

— Bien sûr que je crèche ici ! Qu'est-ce que c'est
que tout ce ramdam ? J'aimerais bien aller me pieu-
ter.

— La nuit a été si arrosée que ça ?

Le type aux yeux cernés brandit trois sacs en papier
kraft qu'il agita. Chacun contenait six petits pains.

— Je suis boulanger. Je bosse de nuit. Maintenant,
si vous vou...

— Vous vous appelez comment ?

Faisant mine de passer devant le policier, Stevens
eut juste le temps de déchiffrer quelques noms sur
l'interphone.

— Laidlaw, répondit-il.

Le flic consulta la liste qu'il tenait à la main.

— C'est bon, monsieur Laidlaw. Désolé de vous avoir importuné.

— Il se passe quoi, au juste ?

— Vous ne tarderez pas à l'apprendre. Reposez-vous bien.

Il ne restait plus qu'un obstacle — Stevens savait très bien qu'il ne pourrait rien faire si la porte était fermée à clé, tout tomberait à l'eau. Il la poussa d'un geste convaincant et la sentit céder : on ne l'avait pas fermée à clé. Aujourd'hui, son saint patron avait décidé de lui être agréable.

Dans l'entrée de l'immeuble, il se débarrassa des petits pains et imagina rapidement la suite du stratagème. Il grimpa les deux étages jusqu'à l'appartement de Rebus. Ça empestait la pisse de chat. Il s'attarda quelques secondes devant la porte, le temps de reprendre son souffle. A cause de sa mauvaise forme, mais aussi de l'excitation. Ça faisait des années qu'il ne s'était pas senti comme ça au cours d'une enquête. C'était bon. Un jour comme celui-là, il avait l'impression que tout pouvait lui réussir. Il appuya sur la sonnette et laissa sonner.

Michael Rebus finit par ouvrir, bâillant, les traits tirés. L'heure du face-à-face était enfin là ! Stevens brandit une pièce d'identité en un geste éclair — le document spécifiait que James Stevens était membre d'un club de snooker[1] d'Edimbourg.

— Inspecteur Stevens, dit-il en rangeant la carte. Désolé de vous tirer du lit, monsieur Rebus. Votre

---

1. Variante du billard. *(NdT)*

232

frère nous a prévenus que vous dormiez encore, mais je me suis dit que je passerais quand même. Je peux entrer ? C'est juste pour quelques questions, je ne vais pas vous retenir très longtemps.

On avait beau être au début de l'été, les deux policiers avaient les pieds engourdis malgré leurs chaussettes en thermolactyl, et ils se dandinaient dans l'espoir de se réchauffer. Ils ne parlaient que du dernier enlèvement et du meurtre du fils du commissaire. La porte d'entrée s'ouvrit derrière eux.

— Vous êtes toujours ichi, les gars ? L'épouse m'a dit qu'il y avait deux polichiers devant la porte, mais je l'ai pas cru. Ch'est quoi le problème ?

Un vieillard, toujours en pantoufles mais avec un gros manteau d'hiver. Il n'était qu'à moitié rasé et avait perdu ou oublié la mâchoire inférieure de son dentier. Il sortit, coiffant son crâne chauve d'une casquette.

— Vous n'avez aucun souci à vous faire. Vous ne tarderez pas à être au courant.

— Ch'est bien. Je chors acheter du lait et le journal. D'ordinaire on prend des toachts au petit déjeuner, mais quelqu'un a laiché deux doujaines de petits pains tout frais dans l'entrée. Ben, ch'il en veut pas, moi j'dis pas non.

Il gloussa, dévoilant sa gencive inférieure toute rouge.

— Je peux vous rapporter quelque choje ?

Les deux policiers se dévisagèrent, sans voix, consternés.

— Dépêche-toi de monter ! finit par dire l'un d'eux. Comment vous appelez-vous, monsieur ?

Le vieillard bomba le torse. Un ancien soldat.

— Jock Laidlaw. Pour vous chervir !

Ce café noir était une vraie bénédiction ! Ça faisait un sacré bail que Stevens n'avait rien avalé de chaud. Il était installé dans le salon, ne sachant où donner de l'œil.

— Ce n'est pas plus mal que vous m'ayez réveillé, lui dit Michael Rebus. Il faut que je rentre chez moi.

Je veux bien te croire ! songea Stevens. *Ça, je veux bien te* croire !

Michael Rebus lui paraissait bien plus détendu qu'il ne s'y attendait. Détendu, reposé, la conscience tranquille. De plus en plus bizarre...

— Comme je vous l'ai dit, monsieur Rebus, j'ai juste quelques questions.

Michael Rebus s'assit, croisa les jambes et sirota son café.

— Oui ?

Stevens sortit son carnet.

— Votre frère est sous le choc.

— Oui.

— Mais vous pensez qu'il se remettra ?

— Oui.

Le journaliste fit semblant de prendre des notes.

— Au fait, il a passé une bonne nuit ? Il a pu dormir ?

— En fait, on n'a pas trop dormi. John pas du tout, je crois, dit Michael en fronçant les sourcils. Ecoutez, où voulez-vous en venir ?

234

— C'est juste la routine, monsieur Rebus. Vous comprenez bien qu'on a besoin d'une version détaillée de toutes les personnes concernées si on espère résoudre cette affaire.

— Mais elle est déjà résolue, non ?

Stevens sentit son cœur bondir.

— Ah oui ?

— Ben, vous n'êtes pas au courant ?

— Si, bien sûr, mais nous devons réunir toutes les informations.

— Des personnes concernées. Oui, vous l'avez déjà dit. Ecoutez, j'aimerais bien revoir votre pièce d'identité, par précaution.

Le bruit d'une clé dans la serrure de la porte d'entrée se fit entendre.

Merde ! songea Stevens. *Ils reviennent déjà !*

— Ecoute, dit-il en desserrant à peine les dents. On sait que tu revends de la drogue. Si tu nous dis pas qui est derrière tout ça, mon gars, on te fout derrière les barreaux pour cent ans.

Le visage de Michael vira au bleu pâle, puis au gris. Sa bouche semblait sur le point de s'ouvrir, prête à prononcer ce nom dont Stevens se serait largement contenté, mais l'un des gorilles débarqua dans la pièce et projeta le reporter hors de son fauteuil.

— Je n'ai pas fini mon café ! protesta ce dernier.

— T'as de la chance que je te torde pas le cou, mon gaillard ! rétorqua le policier.

Michael Rebus se leva aussi mais resta silencieux.

— Un nom ! s'écria Stevens. Donne-moi juste le nom ! Si tu coopères pas, mon ami, on va étaler ça en première page ! File-moi le nom !

Ses cris retentirent jusqu'au bas de l'escalier, jusqu'à la dernière marche.

— C'est bon, finit-il par dire en se dégageant de la solide poigne qui le retenait. J'y vais ! Vous avez été un peu légers, les gars, hein ? Cette fois je dirai rien, mais gare à la prochaine !

— Tire-toi, connard ! cracha l'un des deux flics.

Stevens ne se le fit pas dire deux fois. Il monta dans sa voiture, plus frustré et curieux que jamais. Putain ! Dire qu'il était à deux doigts... Qu'entendait l'hypnotiseur en disant que l'affaire était résolue ? Etait-ce possible ? Dans ce cas, il tenait à être le premier à révéler l'information. Avoir un coup de retard, ce n'était pas son genre. D'habitude, c'était lui qui dictait les règles. Non, ce n'était pas une situation faite pour lui plaire. Mais ce que ça pouvait l'exciter ! Par contre, si l'affaire était résolue, alors le temps pressait, et faute de pouvoir obtenir ce qu'on cherchait auprès d'un des deux frères, il suffisait de s'adresser à l'autre. Quant à savoir où se trouvait John Rebus, il avait sa petite idée. Aujourd'hui, ses intuitions étaient puissantes. C'était ça l'inspiration.

Chapitre 25

— Eh bien, John, tout ça est bien abracadabrant,
mais ça m'a l'air possible. En tout cas, c'est notre
meilleure piste, même si j'ai du mal à croire que
quelqu'un puisse vous en vouloir au point d'assassi-
ner quatre fillettes innocentes juste pour vous fournir
des indices sur l'identité de sa dernière victime.

Le superintendant Wallace fixa tour à tour Rebus
et Gill, puis Rebus de nouveau. Anderson était assis
à gauche de Rebus. Les mains de Wallace reposaient
sur le bureau comme des poissons morts, avec un stylo
entre elles. C'était une vaste pièce où rien ne traînait,
une oasis de confiance en soi : ici tous les problèmes
trouvaient leur solution, toutes les décisions prises
étaient les bonnes.

— Tout le problème est maintenant de le retrouver. Si l'on informe le public, on risque de lui faire
peur, et de mettre en danger la vie de votre fille par
la même occasion. D'un autre côté, un appel à témoins
serait de loin la façon la plus rapide de lui mettre la
main dessus...

Gill Templer n'en pouvait plus et rompit la séré-
nité ambiante.

— Vous n'allez tout de même pas... !

Wallace lui fit signe de se taire.

— Je réfléchis simplement à voix haute. Je jette mes petits cailloux dans la mare.

Anderson était figé comme un cadavre, les yeux rivés par terre. Officiellement, il était en congé pour deuil, mais il avait tenu à suivre l'enquête et Wallace avait accepté.

— Bien entendu, continua Wallace, il est exclu que vous poursuiviez l'enquête, John.

Rebus se leva brusquement.

— Asseyez-vous, John.

Le superintendant avait un regard dur et franc — le regard d'un vrai flic, un flic de l'ancienne école. Rebus se rassit.

— Libre à vous de me croire ou non, John, mais je sais ce que vous ressentez. Malgré tout, l'enjeu est trop élevé, pour chacun d'entre nous. Vous êtes beaucoup trop impliqué pour nous être d'une aide objective, et vous vous rendez bien compte que l'opinion publique s'indignerait si vous vous rendiez justice à vous-même.

— Je me rends compte d'une seule chose : sans moi, Reeve sera prêt à tout. C'est moi qu'il veut.

— Exactement. Et nous serions bien bêtes de vous livrer sur un plateau, non ? Nous allons faire le maximum, comme vous l'auriez fait vous-même. Faites-nous confiance.

— Vous savez, l'armée ne vous dira rien.

— Ils seront bien obligés, dit Wallace qui se mit à jouer avec son stylo qui semblait posé là à cet effet. Au bout du compte, ils ont le même patron que nous. On les obligera à donner l'information.

Rebus fit non de la tête.

238

— Ces gens-là font leur propre loi. C'est à peine si les SAS font partie de l'armée. Croyez-moi, s'ils n'en ont pas envie, ils vous diront que dalle ! s'emporta Rebus en plaquant sa main sur le bureau. Que dalle !

— John...

Gill lui posa la main sur l'épaule pour le calmer. Elle-même avait l'air d'une furie, mais elle savait se taire et seul son visage laissait transparaître sa colère et son mécontentement. Mais pour Rebus l'action était la seule chose qui comptait. Ça faisait bien trop longtemps qu'il était à côté de la réalité.

Il se leva de sa petite chaise tel une force brute, qui n'avait plus rien d'humain, et quitta la pièce sans un mot.

Le superintendant regarda Gill.

— Il est écarté de l'enquête, Gill. Veillez à ce qu'il le comprenne. Je crois savoir que vous... dit-il en s'interrompant, le temps d'ouvrir et de refermer un tiroir ... que vous êtes d'accointance, comme on disait à mon époque. Vous êtes sans doute bien placée pour lui faire comprendre sa position. Nous allons retrouver cet individu, mais nous nous passons très bien d'avoir Rebus dans les pattes, avec ses idées de vengeance. Nous n'avons aucunement besoin d'un justicier solitaire à Edimbourg, dit-il en se tournant vers Anderson qui le fixa sans la moindre expression. Que diraient les touristes ?

Il afficha un sourire froid, les regarda tour à tour et se leva.

— On a vraiment l'impression d'une lutte... fratricide, fit remarquer Gill.

— Je dirais carrément incestueuse. Vous avez Anderson, ici présent. Son fils et l'ex-femme de Rebus. Vous-même et Rebus. Rebus et ce Reeve. Ce Reeve et la fille de Rebus. Je compte bien que ça ne sorte pas dans la presse. C'est à vous d'y veiller et de punir toute indiscrétion. Suis-je clair ?

Gill Templer opina du chef, en réprimant une subite envie de bâiller.

— Maintenant, ajouta Wallace en pointant son menton vers Anderson, assurez-vous que le commissaire Anderson rentre chez lui sain et sauf.

Installé sur la banquette arrière, William Anderson passa en revue dans sa tête la liste de ses contacts et relations. Il connaissait quelques personnes susceptibles de le renseigner sur les SAS. Un épisode comme l'affaire Reeve-Rebus n'avait pu être complètement étouffé, même si on avait détruit les archives. D'autres soldats étaient forcément au courant ; le téléphone arabe fonctionne partout, surtout là où on s'y attend le moins. Il faudrait sans doute faire pression sur quelques personnes, graisser quelques pattes, mais il était bien décidé à mettre la main sur ce salopard, même si cela devait être sa dernière action sur terre.

Ou bien à être là si Rebus y parvenait le premier.

Comme Stevens l'escomptait, Rebus quitta le QG par une sortie dérobée. Le journaliste prit en filature le policier qui s'éloignait d'un pas décidé. Celui-ci faisait vraiment pitié à voir. Quel était le fin mot de cette histoire ? Peu lui importait : il était sûr de tenir son scoop, à condition de ne pas lâcher Rebus d'une semelle. Ça promettait de faire un sacré article ! Stevens n'arrêtait pas de vérifier dans son dos, mais personne ne semblait suivre Rebus — en tout cas aucun flic. C'était bizarre qu'on laisse filer un type comme ça ; un père dont la fille vient d'être enlevée est capable de faire tout et n'importe quoi. Stevens espérait bien un dénouement en beauté : que Rebus le conduise tout droit aux nouveaux caïds de la drogue. Un frère en valait bien un autre.

On était comme des frères. Qu'est-ce qui a bien pu se passer ? Il savait très bien à qui la faute. Leur méthode de brutes, c'est ça qui avait tout déclenché. On vous foutait en cage, on vous brisait psychologiquement, puis on recollait les morceaux. Pour ce qui était de recoller les morceaux, ça n'avait pas été un franc succès. Ils étaient tous les deux des hommes brisés, chacun à sa manière. Mais ce n'était pas ça qui l'empêcherait d'arracher la tête à Reeve. Rien n'y ferait. Encore fallait-il retrouver ce salaud, et il n'avait pas la moindre idée d'où commencer à chercher. Il sentait la ville se refermer sur lui, l'écraser de tout son poids historique. Edimbourg la rebelle, la cité du rationalisme et des Lumières — quelques-unes des qualités secrètes de cette ville, dont il allait avoir besoin à son tour. Il devait opérer seul, rapidement mais méthodiquement, en se servant de son ingéniosité et de toutes les armes à sa disposition. Mais, plus que tout, il devait faire preuve d'instinct.

Il mit cinq minutes avant d'en être sûr : quelqu'un le suivait. Il sentit ses cheveux se hérisser sur sa nuque. Ce n'était pas une filature policière, sans quoi

il ne l'aurait pas repérée aussi facilement. Etait-ce...
se pouvait-il qu'il soit si proche ?

Il s'arrêta devant un arrêt de bus et se retourna
subitement, comme pour voir si un bus arrivait. Il
aperçut l'individu se précipiter dans une entrée
d'immeuble. Ce n'était pas Gordon Reeve mais ce
fichu journaliste.

Rebus écouta son cœur qui reprenait sa cadence
normale. Mais l'adrénaline avait déjà jailli en lui, et
ça lui donnait envie de courir, de détaler dans cette
longue rue toute droite, contre le vent le plus fort
qu'on puisse imaginer. Mais à cet instant un bus brin-
guebalant tourna au coin de la rue et il monta dedans.
Par la vitre arrière, il aperçut le journaliste qui sortait
précipitamment de l'immeuble et hélait un taxi en
catastrophe. Rebus n'avait pas de temps à perdre avec
ce type. Il avait besoin de réfléchir, Comment diable
allait-il retrouver Reeve ? Une possibilité le hantait :
*c'est lui qui me retrouvera. Je n'ai pas besoin de le
traquer.* Et sans trop savoir pourquoi, ça lui faisait
encore plus peur.

Gill Templer n'arrivait pas à mettre la main sur
Rebus. Il avait totalement disparu ; à croire qu'il
n'était qu'une ombre, pas un homme en chair et en
os. Elle passa des coups de fil, partit à sa recherche
et interrogea des gens, tout ce que doit faire un bon
flic. Mais elle se mesurait à quelqu'un qui n'était pas
simplement un bon flic lui aussi : cet oiseau-là s'était
illustré dans les SAS. Il aurait pu se planquer sous
ses semelles, sous son bureau ou sous ses habits

qu'elle ne l'aurait pas trouvé. Il tenait donc à rester caché.

Il se cachait parce qu'il était à l'affût, supposait-elle. Il devait être en train de traquer sa proie, en arpentant furtivement et méthodiquement les rues et les bars d'Edimbourg. Tout en sachant très bien que cette proie, une fois découverte, deviendrait chasseur à son tour.

Mais Gill ne s'avouait pas vaincue. Elle était parfois saisie d'un frisson en pensant au passé lugubre et terrifiant de son amant, sans parler de la mentalité de ceux qui avaient pu recourir à de telles méthodes. Pauvre John... Qu'aurait-elle fait à sa place ? Elle serait sortie de cette cellule pour ne plus jamais se retourner, comme lui. Pourtant, elle aussi se serait sentie coupable. Mais elle aurait mis tout ça derrière elle, ne gardant qu'une cicatrice invisible.

Pourquoi tous les hommes de sa vie étaient-ils des types compliqués et bourrés de problèmes ? N'attirait-elle que les articles de rebut ? Elle aurait pu trouver ça comique, mais il y avait Samantha, ce qui n'était franchement pas drôle. Par où commencer quand on cherche une aiguille ? Elle se souvint des mots du superintendant Wallace. *Ils ont le même patron que nous.* Une vérité qui méritait réflexion, plus complexe qu'il n'y paraissait. En effet, si le patron était le même, peut-être pouvait-on envisager d'étouffer l'affaire en commun, maintenant que l'atroce vérité refaisait surface. Si les journaux s'emparaient de l'affaire, ce serait la panique à bord. Alors peut-être que l'armée accepterait de coopérer pour tout enterrer. Sans doute qu'ils voudraient aussi faire taire Rebus... Faire taire Rebus, mon Dieu ! Cela supposerait aussi de faire taire Anderson, et elle-même. A coups de pots-de-vin, ou en faisant disparaître tout le monde. Elle avait intérêt à bien faire attention où elle mettait les pieds. Au moindre faux pas, elle risquait d'être renvoyée, ce qu'elle préférait éviter. La justice devait l'emporter ouvertement. Pas question d'enterrer l'affaire. Pas question de laisser le patron dicter sa loi — quelle que soit la personne qui se cachait derrière ce terme anonyme. La vérité devait éclater ou tout ça n'était qu'une fumisterie, et toutes les personnes impliquées des truqueurs.

Et que dire de ses sentiments pour John Rebus, sur lesquels on venait de braquer le projecteur au beau milieu de la scène ? Elle ne savait plus quoi penser. Elle n'arrivait pas à se défaire d'une idée, pourtant absurde : et si John avait tout manigancé ? Exit Reeve. Il s'adresse les lettres à lui-même, assassine l'amant de sa femme par jalousie, cache sa fille quelque part, par exemple dans cette chambre toujours fermée à clé... C'était impensable — et c'était précisément pour ça que Gill était prête à l'envisager, vu le tour que les choses avaient pris jusque-là. Mais elle écarta cette idée. Pour une seule raison : John Rebus lui avait fait l'amour, s'était mis à nu devant elle, lui avait serré la main très fort sous une couverture d'hôpital. Un homme qui avait quelque chose à cacher sortirait-il avec une femme flic ? Non, ça paraissait tout à fait improbable.

Encore une fois, elle se demanda s'il ne fallait pas pactiser avec les autres... Gill avait la tête comme une citrouille. Où diable John se planquait-il ? Et si Reeve le trouvait avant que la police ne lui mette la main dessus ? John Rebus constituait un fanal ambulant pour son ennemi, il était fou de rester seul comme ça. Bien sûr que c'était crétin ! Quelle connerie de l'avoir laissé filer, s'envoler comme un souffle ! Merde !

Elle décrocha son téléphone pour la énième fois et appela chez lui.

Chapitre 26

John Rebus parcourait la jungle de la ville, une jungle que les touristes ne voient jamais, trop occupés à mitrailler les temples dorés du passé, depuis longtemps disparus mais dont l'ombre perdure. Cette jungle gagnait inexorablement du terrain, sans que les touristes s'en aperçoivent. C'était un phénomène naturel, la force de la violence et du vice.

« A Edimbourg, vous avez des rondes faciles, soutenaient les collègues de la côte Ouest. Venez passer une soirée à Partick et osez nous dire le contraire ! » Mais Rebus savait qu'il n'en était rien. Edimbourg était une ville d'apparences ; le crime n'y était pas moins présent, tout juste plus difficile à repérer. Edimbourg était schizophrène, la ville de Jekyll et Hyde, bien entendu, mais aussi celle de Deacon Brodie, des manteaux de fourrure sans petite culotte, comme on disait à Glasgow. Mais c'était aussi une petite ville. Un avantage pour Rebus.

Il traqua sa proie dans les bars à voyous, dans les lotissements où le chômage et l'héroïne tenaient lieu de blason, parce qu'il savait que quelqu'un d'aguerri saurait survivre dans cet anonymat, s'y fondre pour peaufiner son plan. Il cherchait à se mettre dans la peau de Gordon Reeve. La peau d'un individu qui avait mué quantité de fois ; Rebus devait bien admettre que tout les séparait, lui et ce frère de sang fou et meurtrier. En d'autres temps, il avait tourné le dos à Reeve, et maintenant c'était lui qui refusait de se montrer. Peut-être allait-il recevoir une nouvelle lettre, un de ces indices en forme de pied de nez. Oh, ma Sammy, ma pauvre Sammy ! Mon Dieu, faites qu'elle ait la vie sauve !

Gordon Reeve avait disparu du monde de Rebus, comme par lévitation. Il flottait dans les airs, jubilant du pouvoir qu'il détenait maintenant. Il avait mis quinze ans à monter son coup, mais quel coup de maître ! En quinze ans, il avait eu le temps de changer de nom et d'apparence, de trouver un petit boulot, de se renseigner sur Rebus. Depuis combien de temps ce type l'espionnait-il, mijotant haineusement sa revanche ? Toutes ces fois où il avait senti un frisson sur sa peau sans raison apparente, où le téléphone avait sonné sans que personne soit au bout du fil, tous ces petits incidents sans conséquences, si vite oubliés... Et Reeve qui s'était trouvé là tout du long, à planer au-dessus de lui avec son rictus, petit Dieu présidant à la destinée de Rebus.

Rebus frissonna et entra dans le premier pub venu où il se commanda un triple whisky.

— Ici on sert des doses de cinq centilitres, l'ami. T'es sûr que tu veux un triple ?

— Ouais.

Au point où il en était ! Si Dieu tourbillonnait bien dans les cieux, se penchant de temps à autre pour effleurer ses créatures, le résultat avait de quoi étonner. Jetant un coup d'œil à la ronde, Rebus vit qu'il avait atterri au cœur du désespoir. Quelques vieillards étaient assis devant leur demi-pinte, le regard rivé sur la porte d'entrée. Simple curiosité ? Ou la crainte de voir un jour surgir quelque créature tapie dehors, qui viendrait envahir leurs recoins sombres et s'immiscer dans leurs regards lâches, avec toute la colère des monstres et des calamités de l'Ancien Testament. Rebus ne voyait pas ce qui se cachait derrière leurs regards, ni eux derrière le sien. C'était grâce à cette capacité de ne pas partager la souffrance des autres que la masse des hommes allait de l'avant. Rester concentré sur son « moi », ignorer les mendiants aux bras croisés. Derrière son regard, Rebus en était maintenant réduit à implorer comme un mendiant. Il implorait son étrange Dieu de le laisser retrouver Reeve, de pouvoir s'expliquer avec ce fou. Dieu ne lui répondit pas. La télé était allumée à fond — un jeu télévisé sans intérêt.

— A bas l'impérialisme ! A bas le racisme !

Rebus se retourna. Derrière lui se tenait une jeune fille qui portait un manteau en similicuir et des petites lunettes rondes. Elle tenait un tronc dans une main et une pile de journaux dans l'autre.

— A bas l'impérialisme ! A bas le racisme !

— On n'est pas sourds...

Rebus sentait que l'alcool lui détendait les mandibules.

— Tu milites où ?

— Au Parti Révolutionnaire des Travailleurs. La seule façon de détruire le système capitaliste, c'est que les travailleurs s'unissent pour détruire le racisme ! Le racisme, c'est le moteur de l'exploitation !

— Ah ouais ? Tu crois pas que t'es en train de mélanger deux arguments qui n'ont rien à voir ?

Elle se hérissa, prête à en découdre — ces gens-là l'étaient toujours.

— Les deux sont inextricablement liés. Le capitalisme s'est bâti avec une main-d'œuvre esclave et c'est grâce à elle qu'il se maintient.

— Tu m'as pas trop l'air d'une esclave. D'où te vient ton accent ?

— Cheltenham. Mon père était esclave de l'idéologie capitaliste. Il ne savait pas ce qu'il faisait.

— Tu veux dire qu'on t'a mise dans une école pour gosses de riches ?

Là, elle se mit à bouillonner pour de bon. Rebus alluma une cigarette et lui en proposa une, mais elle fit non de la tête. Un produit du capitalisme, supputat-il. Les feuilles étaient récoltées par des esclaves sud-américains. Cela dit, elle était plutôt mignonne. Dans les dix-huit, dix-neuf ans. Elle portait de drôles de chaussures à la mode victorienne, étroites et très pointues. Une jupe droite, noire. Le noir, couleur de la rébellion. La rébellion, il était tout à fait pour.

— J'imagine que t'es étudiante.

— C'est ça...

Elle recula, pas très à l'aise ; elle savait reconnaître un acheteur potentiel, et celui-ci n'en était pas un.

— A l'université d'Edimbourg ?

— Oui.

— T'étudies quoi ?

— La littérature et la science politique.

— La littérature ? Tu connais pas un certain Eiser, qui est prof là-bas ?

Elle acquiesça d'un hochement de tête.

— Un vieux facho. Sa théorie de la littérature n'est que de la propagande d'extrême droite, pour aveugler le prolétariat.

Rebus hocha la tête pensivement.

— C'est quoi ton parti, déjà ?

— Le Parti Révolutionnaire des Travailleurs.

— Mais toi, t'es bien étudiante ? T'es pas une travailleuse ? Et à t'entendre, tu fais pas partie du prolétariat.

Elle était toute rouge et ses yeux crachaient des flammes — quand la Révolution éclaterait, Rebus serait le premier à être aligné contre le mur. Mais il avait encore un atout dans sa manche.

— Donc t'es en infraction avec le Code du travail. Et ce tronc : t'as un permis en règle pour collecter de l'argent sur la voie publique ?

C'était un vieux tronc, dont on avait déchiré l'étiquette. Un cylindre rouge, comme ceux qu'on utilisait pour les anciens combattants. Mais on n'était pas le 11 novembre.

— Vous êtes flic ?

— Dans le mille, ma jolie ! T'as un permis ? Sinon, je vais être obligé de t'embarquer.

— Sale porc !

Satisfaite de sa réplique, elle lui tourna le dos et se dirigea vers la porte.

Amusé, Rebus termina son whisky. Pauvre gamine, elle avait le temps d'évoluer. Son idéalisme s'envolerait dès qu'elle comprendrait l'hypocrisie de ce manège et découvrirait toutes les tentations qui vous attendaient après l'université. Tout ça lui ferait envie :

un boulot de cadre à Londres, l'appart, la voiture, le gros salaire, les bars à vin. Adieu les belles idées, je veux ma part du gâteau ! Mais c'était encore trop tôt pour qu'elle comprenne ça. Pour l'instant, elle en était à la réaction contre son éducation. L'université ne servait qu'à ça. Ils s'imaginaient tous qu'ils allaient changer le monde dès qu'ils échapperaient à leurs parents. Lui le premier. Il s'était imaginé rentrant chez lui après l'armée, bardé de médailles et de citations, juste pour leur montrer. Mais ça ne s'était pas passé comme ça. D'humeur sombre, il était sur le point de partir quand une voix l'interpella, à deux ou trois tabourets de lui.

— Ça ne règle jamais rien, hein mon gars ?

Quelques perles de sagesse de la part d'une vieille mémé à la bouche pleine de caries. Rebus observa sa langue baveuse se déplacer dans cette caverne sombre.

— Ouais, fit-il en réglant le barman qui le remercia avec ses dents vertes.

Rebus entendait la télévision, la caisse enregistreuse et les conversations à tue-tête des vieillards, mais derrière tout ça, derrière cette cacophonie un autre son persistait, faible et pur, plus présent à ses oreilles que tous les autres.

C'étaient les cris de Gordon Reeve.

Laissez-moi sortir ! Laissez-moi sortir !

Mais cette fois Rebus n'eut pas le vertige, il ne paniqua pas et ne chercha pas à fuir. Non, cette fois, il tint bon face à ces cris, les laissa s'exprimer, dire ce qu'ils avaient à dire, et ça finit par passer. Plus jamais il ne fuirait ces souvenirs.

Sa brave sorcière n'avait pas l'intention de le lâcher.

— La boisson, ça résout rien, mon p'tit ! R'garde moi : j'étais une femme très bien, il y a d'ça des années. Mais quand mon mari est mort, ça m'a fichue par terre ! Tu vois c'que j'veux dire, mon gars ? Boire un p'tit coup ça me faisait l'plus grand bien. En tout cas, c'est c'que je croyais. Mais l'alcool c'est trompeur, ça vous joue des tours. Tu passes tes journées à picoler et voilà t'y pas que la vie s'est envolée !

Elle avait mille fois raison. Comment pouvait-il rester planté là à se noyer dans le whisky et la mélancolie alors que la vie de sa fille ne tenait plus qu'à un fil ! Il fallait être complètement frappé pour laisser échapper la réalité comme ça. Il devait s'y agripper, c'était la moindre des choses. Il aurait beau prier, ça ne ferait que l'éloigner de la brutalité des faits, et le moment était venu de traquer la réalité, plus les chimères.

Un fou s'était échappé du placard où il avait enfermé ses cauchemars, avait fait irruption dans ce monde pour y enlever sa fille. Et tant mieux si ça avait des airs de conte de fées : ça ne pouvait que bien se terminer.

— Vous avez bien raison, dit-il à la vieille. Vous en voulez un autre ? demanda-t-il en indiquant son verre vide.

Elle fixa son regard brumeux sur lui, puis acquiesça d'un hochement pitoyable du menton.

— Madame reprendra la même chose, annonça-t-il au barman aux dents vertes en lui tendant quelques pièces. Rendez-lui la monnaie.

Sur ce, il quitta le bar.

— J'ai des choses à vous dire. Vous aussi, à mon avis.

Stevens attendait devant le pub. Il alluma une cigarette, d'un air un peu trop mélodramatique au goût de Rebus. Sous l'éclairage des lampadaires, sa peau semblait presque jaune, à peine assez épaisse pour lui recouvrir le crâne.

— On peut discuter ? demanda le journaliste en rangeant son briquet dans sa poche.

Ses cheveux blonds étaient graisseux. Il avait une barbe de deux jours. Il grelottait et avait les joues creuses. Mais intérieurement il se sentait survolté.

— Vous m'avez donné du fil à retordre, monsieur Rebus. Si on se tutoyait, John ?

— Stevens, tu sais très bien que la partie est mal engagée. La coupe est déjà assez pleine, je n'ai pas besoin que tu en rajoutes.

Rebus voulut passer mais le journaliste l'empoigna par le bras.

— Non, dit-il. J'aimerais connaître le score final. J'ai l'impression d'avoir été viré du stade à la mi-temps.

— De quoi parles-tu ?

— Tu sais exactement qui est responsable de tout ça, n'est-ce pas ? Bien sûr que tu es au courant. Tes supérieurs aussi. Tu es bien certain de leur avoir dit toute la vérité, John ? Tu leur as dit, pour Michael ?

— Michael ?

— Allons, allons...

Stevens se balançait d'un pied sur l'autre, jetant un

coup d'œil aux grands immeubles qui se détachaient sur le ciel de fin d'après-midi. Il pouffa, réprimant un frisson. Rebus se souvint de lui avoir vu les mêmes tics à la soirée.

— Où est-ce qu'on peut aller pour parler ? insista le reporter. Si on rentrait dans le pub ? A moins qu'il n'y ait quelqu'un à l'intérieur que je ne suis pas censé voir.

— Tu es complètement siphonné, Stevens. Je dis ça sérieusement. Tu ferais mieux de rentrer chez toi. Dors quelques heures. Mange un morceau. Prends un bain. Mais fous-moi la paix ! Pigé ?

— Sinon tu comptes faire quoi ? Me faire tabasser par les potes de ton frangin ? Ecoute-moi, Rebus, la partie est terminée. Je suis au courant. Mais je ne sais pas tout. Tu ferais mieux de me compter comme allié plutôt que comme ennemi. Et ne va pas me prendre pour un plaisantin. Je pense que tu es plus intelligent que ça. Ne me laisse pas tomber...

Ne me laisse pas tomber.

— ... Après tout, ils ont ta fille. Tu as besoin de mon aide. J'ai des amis un peu partout. On doit se battre ensemble.

Rebus secoua la tête, interloqué.

— Je pige que dalle à ce que tu me racontes, Stevens. Rentre chez toi, j'te dis.

Jim Stevens soupira, secouant la tête à son tour, l'air désabusé. Il jeta sa cigarette sur le trottoir et l'écrasa d'un coup de pied sec qui projeta quelques bouts de tabac incandescent.

— Ça me navre, John. Vraiment. Avec les preuves

que j'ai accumulées, Michael va passer un bon bout de temps derrière les barreaux.

— Des preuves de quoi, bon sang ?

— De ses activités de dealer, bien entendu.

Stevens ne vit pas le coup partir. Ça n'aurait pas changé grand-chose. Le poing de Rebus fusa, lui décochant un crochet rageur dans le bas ventre.

— Menteur !

Le journaliste expira une petite bouffée d'air et tomba à genoux. Il suffoquait. On aurait dit qu'il venait de courir un marathon. Il inspirait convulsivement, les bras repliés sur son ventre.

— Si tu veux, John... Mais c'est la vérité, dit-il en levant les yeux vers Rebus. T'es vraiment pas au courant ? Honnêtement ?

— Je sais rien de tout ça. Tes preuves ont intérêt à être en béton, Stevens, ou bien j'te fais la peau !

Autant dire que Stevens n'avait pas envisagé cette situation. Pas du tout.

— Eh bien, dit-il, voilà qui change tout. Putain, j'ai besoin de boire un coup. Tu m'accompagnes ? Je crois vraiment qu'on doit se parler, non ? Je ne vais pas te retenir longtemps mais je crois qu'il faut que tu sois au courant.

Bien sûr, en y repensant, Rebus se rendait compte qu'il avait toujours su, mais pas consciemment. Quand il s'était rendu sous la pluie sur la tombe du vieux, le jour de l'anniversaire de sa mort. Cette odeur de pomme d'amour qu'il avait sentie dans le salon. Maintenant, il savait ce que c'était. Il avait été sur le point de mettre le doigt dessus, mais quelque chose avait détourné son attention. Nom de Dieu... Rebus sentait tout son monde s'embourber dans la folie. Pourvu que la dépression lui tombe dessus rapidement ; il ne pourrait pas tenir comme ça beaucoup plus longtemps. Les pommes d'amour... les contes de fées... Sammy ! Sammy ! Sammy ! Parfois il était difficile de s'accrocher à la réalité quand celle-ci vous écrasait. On se trouvait un bouclier derrière lequel se protéger. Le bouclier de la dépression, de l'oubli. Le rire et l'oubli.

— C'est ma tournée, dit Rebus après s'être ressaisi.

Gill Templer en revenait toujours au même constat : l'Etrangleur avait choisi méthodiquement ses victimes. Ça voulait dire qu'il connaissait leur nom avant de les enlever. Les quatre filles avaient forcément quelque chose en commun, ce qui avait permis à Reeve de les sélectionner. Mais quoi ? On avait tout passé au crible. Les filles avaient bien quelques passe-temps communs. Le netball[1], la musique pop, la lecture.

Le netball, la musique pop, la lecture...

Le netball, la musique pop, la lecture...

Il fallait donc regarder du côté des entraîneurs de netball — rien que des femmes, on pouvait rayer. Les vendeurs chez les disquaires, les disc-jockeys, les libraires et bibliothécaires. Les bibliothèques...

Les bibliothèques...

Rebus avait parlé de livres avec Reeve... Samantha fréquentait la bibliothèque municipale, et les autres filles aussi, à l'occasion. L'une d'entre elles avait été aperçue à proximité, le jour de sa disparition. Mais

---

1. Sport collectif s'apparentant au basket-ball, surtout pratiqué par les femmes. *(NdT)*

Jack Morton s'était déjà chargé de la bibliothèque. L'un des bibliothécaires possédait une Ford Escort bleue. On n'avait pas donné suite. Une décision un peu trop rapide. Elle devait impérativement parler à Jack Morton. Puis elle interrogerait le suspect une deuxième fois. Elle était sur le point d'aller chercher Morton quand le téléphone sonna.

— Inspecteur Templer, dit-elle dans le combiné beige.

— La gosse meurt ce soir ! siffla une voix dans l'écouteur.

Gill se redressa vivement, manquant de renverser sa chaise.

— Ecoutez, si c'est une blague...

— Ta gueule, salope ! Je suis pas un plaisantin et tu le sais bien. C'est bien moi. Ecoute ça.

— Un cri étouffé se fit entendre — les sanglots d'une fillette — puis la voix sifflante revint au bout du fil.

— Dis à Rebus que c'est tant pis pour sa tronche ! Il pourra pas dire que je l'avais pas prévenu.

— Ecoutez, Reeve, je...

Ça lui avait échappé. Elle n'avait pas du tout l'intention de le mettre au courant. Mais elle avait été prise de panique en entendant les cris de Samantha. Un autre cri se fit entendre : le hurlement du fou qui se savait démasqué. Gill sentit ses cheveux se dresser sur sa nuque. L'air autour d'elle était devenu glacial. C'était le cri de la mort sous un de ses multiples visages. L'ultime cri triomphal d'une âme perdue.

— Comme ça vous savez ! dit-il d'une voix étranglée, où se mêlaient la jubilation et la terreur. Vous

257

savez ! Vous savez ! Tu te crois maligne, hein ? T'as une voix très sexy, tu sais ? Peut-être que je passerai te voir, un de ces jours. Rebus t'a bien baisée ? Dis-lui que j'ai sa p'tite chérie et qu'elle va mourir ce soir. Pigé ? Ce soir.

— Ecoutez, je...

— Non, non, non ! J'en ai terminé, mademoiselle Templer. Vous avez déjà eu largement le temps de localiser l'appel. Salut !

Clic. Tut... Tut... Tut...

Localiser l'appel... Quelle idiote ! Elle aurait dû y penser tout de suite. Ça ne lui avait même pas effleuré l'esprit. Le superintendant Wallace avait peut-être rai-son en disant que John n'était pas le seul à être trop impliqué personnellement. Elle se sentait épuisée, vieille et vidée. Elle avait soudain le sentiment que le travail d'enquêteur était un fardeau absurde, que tous les criminels étaient invincibles. Ses yeux lui fai-saient mal. Elle songea à mettre ses lunettes, son bou-clier face au monde extérieur.

Elle devait à tout prix retrouver Rebus. A moins qu'elle ne commence par Jack Morton... Il fallait pré-venir John. Il restait si peu de temps, on n'avait plus le droit à l'erreur. Qui en premier : Rebus ou Mor-ton ? Elle prit sa décision — John Rebus.

Décontenancé par les révélations de Stevens, Rebus rentra chez lui. Il avait besoin d'effectuer quelques recherches. Pour Mickey, ça attendrait. Il avait fait chou blanc à traîner ses guêtres tout l'après-midi. Mainte-nant il voulait contacter ses anciens employeurs, l'armée, pour leur faire comprendre qu'une vie était en jeu ; mais ces gens-là accordaient une valeur toute relative à la vie. Ça risquait de lui prendre pas mal de coups de fil. Peu importe.

Avant de s'y mettre, il appela l'hôpital. Rhona allait mieux, ce qui était un soulagement. Malgré tout, on ne l'avait toujours pas mise au courant de l'enlèvement de Samantha. Rebus sentit sa gorge se nouer. Lui avait-on appris la mort de son amant ? Non, bien sûr que non. Il lui fit envoyer des fleurs. Il était sur le point de prendre son courage à deux mains pour composer le premier numéro d'une longue liste quand son téléphone sonna. Il laissa sonner un bon bout de temps mais la personne était tenace.

— Allô ?

— John ! Dieu merci ! Je t'ai cherché partout.

C'était Gill. Sa voix était nerveuse et tout excitée, même si elle s'efforçait d'être compatissante. Elle partait dans toutes sortes de modulations. Rebus sentit son cœur — le peu qui lui en restait à distribuer aux autres — fondre pour Gill.

— Qu'est-ce qu'il y a, Gill ? Il est arrivé quelque chose ?

— J'ai reçu un coup de fil de Reeve.

Le cœur de Rebus bondit contre les parois de sa cage.

— Vas-y.

— Il vient d'appeler pour me dire qu'il avait Samantha.

— C'est tout ?

Gill avala sa salive.

— Il compte la tuer ce soir.

Un silence de la part de Rebus, ponctué de vagues bruits.

— John ? T'es toujours là, John ?

Rebus arrêta de donner des coups de poing dans le tabouret.

— Oui, je suis là. Nom de Dieu... Est-ce qu'il a dit autre chose ?

— John... Tu sais, tu ne devrais pas rester seul dans ton coin. Je pou...

— Est-ce qu'il a dit autre chose ?

Il criait, avec une respiration aussi saccadée qu'un coureur de demi-fond.

— Eh bien... j'ai...

— Oui ?

— J'ai laissé échapper qu'on connaissait son identité.

Rebus inspira une longue bouffée. Examinant ses poings, il s'aperçut qu'il s'était éraflé et suça son sang tout en regardant par la fenêtre.

— Il a réagi comment ? finit-il par demander.

— Il est devenu fou furieux.

— Je veux bien le croire. Pourvu qu'il ne se venge pas sur... Mon Dieu, mon Dieu... T'as une idée pourquoi il t'a appelée toi ?

Il arrêta de lécher sa plaie et porta son attention sur ses ongles noircis. Il se mit à les ronger rageusement en recrachant les morceaux autour de lui.

— Je suis chargée des relations avec la presse, il a pu me voir à la télé ou lire mon nom dans le journal.

— A moins qu'il ne nous ait vus ensemble. Peut-être qu'il me file depuis le début.

Apercevant un clochard qui ramassait un mégot sur le trottoir, il détourna son regard de la fenêtre. Putain, ce qu'il avait envie d'une clope ! Il chercha un cendrier, histoire de finir les mégots.

— Je n'y avais pas pensé.

— Comment voulais-tu y penser ? On a su simplement hier que c'était moi qui étais visé par tout ça... Dire que c'était juste hier ! J'ai l'impression que ça fait des jours. Mais souviens-toi, Gill : les premières lettres ont été délivrées en personne.

Il alluma un mégot et inspira avidement la fumée âcre.

— Il était tout près de moi et je n'ai rien senti. Pas le moindre petit frisson. Ça en dit long sur mon flair de flic !

— Parlant de flair, John, j'ai eu une intuition.

Gill était soulagée de l'entendre parler plus calmement. Elle-même se sentait moins paniquée, comme si chacun aidait l'autre à tenir bon dans un canot de sauvetage bondé, sur une mer déchaînée.

Rebus se laissa tomber dans un fauteuil et jeta un coup d'œil à la ronde. La pièce était sinistre, poussiéreuse et sens dessus dessous. Il aperçut le verre dans lequel Michael avait bu, une assiette avec des miettes, deux paquets de cigarettes vides et deux mugs. Il allait se dépêcher de vendre cet appart, à n'importe quel prix. Et il irait s'installer très loin d'ici, vraiment très très loin.

— Quoi donc ?

— La bibliothèque, répondit Gill.

Elle contempla son bureau — la paperasse et les

piles de dossiers, tout le fatras accumulé au fil des mois et des ans, l'incessant grésillement des néons.

— Le seul point commun entre toutes les filles, y compris Samantha, c'est qu'elles fréquentaient plus ou moins régulièrement la même bibliothèque, celle du centre-ville. Reeve y a peut-être travaillé, c'est là qu'il aurait cherché les noms adéquats pour son jeu macabre.

— C'est une bonne suggestion, dit Rebus, soudain très intéressé.

La coïncidence était trop belle. Pas forcément. Quelle meilleure façon pour se renseigner sur John Rebus que de se dégoter un boulot peinard pour quelques mois, voire quelques années ? Quelle meilleure façon pour piéger des petites filles que de jouer les bibliothécaires ? Pas de doute, Reeve s'était fondu dans le décor. Il avait trouvé le camouflage idéal, celui qui rend invisible.

— Il se trouve, poursuivit Gill, que ton pote Jack Morton s'est déjà rendu dans cette bibliothèque, pour interroger le propriétaire d'une Escort bleue. Il n'a rien décelé de louche.

— On en connaît d'autres qui n'ont rien décelé de louche en interrogeant l'Eventreur du Yorkshire. Non, je pense que ça mérite qu'on y revienne. Comment s'appelle le suspect ?

— Je n'en sais rien. J'essaye de joindre Jack Morton, mais il est sorti je ne sais où. John, je me suis fait un sang d'encre pour toi ! Où étais-tu ?

— Inspecteur Templer, voilà ce qu'on appelle gaspiller les ressources de la police. Ce n'est pas le moment de se relâcher : il faut retrouver Jack et le nom de ce suspect.

— A vos ordres !

— Je vais rester ici un certain temps, si t'as besoin de moi. J'ai moi aussi quelques coups de fil à passer.

— J'ai appris que l'état de Rhona était stable...

Mais Rebus avait déjà raccroché.

Gill soupira et se frotta le visage. Ce qu'elle était fatiguée ! Elle décida d'envoyer quelqu'un chez Rebus. Livré à lui-même, il risquait de mariner dans son jus et d'exploser. Ensuite, elle devait retrouver ce nom. Il fallait à tout prix mettre la main sur Jack Morton.

Rebus se fit un café. Il envisagea de sortir acheter du lait mais décida tout compte fait de le prendre noir et amer — la couleur et le goût de ses pensées. Il réfléchit à l'idée de Gill. Reeve en bibliothécaire... ça paraissait improbable, impensable. Comme tout ce qui lui était arrivé récemment. Un esprit rationnel pouvait être un puissant ennemi quand on s'attaquait à l'irrationnel. Le feu devait être combattu par le feu. Autant l'accepter : Gordon Reeve avait très bien pu décrocher un poste de bibliothécaire. Une place tout à fait banale, mais essentielle pour la mise en œuvre de son plan. Soudain, comme Gill avant lui, John eut la sensation que tous les morceaux se mettaient en place. *Pour ceux qui savent lire entre les signes...* les bibliothécaires, en quelque sorte. Mon Dieu... L'arbitraire n'avait donc plus aucune place dans cette vie ? Non, aucune. Derrière les apparences irrationnelles se dissimulait le tracé net et lumineux d'un dessein. Derrière ce monde, un autre. Reeve se trouvait dans la bibliothèque, Rebus en était convaincu. Il était cinq heures. Il avait juste le temps d'y arriver avant la fermeture. Mais Gordon Reeve serait-il encore là ? Aurait-il filé ailleurs, maintenant qu'il détenait sa dernière victime ?

Mais Rebus savait très bien que Sammy n'était pas la dernière victime de Reeve. Même pas une victime du tout, juste un pion. L'unique victime n'était autre que John Rebus. Et pour cette raison, Reeve se trouvait forcément à proximité, à portée de Rebus. Parce que Reeve tenait à ce qu'on le trouve, mais lentement, comme le jeu du chat et de la souris à l'envers. Rebus repensa à son enfance, quand il jouait à chat. Parfois, un garçon avait envie de se faire attraper par une fille, et vice-versa. Quand on était amoureux de son poursuivant. Le jeu n'était plus ce qu'il en avait l'air. Exactement comme avec Reeve... la souris et le chat. La souris c'était lui, mais avec un dard en guise de queue et des mâchoires prêtes à mordre. Et Rebus était le chat, doux comme le lait, souple comme la fourrure, repu de contentement. Gordon Reeve, lui, n'avait connu aucun contentement depuis des années, depuis la trahison de celui qu'il avait appelé son frère.

Juste un baiser...

La souris attrapée.

Le frère que je n'ai jamais eu...

Pauvre Gordon Reeve, en équilibre sur son étroit tuyau, les jambes pleines de pisse, sous les moqueries de ses copains. Et pauvre John Rebus, rejeté par son père et son frère, ce frère qui avait choisi la voie du crime et devrait en être puni.

264

Et pauvre Sammy... C'est à elle qu'il fallait penser. Ne pense plus qu'à Sammy, John, et tout s'arrangera.

L'enjeu de la partie avait beau être sérieux, une question de vie ou de mort, tout ça n'en restait pas moins un simple jeu. Il devait s'en souvenir. Rebus sentait qu'il tenait Reeve, mais que se passerait-il une fois qu'il aurait mis la main sur lui ? D'une façon ou d'une autre, les rôles seraient inversés. Certaines règles lui échappaient encore. Il n'y avait qu'une seule façon de les découvrir, une seule. Il laissa son café refroidir sur la table basse déjà bien encombrée — il avait bien assez d'amertume dans la bouche.

Dehors, dans le crachin gris acier, il avait une partie à terminer.

Chapitre 27

Le trajet entre son appartement de Marchmont et la bibliothèque pouvait être une promenade des plus agréables, au cœur des plus beaux fleurons d'Edimbourg. Il traversa The Meadows, un vaste espace vert, avec en ligne de mire à l'horizon l'imposante forteresse grise et son drapeau qui flottait dans la bruine au-dessus des remparts. Il passa devant la Royal Infirmary, qui gardait la mémoire de tant de découvertes et d'illustres personnages, devant une partie de l'université et devant le cimetière de Greyfriars Kirk et sa petite statue de bobby. Depuis combien d'années le petit chien veillait-il sur la tombe de son maître ? Depuis combien d'années Gordon Reeve s'endormait-il avec l'image de John Rebus qui lui rongeait l'esprit ? Il réprima un frisson. Sammy... Sammy.... Sammy... Pourvu qu'il ait l'occasion de mieux connaître sa fille ! Pourvu qu'il ait l'occasion de lui dire qu'elle était belle, qu'elle trouverait le grand amour. Mon Dieu, pourvu qu'elle ne soit pas morte !

Franchissant le pont George IV, qui permettait aux touristes et aux badauds d'enjamber le quartier de Grassmarket, pour échapper à ses clochards et autres laissés-pour-compte, tous ces miséreux des temps modernes, Rebus rumina quelques faits. Pour commencer, Reeve serait forcément armé. Et peut-être bien déguisé. Sammy lui avait parlé de ces clochards qui traînaient à longueur de journée dans la bibliothèque ; et si Reeve était l'un d'entre eux ? Rebus se demanda ce qu'il ferait si jamais il se retrouvait face à face avec lui. Que lui dirait-il ? Toutes sortes de questions et de supputations lui tourmentaient l'esprit, presque aussi effrayantes que de penser aux longues souffrances qui attendaient Sammy aux mains de Reeve. Mais sa fille lui importait plus que ses souvenirs, elle représentait l'avenir. Aussi se dirigea-t-il vers la façade gothique de la bibliothèque sans la moindre peur, le visage déterminé.

Devant le bâtiment, un vendeur de journaux, blotti dans un manteau qui lui collait au corps comme un mouchoir en papier mouillé, aboyait la nouvelle du jour — aujourd'hui ça ne concernait plus l'Étrangleur mais une catastrophe maritime. L'actualité avait la vie courte. Rebus contourna le type, observant de près son visage. Lui-même avait les chaussures qui prenaient l'eau, comme d'habitude. Il franchit la porte battante en chêne.

Derrière son bureau, l'agent de sécurité était plongé dans son journal. Il ne ressemblait pas à Gordon Reeve, mais alors pas du tout. Rebus inspira longuement, pour contenir ses tremblements.

— On ferme, monsieur, dit le vigile sans rabaisser son journal.

— Si vous le dites...

Son ton parut déplaire au vigile — un ton dur et glacial, dont il se servait comme d'une arme.

— Je m'appelle Rebus. Inspecteur adjoint Rebus.

Je cherche un certain Reeve qui travaille ici. Est-ce qu'il est là ?

Rebus espéra qu'il avait l'air calme, alors qu'intérieurement il ne l'était pas du tout. Le type posa son journal sur sa chaise et s'approcha de lui. Il le dévisagea, comme s'il se méfiait de lui. Parfait : Rebus n'en demandait pas moins.

— Vous avez une pièce d'identité ?

Maladroitement, de ses doigts qui s'étaient conditionnés pour tout autre chose que des gestes délicats, il sortit sa carte de policier. L'homme l'examina longuement, puis le regarda.

— Reeve, vous dites ?

Il rendit sa carte à Rebus et prit une liste de noms fixée par un clip à un bloc-notes jaune.

— Hum, voyons ça... Reeve... Reeve... Non, on n'a aucun Reeve qui travaille ici.

— Vous êtes certain ? Ce n'est pas forcément un bibliothécaire... il pourrait faire partie de l'équipe d'entretien...

— Non. Tout le monde figure sur ma liste, du directeur au concierge. Tenez, là c'est moi. Simpson. Tout le monde est sur la liste. S'il travaillait ici, il y serait forcément. Vous avez dû vous tromper.

Le personnel commençait à quitter les lieux, adressant au vigile des « Salut ! » et autres « Bonsoir ! ». S'il ne faisait pas vite, Rebus risquait de laisser filer Reeve. A condition qu'il travaille bien ici. Un fil si ténu, un espoir si mince que Rebus fut à nouveau pris de panique.

— Je peux voir cette liste ? demanda-t-il en tendant la main, mettant toute l'autorité qu'il pouvait dans son regard.

Le vigile hésita mais finit par lui tendre le bloc-notes. Rebus se mit à parcourir fiévreusement la liste, à la recherche d'une anagramme, d'un indice, de quelque chose.

Il n'eut pas à chercher très loin.

— Ian Knot... se murmura-t-il à lui-même. Ian Knot... Toujours une histoire de nœuds.

Il se demanda si Gordon Reeve avait flairé sa présence. En tout cas, lui flairait la sienne. Reeve était là, à quelques pas, peut-être à quelques marches d'escalier.

— Dans quel service Ian Knot travaille-t-il ?

— M. Knot ? Il travaille à mi-temps en section jeunesse. Je ne connais personne de plus charmant... Pourquoi ? Qu'est-ce qu'il a fait ?

— Il travaille aujourd'hui ?

— Je crois que oui. Il doit travailler deux heures en fin d'après-midi. Ecoutez, que se passe-t-il ?

— La section jeunesse, c'est bien en bas ? demanda Rebus.

— Oui, mais...

Le vigile était décontenancé pour de bon. Il savait quand ça commençait à sentir le roussi.

— Je n'ai qu'à l'appeler pour le prév...

Rebus se pencha par-dessus le bureau et plaqua son nez contre celui du vigile.

— Je te défends de faire quoi que ce soit. Pigé ? Si tu le préviens, je remonte et je t'enfonce ton téléphone dans le cul ! Pour le coup, tu pourras vraiment passer des coups de fil en interne. C'est clair ?

Le vigile se mit à opiner du chef, lentement et précautionneusement, mais Rebus lui avait déjà tourné le dos et se dirigeait vers l'escalier reluisant.

La bibliothèque sentait les vieux livres, l'humidité, le cuivre et la cire. Mais, dans ses narines, Rebus ne percevait qu'une seule odeur, l'odeur de l'affrontement, et jamais il ne s'en déferait. Tandis qu'il descendait l'escalier, s'enfonçant dans les entrailles de la bibliothèque, l'odeur devint celle des réveils en pleine nuit pour être aspergé au jet d'eau, des empoignades avec l'adversaire pour lui prendre son arme, des marches solitaires dans la plaine, des buanderies... l'odeur de ses cauchemars. Il arrivait même à sentir les couleurs et les sons, la moindre sensation. Un mot existait pour désigner ça, mais il n'arrivait pas à s'en souvenir.

Il compta les marches, un exercice pour se calmer. Douze marches... un palier... douze autres... Et il se retrouva devant une porte en verre ornée d'une peinture. Un ours en peluche qui sautait à la corde. L'animal avait l'air moqueur. Rebus eut l'impression qu'il lui souriait — un sourire narquois, franchement pas sympathique. *Entrez, entrez, soyez le bienvenu...* Rebus jeta un coup d'œil à l'intérieur. Personne. Pas âme qui vive. Doucement, il poussa la porte. Aucun enfant, aucun bibliothécaire. Mais il entendit quelqu'un en train de ranger des livres. De l'autre côté d'une cloison, derrière le bureau des emprunts. Rebus s'approcha du bureau sur la pointe des pieds et appuya sur la sonnette.

Fredonnant et se frottant les mains pour en retirer une poussière imaginaire, un homme émergea de derrière la cloison. C'était bien Gordon Reeve, tout sourire, avec quelques années et quelques kilos en plus. Il ressemblait à un ours en peluche. Rebus s'agrippa au rebord du bureau.

En voyant Rebus, Gordon Reeve s'arrêta de fredonner mais son sourire continua de jouer avec son visage, lui donnant un air innocent, normal, rassurant.

— Ça fait plaisir de te voir, John. Comme ça, tu m'as enfin retrouvé, vieux filou ! Comment ça va ?

Il tendit la main à Rebus, mais celui-ci sentit qu'il s'écroulerait si ses doigts lâchaient le bureau.

Maintenant, il ne se souvenait que trop bien de Gordon Reeve, il se rappelait leur captivité dans ses moindres détails. Les gestes du personnage, ses idées et son ton railleur. Frères de sang, ils avaient tenu le coup ensemble ; chacun était presque capable de lire dans les pensées de l'autre. Frères de sang, ils étaient sur le point de le redevenir. Rebus voyait ça dans le regard fou et transparent de son persécuteur souriant. Il sentait la mer se déchaîner en lui, lui brûler les oreilles. C'était donc ça. Voilà ce qu'on attendait de lui.

— Je veux Samantha, parvint-il à articuler. Je la veux saine et sauve, et tout de suite. Après, on pourra régler ça comme tu veux. Où est-elle, Gordon ?

— Tu sais combien de temps ça fait qu'on ne m'a pas appelé comme ça ? Je suis Ian Knot depuis si longtemps... que j'ai du mal à me dire que Gordon Reeve c'est moi.

Il sourit et jeta un coup d'œil derrière Rebus.

— Que fait la cavalerie, John ? Ne me dis pas que

t'es venu ici tout seul. C'est contraire à la procédure, non ?

Rebus se garda bien de lui dire la vérité.

— Ne t'en fais pas, ils attendent dehors. Je suis venu te parler seul, mais j'ai quelques amis dehors. C'est fini, Gordon. Dis-moi où elle est.

Mais Gordon Reeve se contenta de secouer la tête en ricanant.

— Allons, John ! Ce ne serait pas ton genre de venir accompagné. N'oublie pas une chose : moi, je te connais... Je te connais si bien.

Soudain il parut las. Son déguisement soigneusement conçu s'effritait par morceaux.

— Non, reprit-il. T'es bel et bien seul. Tout seul. Comme je l'ai été moi aussi. Tu te souviens ?

— Où est-elle ?

— J'le dirai pas.

Ce type était fou, aucun doute là-dessus. Peut-être l'avait-il toujours été. Il avait déjà cet air-là avant la période noire de leur incarcération. L'air d'être au bord du précipice, un précipice de sa propre imagination. D'autant plus terrifiant qu'il n'avait aucun contrôle dessus. De toute sa vie, Rebus n'avait jamais vu personne d'allure plus menaçante que ce type souriant, entouré de jolis posters, de dessins d'enfants et d'albums illustrés.

— Pourquoi ?

Reeve le fixa comme si cette question était la plus infantile qui soit. Il secoua la tête, toujours souriant. Un sourire de pute, un sourire de tueur professionnel.

— Tu sais très bien pourquoi, dit-il. A cause de tout ça. Tu m'as laissé dans le pétrin, comme si on était tombés aux mains de l'ennemi. T'as déserté, John. Tu m'as déserté. Tu sais bien quelle peine on réserve aux déserteurs ? Hein, tu la connais, la peine ?

La voix de Reeve était devenue hystérique. Il ricana de nouveau, essayant de se calmer. Fouetté par l'adrénaline, Rebus serra les poings et banda les muscles, prêt à affronter une explosion de violence.

— Tu sais, John, je connais ton frère.

— Quoi ?

— Ton frère Michael, je le connais. Tu sais que c'est un dealer ? Plutôt un intermédiaire, en fait. En tout cas, il est dans un sacré pétrin. Ça fait un bon bout de temps que je lui procure sa came, ça m'a permis de bien me renseigner sur toi. Michael ne demandait pas mieux que de me prouver qu'il n'était pas une balance, un indic de la police. Il ne s'est pas fait prier pour raconter tout ce qu'il savait sur toi, John, histoire de nous convaincre. Il disait toujours « nous » pour parler de l'opération, alors qu'il n'y avait que ma petite personne. Très rusé de ma part, hein ? Je tiens déjà ton frangin. Pour lui, c'est cuit ! Appelons ça mon plan de secours.

Il tenait donc son frère et sa fille. Il ne lui manquait qu'une dernière victime, et Rebus s'était jeté dans la gueule du loup. Il fallait gagner du temps, réfléchir.

— Ça fait longtemps que tu prépares ton coup ?

— Je ne sais pas trop... dit-il en rigolant, gagné par la confiance. Depuis ta désertion, j'imagine. Pour Michael, ça a été très simple. Il voulait de l'argent facile. Je n'ai pas eu de mal à le convaincre que la drogue était la solution. Il est dedans jusqu'au cou, ton petit frangin !

Il cracha ce dernier mot comme du venin.

— Grâce à lui, John, je me suis un peu renseigné sur toi. Ce qui m'a beaucoup facilité les choses, dit-il en haussant les épaules. Si tu me livres à la police, je livre ton frère.

— Ça ne marchera pas, Gordon. J'ai trop envie de te choper.

— T'es donc prêt à laisser ton frère pourrir en prison ? Très bien. Tu ne vois pas que je gagne dans les deux cas ?

Si, Rebus le voyait, mais de façon floue, comme une équation compliquée sur le tableau noir d'une classe étouffante.

— Au fait, ça s'est passé comment pour toi ? demanda-t-il.

Il ne savait pas trop ce qu'il espérait obtenir en gagnant du temps. Il avait débarqué là sans assurer ses arrières, sans le moindre plan, et maintenant il était coincé, condamné à attendre que Reeve passe à l'acte, ce qui ne tarderait sans doute pas.

— Je veux dire... après que je t'ai déserté.

Reeve répondit d'un ton nonchalant, lui pouvait se le permettre

— Oh, ils n'ont pas mis longtemps à me faire craquer. J'étais dans les choux. On m'a hospitalisé quelque temps, puis j'ai été viré. J'ai appris que t'avais perdu la boule, ça m'a mis du baume au cœur, mais ensuite j'ai entendu dire que t'avais rejoint la police. Je ne pouvais pas supporter l'idée que tu te tapes une vie pépère, pas après ce qu'on avait enduré ensemble et ce que tu m'avais fait !

Son visage s'était mis à trembler. Il avait posé les mains sur le bureau, et Rebus percevait l'odeur de vinaigre de sa sueur. Il parlait comme s'il était en train de s'assoupir, mais Rebus sentait qu'il devenait de plus en plus dangereux à chaque nouveau mot. Pourtant, il n'arrivait pas à se convaincre d'agir, pas encore.

— On peut dire que t'as mis du temps à me retrouver, dit Reeve en se frottant la joue. L'attente en valait la peine. Parfois, j'ai bien cru que j'allais mourir avant que tout ça soit terminé, même si au fond de moi je pensais bien que non. Viens, dit-il en souriant. Je veux te montrer quelque chose.

— Sammy ?

— T'es con ou quoi ? s'énerva-t-il en perdant son sourire l'espace d'une seconde. Tu crois vraiment que je l'aurais gardée ici ? Mais j'ai autre chose qui devrait t'intéresser. Allons, viens.

Il emmena Rebus de l'autre côté de la cloison. Les nerfs en pelote, Rebus fixait le dos de Reeve. Cette musculature dissimulée sous une couche de bonhomie. Un bibliothécaire ! Un bibliothécaire pour enfants... L'assassin qui faisait trembler tout Edimbourg.

Derrière la cloison se trouvaient des étagères avec des livres. Certains étaient empilés au hasard, d'autres soigneusement rangés avec les dos coordonnés.

— Ils attendent qu'on les remette en rayon, expliqua Reeve en balayant l'air d'un geste de la main, en maître des lieux. C'est toi qui m'as donné le goût des livres, John. Tu te souviens ?

— Oui. Je te racontais des histoires.

Rebus pensait à Michael. Sans lui, on n'aurait jamais retrouvé Reeve, peut-être même qu'on ne l'aurait jamais soupçonné. Et maintenant ce pauvre Mickey allait se retrouver en prison...

— Où est-ce que j'ai bien pu le mettre ? Je sais qu'il se trouve ici quelque part, je l'ai mis de côté pour te le montrer si jamais tu me retrouvais... Il faut dire que tu y as mis le temps. T'as pas été trop dégourdi, hein John ?

On pouvait facilement oublier que ce type était fou, qu'il avait assassiné quatre gamines par simple jeu, qu'il en tenait une autre à sa merci... Si facilement...

— En effet, reconnut Rebus, je n'ai pas été très dégourdi.

Il se sentait de plus en plus tendu. L'air autour de lui semblait se raréfier. Quelque chose était sur le point de se produire, il le sentait, et pour l'empêcher il n'avait qu'à frapper Reeve dans les reins, lui frapper la nuque du tranchant de la main, le ligoter et le sortir d'ici. Alors pourquoi n'en faisait-il rien ? Lui-même était incapable de répondre à cette question. Il savait simplement que l'inévitable devait se produire, fatalement, que tout était prévu depuis des années comme un plan d'architecte ou une partie de morpion. C'était Reeve qui avait joué le premier coup, Rebus ne pouvait donc pas gagner. Pourtant, il était incapable de laisser la partie inachevée. C'était inévitable que Reeve fouille parmi les étagères, qu'il y trouve quelque chose...

— Ah, le voici... C'est un livre que je suis en train de lire....

Soudain, Rebus se demanda : si Gordon Reeve est en train de le lire, pourquoi est-il si bien caché ?

— *Crime et Châtiment*. Tu m'as raconté l'histoire, tu te souviens ?

— Oui, je m'en souviens. Je te l'ai racontée plus d'une fois.

— Tout à fait, John.

C'était un beau livre relié en cuir, une très vieille édition. Ça ne ressemblait pas à un livre de bibliothèque. Reeve le manipulait avec soin, comme une liasse de billets ou un diamant. On aurait dit qu'il n'avait jamais rien possédé de plus précieux.

— Je veux te montrer une des illustrations, John. Tu te rappelles de ce que j'ai dit sur cette vieille canaille de Raskolnikov ?

— T'as dit qu'il aurait bien fait de tous les flinguer.

Rebus comprit le sous-entendu une fraction de seconde trop tard. Encore un indice qu'il avait mal interprété, comme tous les autres que Reeve lui avait adressés. Pendant ce temps, le regard brillant, Gordon Reeve avait ouvert le livre et sorti de son intérieur évidé un petit revolver à canon court. Il était sur le point de braquer l'arme sur la poitrine de Rebus mais celui-ci bondit et lui assena un coup de boule en plein nez. C'était une chose que de planifier mais parfois il fallait savoir prendre en traître. Du sang et des mucosités jaillirent des os fracturés. Reeve glapit et Rebus détourna l'arme avec sa main. Reeve se mit à hurler. Des cris surgis du passé et de tous ses cauchemars encore présents. Rebus en perdit l'équilibre et fut replongé au cœur de sa trahison. Il revoyait les gardiens, la porte ouverte de la cellule, lui-même qui tournait le dos aux cris de son compagnon prisonnier. Puis la scène se brouilla, remplacée par une détonation.

L'impact mou sur son épaule fut suivi d'un engourdissement qui se propagea rapidement, puis d'une vive douleur qui s'empara de tout son corps. Il porta la main à son blouson, sentit le sang qui s'infiltrait à travers le rembourrage et la fine étoffe. Nom d'un chien, ça faisait donc ça de se faire tirer dessus ! Il crut qu'il allait vomir et tomber dans les pommes, mais quelque chose de puissant déferla en lui, du plus profond de son âme. La rage aveugle de la colère. Pas question de laisser filer la partie ! Il retint ses larmes et vit Reeve qui s'essuyait le visage. L'arme était toujours là, braquée sur lui, tremblante. Rebus s'empara d'un petit ouvrage bien lourd et frappa la main de Reeve. Le revolver vola parmi les livres.

Tout à coup Reeve détala, bousculant les étagères qui se renversèrent derrière lui. Rebus revint précipitamment au bureau, décrocha le téléphone et demanda des renforts, sur ses gardes au cas où Reeve reviendrait. Le silence régnait. Il s'assit par terre.

Soudain la porte s'ouvrit et William Anderson surgit, tout de noir vêtu tel l'ange vengeur d'une série B. Rebus sourit.

— Comment m'avez-vous trouvé ?

— Je vous file depuis un certain temps, répondit Anderson en s'accroupissant pour examiner le bras de Rebus. J'ai entendu un coup de feu. J'imagine que vous avez retrouvé notre homme ?

278

— Il est toujours ici quelque part. Il n'est pas armé. Son revolver est tombé par là.

Anderson prit un mouchoir et noua un garrot autour de l'épaule de Rebus.

— Il vous faut une ambulance, John.

Mais Rebus était déjà en train de se relever.

— Plus tard. On va d'abord en finir. Comment vous êtes-vous débrouillé pour que je ne repère pas votre filature ?

Anderson se permit un sourire.

— Seul un *très* bon flic aurait une chance de me repérer, John. Ce que vous n'êtes pas. Vous êtes juste un bon flic.

Ils passèrent derrière la cloison et se déplacèrent prudemment entre les rangées d'étagères. Rebus avait ramassé le revolver. Il le fourra au fond de sa poche. Aucun signe de Gordon Reeve.

— Là-bas, s'écria Anderson en indiquant une porte entrouverte, derrière des piles de livres au bout de l'arrière-salle.

Ils s'en approchèrent, toujours avec précaution, et Rebus l'ouvrit en grand. Il découvrit un escalier métallique, très escarpé et mal éclairé. Celui-ci s'enfonçait dans les fondations de la bibliothèque. On ne pouvait que descendre.

— Je crois que j'ai entendu parler de cet endroit... chuchota Anderson.

Sa voix résonnait dans le puits où ils s'enfonçaient.

— La bibliothèque a été construite sur l'emplacement de l'ancien tribunal de police, poursuivit-il, et on a conservé les cellules qui se trouvaient en sous-sol. La bibliothèque s'en sert comme réserve. Tout un dédale de cellules et de couloirs, directement sous la ville.

Ils descendaient toujours et les murs en plâtre bien lisse furent remplacés par de la brique d'une autre époque. Rebus sentait une odeur de moisi, la trace amère du passé.

— Alors il peut être n'importe où.

Anderson haussa les épaules. Ils étaient arrivés au bas de l'escalier et se trouvaient dans un large couloir sans livres. Des alcôves donnaient sur ce couloir — sans doute les anciennes cellules — et on y apercevait des ouvrages entassés. Des tas de vieux livres, apparemment stockés dans le désordre.

— Il peut sans doute s'échapper, murmura Anderson. Je crois qu'il existe des sorties, dans des endroits comme le nouveau tribunal ou la cathédrale Saint-Gilles.

Rebus était ébahi. Il avait sous les yeux tout un pan du vieil Edimbourg, intact et préservé.

— C'est incroyable, dit-il. Je n'en ai jamais entendu parler.

— Ce n'est pas tout. Sous l'hôtel de ville, on dit qu'il reste des rues entières de la vieille ville. On a construit directement par-dessus, sans s'embêter. Des rues entières, avec les boutiques, les maisons, la chaussée. Et tout ça date de plusieurs centaines d'années...

Anderson secoua la tête. Comme Rebus, il se disait qu'on ne pouvait pas se fier à ce qu'on croyait savoir. Il était possible de marcher au-dessus d'une autre réalité sans jamais la croiser.

Ils parcoururent le couloir, profitant du faible éclai-

280

rage électrique installé au plafond, et inspectèrent toutes les cellules sans succès.

— C'est qui, alors ? demanda Anderson à voix basse.

— Un vieil ami, répondit Rebus.

Il avait la tête qui tournait. L'oxygène semblait manquer dans ces profondeurs. Il transpirait à grosses gouttes. Il savait qu'il avait perdu beaucoup de sang et aurait mieux fait de ne pas descendre. Mais c'était plus fort que lui. Il se reprocha de ne pas avoir fait certaines choses. Il aurait dû demander l'adresse du domicile de Reeve au vigile, pour dépêcher une voiture de police sur place, au cas où Sammy s'y trouverait. Trop tard...

— Là-bas !

Anderson l'avait repéré, loin devant. Il faisait tellement sombre que Rebus n'aperçut la silhouette de Reeve qu'au moment où celui-ci se mit à courir. Anderson le prit en chasse. Rebus avala sa salive et fit de son mieux pour le suivre.

— Faites gaffe... Il est dangereux...

Rebus eut le sentiment que ses mots lui tombaient de la bouche. Il n'avait plus la force de crier. Tout à coup, les choses prirent un mauvais tour. Là-bas, il vit Anderson rattraper le fuyard, mais Reeve se retourna et lui décocha le coup de pied parfait. Comme on lui avait appris tant d'années auparavant. Le coup atteignit sa cible ; la tête d'Anderson pivota en arrière et il s'écroula contre le mur. Rebus était à genoux, tout pantelant, le regard flou. Il avait besoin de dormir. Le sol froid et rugueux lui semblait tout à fait confortable, autant que le lit le plus moelleux. Il vacilla, prêt à s'effondrer. Anderson glissa le long du mur. Reeve avait l'air de se rapprocher. Sa silhouette paraissait de plus en plus massive, elle grandissait à chaque pas, jusqu'au point d'engloutir Rebus qui découvrit le visage de Reeve, barré d'un large rictus d'une oreille à l'autre.

— Maintenant, à toi ! rugit Reeve. A ton tour !

Rebus imaginait la circulation en surface, les voitures qui franchissaient le pont George IV en toute tranquillité. Les gens qui rentraient chez eux d'un bon pas, pour passer une soirée tranquille en famille devant la télé. Tout ça, tandis que lui se trouvait à genoux devant ce cauchemar, pauvre proie rattrapée par son chasseur. Inutile de crier ou de lutter. Il vit l'image trouble de Gordon Reeve se pencher sur lui, le visage bizarrement déformé d'un côté. Rebus se souvint qu'il lui avait splendidement cassé le nez.

Reeve aussi s'en souvenait. Il recula et adressa un violent coup de pied en direction du menton de Rebus. Encore animé par quelque instinct, celui-ci bougea légèrement et le coup l'atteignit à la joue, le projetant sur le côté. Vaguement recroquevillé en position fœtale pour se protéger, il entendit Reeve éclater de rire et vit les mains du monstre se resserrer autour de sa gorge. Il pensa à cette femme dont lui-même avait saisi le cou entre ses mains. Tout ceci n'était donc qu'un juste retour des choses. Soit. Puis il songea à Sammy, à Gill, à Anderson et son fils assassiné, à ces pauvres gamines, toutes mortes. Non, il ne pouvait pas laisser Gordon Reeve l'emporter. Ce serait trop injuste, trop insensé. Il sentait ses yeux exorbités, sa langue qui se débattait. Il parvint à glisser une main dans sa poche.

— T'es content que ça soit fini, hein, John ? lui murmura Gordon Reeve. Tu vas être enfin délivré.

Soudain, une détonation retentit dans le passage, déchirant les oreilles de Rebus. Les vibrations du rappel lui picotaient la main et le bras, et il flaira encore cette odeur sucrée, comme une odeur de pomme d'amour. Stupéfait, Reeve se figea, puis se plia comme une feuille de papier et retomba lourdement sur lui. Incapable de bouger, Rebus décida qu'il pouvait maintenant s'endormir sans risques.

ÉPILOGUE

On défonça la porte du petit pavillon de banlieue de Ian Knot, sous le regard curieux des voisins, et on y trouva Samantha Rebus, terrorisée, bâillonnée et ligotée à un lit, avec des photos des autres victimes pour seule compagnie. On évacua Samantha, en larmes, puis les professionnels prirent la situation en main. L'allée cochère étant cachée du pavillon voisin par une haie, personne n'avait rien vu des allées et venues de Reeve. Ses voisins le décrivirent comme quelqu'un de discret. Il avait emménagé là sept ans auparavant, au moment où il avait pris son poste de bibliothécaire.

Pour sa part, Jim Stevens n'était pas mécontent de la façon dont l'affaire s'était terminée : ça lui avait fourni des articles pour une semaine. Cela dit, comment avait-il pu se tromper à ce point sur le compte de John Rebus ? C'était à n'y rien comprendre. Malgré tout, il avait bouclé son enquête sur le trafic de drogue, et Michael Rebus allait se retrouver en taule. Ça ne faisait pas un pli.

La presse londonienne avait rappliqué, en quête de sa version de la vérité. Stevens fit la connaissance d'un journaliste au bar de l'hôtel Caledonian. Le type espérait acheter l'exclusivité du témoignage de Samantha

Rebus. Il avait tapoté la poche de son veston en expliquant à Stevens que son rédac-chef lui avait signé un chèque en blanc. Pour Stevens, cet épisode s'inscrivait dans un malaise plus général. Ce n'était pas simplement que la presse ait le pouvoir de fabriquer une réalité et de la retoucher comme bon lui semblait. C'était plus profond que ça. Ça allait beaucoup plus loin que la fange, la misère et la boue habituelles. C'était plus ambigu. Ça le mettait mal à l'aise, surtout que lui-même n'en était pas sorti indemne. Il avait discuté de longues heures avec le journaliste londonien, au sujet de concepts aussi vagues que la justice, la confiance et l'équité. Malgré la bière et le whisky, les questions restaient en suspens.

Edimbourg s'était dévoilée à Jim Stevens sous un jour qu'il ne lui avait jamais connu auparavant. Tapie dans l'ombre de son Château, comme pour se dérober. Les touristes ne voyaient que les reflets du passé, alors que la ville était tout autre. Il s'y sentait mal. Sans compter ce fichu boulot qui le prenait trop.

Il avait toujours quelques propositions pour aller travailler à Londres.

Il tira à la courte paille et mit cap au sud.

REMERCIEMENTS

Le Criminal Investigation Department de Leith, à Edimbourg, m'a apporté une aide précieuse pour la rédaction de ce roman. Ils se sont montrés très patients devant mon ignorance des procédures policières et ont répondu à mes nombreuses questions. Et même s'il s'agit d'une œuvre de fiction, avec toutes les imperfections du genre, j'ai utilisé pour mes recherches sur le Special Air Service l'excellent ouvrage de Tony Geraghty : *Who Dares Wins* (Fontana, 1983).

Composition réalisée par JOUVE

Achevé d'imprimer en juin 2007 en Espagne par
LIBERDÚPLEX
Sant Llorenç d'Hortons (08791)
Nº d'éditeur : 87306
Dépôt légal 1re publication : mars 2004
Édition 06 – juin 2007
LIBRAIRIE GÉNÉRALE FRANÇAISE – 31, rue de Fleurus – 75278 Paris cedex 06

30/1741/5